ピエール・ルメートル

橘 明美・荷見明子［訳］

邪悪なる大蛇

Le serpent majuscule

PIERRE LEMAITRE

文藝春秋

姪のララ、カティア、
ヴァネッサとヴィオレットに
愛を込めて

パスカリーヌに

目次

序文

「犯罪小説やノワール小説にはもう戻らないのですか？」と読者からよく聞かれる。そういうときはだいたい、まず戻らないと思いますと答えているが、それは自分なりに確信があってそう言っている。だが唐突に離れてしまったという印象はぬぐえず、それが心残りだ。いうなれば、誰にも別れを告げずに出てきてしまったようなもので、だとすればわたしの信条に反するからだ。

そもそもわたしは犯罪小説から離れたいと思って離れたのではない。『天国でまた会おう』は少々不出来な歴史犯罪小説にほかならない。だがあの作品がきっかけで二十世紀を描くという計画が生まれ、わたしはいまなおそれに取りつかれていて、結果的に犯罪小説から距離を置くことになった。

その後もこの問題（別れを告げることなくこのジャンルから離れたこと）がずっと引っかかっていた。しかも『災厄の子供たち』三部作（『天国でまた会おう』にはじまる三部作）を終えたあとで『犯罪小説愛好辞典（*Dictionnaire amoureux du polar*）』（プロン社）を執筆し、これがある意味で心残りを再燃させることになったので、なおさらのことだ。

そんなとき、一九八五年に書いたまま出版社に送りもしなかった小説のことを思い出した。この小説を書き上げた直後から、わたしの人生は最も困難な時期に突入し、そこを抜けたときにはあらゆるものが以前とはどこか変わってしまっていた。この作品もとても遠いものに感じられ、引き出しにしまったまま放置することになった。

だが『犯罪小説愛好辞典』の執筆をきっかけに、もう一度読んでみようかという気になったのだ。

するといくつかうれしい発見があった。この作品ではまだ明快ではないが、驚いたことにすでにそこには、のちにわたしが展開することになるテーマ、場所、キャラクターが数多く顔を出していた。

舞台は一九八五年。まだ電話ボックスや道路地図が健在で、携帯電話、ＧＰＳ、ソーシャルネットワーク、監視カメラ、音声認識、ＤＮＡ、集中型データベースなどによって自分のプロットが通用しなくなることを作家が恐れる必要のない、幸せな時代だった。

わたしは登場人物に対して容赦がなさすぎるといわれているが、その指摘は初めて書いたこの作品にも当てはまるだろう。多くの読者は気に入った登場人物がひどい目に遭うことに抵抗を感じる。だが現実の人生はどうだろうか。恋人が突然心筋梗塞《しんきんこうそく》で命を落としたり、友人が脳卒中で倒れたり、近親者が交通事故に遭ったりと、理不尽なことが次々起こる。なぜ小説家は現実の人生よりも手加減しなければならないのだろうか。だが確かに、わたしたちは現実には受け入れていることを、小説家には許すまいとすることがある。なぜなら小説家にはほかに選択肢があるからだ。ほかに道があったのに、あえてこの道を行ったということになるからだ。

だがそのような批判は、こと犯罪小説というジャンルに関しては根拠が弱いとわたしは思う。犯罪小説は犯罪と流血が描かれることが想定されているジャンルであり、そうしたものが苦手な読者は他のジャンルの作品を読むことができるのだから。それにもかかわらず、読者のなかには物語の残酷性を「ある範囲に」とどめるべきだと言う人がいる。これについてわたしは、犯罪小説の読者は血や死、つまり不当な行為が描かれることを想定しているが、自分にどの程度の耐性があるかは読んでみないとわからず、その結果こうした反応も出てくるのだと考えている。

ということで、この作品はわたしが初めて書いた小説である。

こうしたケースの常として、この作品も厳しい読者からは容赦なくたたかれ、好意的な読者からは温かく歓迎されるだろう。再読したところ数多くの難点が見つかったので、出版を検討するに当たっては、どこまで手を入れるかという問題に答えを出さなければならなかった。

オルダス・ハクスリーは『すばらしい新世界』の一九四六年の新版の前書きに、「二十年前に書いた小説の不備についてつらつら考えたり、当時完璧なものにできなかった作品に改めて手を入れて完成させようとしたり、いまの自分とは違う若いころの自分が犯した芸術上の過ちを中年になって償おうとするのは、どれもまったくもって無駄なことだ」と書いている。さらにはっきりと、欠点を修復するには全部書き直すしかないと書き添えている。

わたしも同じことを言いたい。

わたしもまた、この小説はおおむね当時書かれたままの状態で読者に届けるべきで、そのほうが誠実だと思った。したがって、読解不能と思えるところを数か所書き直した以外は、基本的に表現を少々修正しただけで、構造的には一切いじっていない。

犯罪小説には円環構造をとるものが少なくない。物語がぐるりと回って出発点に戻る構造のことだ。

だからわたしが最後に出す犯罪小説が最初に書いた作品であるというのは、極めて筋の通ったことだと思える。

ピエール・ルメートル

邪悪なる大蛇

装幀　石崎健太郎
ＤＴＰ制作　言語社

隣家の女性　あの女《ひと》きっとアルコール依存症よ。
唇が震えてない？

隣家の男性　震えてるね。悪の支配を受けているな。
頭のなかに何匹もヘビがいるに違いない。

ジェラール・オベールの戯曲
『もめ事（*Le Différend*）』

主な登場人物

マティルド・ペラン……………六十三歳の殺し屋
リュド……………………………マティルドの飼い犬　一歳のダルメシアン
ルネ・ヴァシリエフ……………司法警察の警部
オッキピンティ…………………ヴァシリエフの上司　警視
ルポワトヴァン…………………マティルドの隣人
ド・ラ・オスレ氏………………資産家　ヴァシリエフの恩人
テヴィ・タン……………………ド・ラ・オスレ氏の担当看護師
モーリス・カンタン……………フォッシュ通りで殺害された男　実業家
コンスタンス・マニエ…………更生中の元受刑者　家政婦紹介所に登録
アンリ・ラトゥルネル…………レジスタンス時代からのマティルドの上官
フランソワ・ビュイッソン……暗殺組織の殺し屋
ディーター・フライ……………同右

一九八五年

五月五日

マティルドは人差し指でハンドルをたたいた。

もう三十分も、高速道路でいら立ちのワルツを踊る車列のなかにいるのに、パリ西部のサン＝クルー・トンネルまでまだ十キロある。車の流れは完全に止まることもあるが、不意に動いて視界が開けることもあり、ルノー25《ヴァンサンク》はそのタイミングを逃さず、追い越し車線の、しかもガードレールすれすれまで寄っている状態から一気に六十、七十、八十キロと加速する。だがそこでまた急ブレーキ。アコーディオン現象だ。マティルドは自分を殴りたかった。あれほど万全を期していたのに。余裕を見て早めに出たし、途中まで国道で我慢して、道路交通情報で渋滞なしと確認してから高速に乗ったのに、

「それがこのザマ」

普段のマティルドはどちらかというとまともな話し方をするほうで、下品な言葉をまくしたてたりはしない。そういう言葉が出るのは独り言のときだけで、そうすれば緊張がほぐれるからだ。

「別の日にしときゃよかった」

自分の軽率さに呆れてしまう。いままでこんなに不用意だったことがあっただろうか？　よりによって大事な日に遅れそうになるなんて。今度は拳でハンドルをたたいた。とんでもなく自分に腹が立つ。

マティルドは腕が短いので、ハンドルにしがみつくような格好で運転している。六十三歳。背は高くないが横幅があり、重い。でも顔は、見る人が見れば、そこそこ美人だったのではないかと思うだろう。いや、実際かなりの美女だったのだ。戦時中の写真の、若かりし日の彼女は驚くほど魅力的で、たわやかな体つきとブロンドの髪に縁取られた笑顔がまぶしいほどだ。いまではあごも、胸も、腰も、どこもかしこも倍になっているが、それでも青い目、品のいい唇は昔のままだし、全体的に調和のとれた顔立ちがかつての美貌の名残をとどめている。時とともに体全体が少しずつ緩んできたものの、それ以外の部分、つまり細部には、マティルド自身かなり気を配っている。服はシックで高価なもの（金には困っていない）、ヘアサロンは毎週、メークは玄人《くろうと》はだし、そしてなによりも大事なのがマニキュア。しわが増えるのも、体重が増えつづけるのも仕方がないが、手のケアだけは完璧でなければ気がすまない。

体重のせいで（今朝計ったら七十八キロあった）暑いのは苦手だ。高速道路で渋滞に巻き込まれるのは責め苦も同然で、胸の谷間を汗が流れていくし、お尻のあたりも汗でびっしょり。だから彼女はまた車が動きだして、開けてある窓からわずかなりとも風が入ってくる瞬間をいまかいまかと待っている。パリへの帰路は耐えがたいものとなったが、ノルマンディーの娘のところで過ごした週末もこれまた耐えがたいものだった。カードゲームのラミーを延々とやらされ、頭空っぽの娘婿《むすめむこ》がF１グランプリを見たいというのに付き合わされ、極めつけは土曜日の夕食に出たポロネギのマリネで、マティルドは一晩中おなかが張って苦しかった。

「昨日のうちにさっさと引き揚げるんだった」

ダッシュボードの時計を見て、また悪態をつく。

リアシートでリュドが顔を上げる。

リュドは一歳になる大きなダルメシアンで、間の抜けた顔をしているが、性格はいい。時折片目で主人のたるんだうなじを見てはため息をついている。この主人と一緒のときに、リュドが心底安心していられたことは一度もない。主人はもともと気まぐれだったが、最近はかなり情緒不安定で、なにが起こるかわからない。急に脇腹を蹴られることさえあるが、その理由もわからない。それでもリュドは人付き合いがよく、飼い主に愛着を感じ、いやなことがあっても見捨てたりしないタイプの犬である。対応もわきまえていて、主人がイライラしはじめたらちょっと警戒するものの、過剰な反応はしない。だからこのときも、主人がいら立ちもあらわにハンドルにかじりついている様子を見ると、静かにまた横になり、寝たふりを決め込んだ。

マティルドのほうはフォッシュ通りまでの道のりを頭のなかでたどっていたが、これも高速に入ってからもう二十回目だ。順調に行けばあと十五分もかからない距離だが、厄介なサン＝クルー・トンネルがあるし……。そう思ったとたん全世界が恨めしくなり、なかでも娘に腹が立ってくる。渋滞と娘にはなんの関係もないが、一度腹が立つとなかなか収まらない。娘の家を訪ねるたびに、しみったれたブルジョア臭をまき散らすあの家、それ自体が田舎家のカリカチュアであるようなあの家を見てげんなりしてしまう。娘婿がタオルを無造作に首にかけ、満面の笑みを浮かべてテニスから戻ってくるところはまるでテレビのCM気取りで、庭の手入れに余念がない娘のほうは小トリアノン宮のマリー・アントワネット気取り。娘はどう考えてもおつむが弱い。これはマティルドにとってはすでに疑いようのない事実である。そうじゃなきゃあんなのと結婚するわけない。しかもアメリカ人だ。それも底なしのまぬけ。まったくアメリカ人ときたら……。娘夫婦に子供がいないのは幸いなことで、このままできませんようにとマティルドは祈っている。あの二人の子供というのを想像したくもないからだ。不愉快な顔の子供しか浮かんでこない。マティルドは犬は好きだが、子供は嫌いだ。特に女の子は。

「そんなの偏見だけど」と口では言ってみるが、そうは思っていない。

それもこれも渋滞のせいだった。渋滞を除けば、仕事の日はおおむねこんな感じで、いつも少し興奮気味だし、いらいらするし、相棒もリュドと決まっている。でも今回は週末の渋滞まで加わり、なんと、仕事に間に合わないかもしれないのだ。来週の日曜に延期するなんてことになったらどうする？　でも今日がだめだったら延ばすしかない。今回の仕事は日曜以外には実行不可能だ。一週間も遅れるなんて、前代未聞の大失態ではないか。

と突然、誰にも説明できない不可解な事情により、いきなり車列がほどける。

不思議なことに、ルノー25はサン＝クルー・トンネルをすんなりと抜け、数秒でパリ環状《ペリフェ》道路《リック》に出た。そこも交通量は多いものの、一応流れていたので、マティルドは緊張がほぐれていくのを感じた。そのうしろでリュドもほっとしたように長いため息をつく。マティルドはペリフェリックでものろい車を抜こうとアクセルを踏んで追い越し車線に出かけたが、このあたりは速度違反取締用のレーダーが多いんだったと思い出してすぐにやめた。この期に及んでつまらないミスなどしていられない。おとなしく中央車線に戻り、白煙を上げるプジョーのうしろで我慢していると、案の定、ポルト・ドーフィーヌ付近の追い越し車線でレーダーが光るのが見えたので、ほらねとほくそ笑んだ。

ポルト・マイヨでペリフェリックを出て、グランド・アルメ通りに入る。

エトワール広場のロータリーには入らず、右に折れてフォッシュ通りを下る。マティルドは落ち着きを取り戻していた。午後九時三十分。間に合った。ぎりぎりだ。間一髪でどうにかなったことが自分でも信じられない。運も実力のうちということだろうか。副道に入り、とりあえず歩道の部分に車を停めてエンジンを切る。スモールライトはつけておく。

家に着いたと思ったリュドが、リアシートで起き上がって鳴きはじめた。マティルドはバックミラーをにらみつける。

「だめ」

とひと言。抑えた声だが有無を言わせぬ調子だったので、リュドはすぐまた横になり、悪かったよという顔で目を閉じ、ため息も我慢した。

マティルドは華奢《きゃしゃ》なチェーンで首から提げていた眼鏡をかけ直し、グローブボックスのなかを探す。紙切れを一枚取り出し、もう一度よく見ようとしたとき、数十メートル先に駐車していた車が滑り出た。マティルドは慌てることなくそのスペースに車を移動させると、ふたたびエンジンを切り、眼鏡を外し、ヘッドレストに頭を預け、リュドと同じように目を閉じた。遅れもせずにここにいるなんて、奇跡以外のなにものでもない。これからはもっと気をつけなければと肝に銘じる。

フォッシュ通りは閑静な高級住宅街で、こんなところで暮らせたらどんなに気分がいいだろうと思わずにはいられない。

マティルドは車の窓を下ろした。エンジンを切った車内は犬のにおいと汗のにおいがこもっていて、少し重苦しかった。早くシャワーを浴びたい。でもそれは仕事のあと。サイドミラーに後方はるか遠くから犬を散歩させて副道を歩いてくる男の姿が映った。マティルドは大きく安堵《あんど》のため息をついた。中央の大通りを車がかなりの速度で走り抜けていく。だが日曜のこの時間帯の交通量はさほど多くない。だから日曜にしたのだ。プラタナスの高い並木がわずかに揺れている。五月とはいえ少し蒸し暑い夜になりそうだ。

リュドはおとなしくしていたが、念のために振り向いて人差し指を突きつけ、「そのままじっとしてなさい」と言っておいた。リュドは少々すねて背中を丸めた。

ドアを開けて両手を枠にかけ、自分の体を無理やり押し出すようにして車から降りる。やはり体重を減らさなければ。運転中にスカートがずり上がり、大きなお尻のあたりでしわになっている。それを慣れた手つきで引っ張り下ろし、車の反対側に回ってドアを開け、助手席に置いてあった薄手のレインコートを取って袖を通した。頭上では高い木々が生ぬるい風になでられ、やんわりと揺れている。左手から先ほどの男が近づいてくる。連れられているダックスフントはリードを引っ張り、駐車している車のタイヤのにおいを次々と嗅いでいる。マティルドはダックスフントが好きだ。言うことをよく聞くおとなしい犬種だから。目が合うと男は会釈した。こんな瞬間から始まる出会いも時にはある。犬を連れていて、犬のことでちょっと言葉を交わし、共感する。しかもこの相手はなかなかの男前で、五十代にしては若々しい。マティルドは相手の会釈に応えながら、ポケットから右手を出す。その手にサイレンサー付きのデザートイーグルが握られているのを見て、男はぎょっとして足を止める。マティルドの上唇がわずかに上がる。ほんの一瞬、銃口は男の顔をとらえたが、すぐに下がり、マティルドは男の股間を撃つ。男は驚いて目を剝くが、撃たれたという情報はまだ脳に達しておらず、体を二つ折りにし、そこでようやく顔をゆがめ、音もなく崩れ落ちる。マティルドはゆっくりと男の周りを回る。股間に茶色い染みが広がり、歩道にもゆっくりと流れ出ていく。目も口も驚愕と激痛で大きく開いたままだ。彼女はかがみこんでよく観察する。まだ死んでいない。マティルドの顔には驚きとも満足ともとれる奇妙な表情が浮かんでいる。珍しい昆虫を見つけてびっくりしている子供のような。そして男の口から悪臭とともに小刻みに血があふれ出てくるのをじっと見る。彼女はなにか言いたげだが、そう見えるのは神経が高ぶって唇が震え、左目も痙攣《けいれん》しているからだ。その表情のまま、銃口を相手の顔に近づけて額にぴたりと当て、うなるような声を上げる。いまや男の両目は飛び出さんばかりになっている。だがそこで気が変わり、彼女は額ではなく喉を撃つ。衝撃で首がもげたようになり、彼女はおおいやだとうしろに飛びのく。

ここまでわずか三十秒。それからリードの先で怯《おび》えて動けなくなっているダックスフントに目をやる。犬は丸い目でマティルドを見上げたまま、主人同様に頭部を撃たれる。弾着で体の前半分が消滅し、肉の塊が残った。

マティルドは中央の大通りのほうを振り向く。車がかなりの速度で走り抜けていくが、それだけでなんの変わりもない。歩道には人影もない。日曜の夜更けの高級住宅街の歩道とはそういうものだ。車に戻り、助手席に拳銃を置き、エンジンをかけ、静かに駐車スペースを離れる。副道を出て、大通りのペリフェリック方面の車線に慎重に入る。

車の発進音で目を覚ましたリュドが、立ち上がって飼い主の肩にあごを乗せる。

マティルドはハンドルから片手を放し、リュドの鼻面をなでながら優しい声で言う。

「よしよし」

午後九時四十分。

＊　＊　＊

ヴァシリエフは午後九時四十五分にデスクを片づけた。署内は少し汗くさい。司法警察の休日の午後勤務の唯一の利点は、オッキピンティ警視に提出する報告書がかなり遅れても問題ないという点で、警視は出せと言うが、決して読まない。片手でつかんだピーナッツを口に放り込みながら、「きっちりまとめとけ」ともごもご言うだけだ。オッキピンティの手元にはいつもナッツ類があり、ヴァシリエフはそのにおいを思い出すだけでうんざりする。

この日は昼食もまともにとれなかったので、いまは缶詰を開けることしか頭にない。なんの缶詰があっただろうか？　キッチンの戸棚を思い浮かべ、なにが残っていたかチェックする。グリーンピース、サヤインゲン、ツナ缶……まあなんとかなりそうだ。ヴァシリエフは美食家ではないし、食いしん坊でもない。そもそも普段から平然と「食べるのが嫌いで」と言っている。それを聞くと誰もが「うそ！」と声を上げる。食べるのが嫌いな人なんているの？　そんなの異常だ、反社会的だ、いや反愛国主義だと誰もがたじろぐ。だがヴァシリエフのほうは、一年三百六十五日、牛肉のゼリー寄せの缶詰と赤スグリのジャムと甘味飲料でかまわないし、それで胃が参ることもない。こんな食事を続けたら誰でも肥満になるだろうが、彼はそうならない。体重は十年以上前から一グラムも増えていない。それにこういう食事なら洗い物を出さずにすむ。現に彼のキッチンには調理器具などなく、ごみ箱とステンレス製の一人分のカトラリーしか置かれてない。

だが缶詰は、中身がなんであろうが、いまは優先順位が落ちるわけで、というのもまずはド・ラ・オスレ氏を訪ねてパリ西郊外のヌイイまで行かなければならないからだ。「何度も会いたいと言ってたから、来ないとがっかりする」とカンボジア訛りで看護師に言われた。

テヴィという名の看護師で、一か月前からド・ラ・オスレ氏の世話をしている。三十歳くらいの小柄で少し太り気味の女性だ。ヴァシリエフのほうが頭一つ分背が高いが、テヴィは身長差で臆したりしない。ひどく愛想が悪かった前任者に比べると、テヴィはずっと親切で、にこやかだ。そう、感じがいい。ヴァシリエフはまだ二人きりで面と向かって話をしたことがないのだが、それは感じがいいと思っているると思われたくないからで、まあ、つまりそういうことである。

「午後勤務のシフトのときは何時に出られるかわからないもので」と彼は弁解した。

「わかります。わたしたち看護師も同じ」とテヴィは答えた。

非難するような口調ではないのだが、そういうときヴァシリエフはすぐに罪悪感を覚えてしまう。テヴィはもう一人の看護師と組んで働いているが、夜間の看護を務めるのはたいていテヴィで、いったいどういうシフトになっているのかヴァシリエフには謎だ。電話に出るのはいつも彼女だし、ムッシュー——つまりド・ラ・オスレ氏——を訪ねて行くと迎えてくれるのもいつも彼女だ。

「仕事終わったら電話ください」と親切に言ってくれる。「来てもだいじょぶかどうか教えます」

翻訳するとこうなる。「ムッシューが起きているかどうか、あまり疲れていないかどうかをお知らせします。このところおやすみになっている時間が多く、どの時間なら起きているかが事前にはわからないんです」

午後九時五十五分に同僚のマイエが出勤して交代となり、言い訳もできなくなったので、ヴァシリエフはヌイイに行くことにする。彼は言い訳を探す卑怯者だが、言い訳をでっち上げることができない正直者でもある。

しぶしぶ上着をはおり、電気を消し、今日というばかげた一日の疲労を思わせる足取りで廊下に出た。

ヴァシリエフ。ルネ・ヴァシリエフ。

ロシア風に聞こえるのは現にロシア系だからで、ヴァシリエフは父方の姓だ。父親は濃い口髭をたくわえた長身で大柄の男で、いまでもダイニングルームの食器棚に置かれた楕円形の写真立てのなかに君臨し、そこからじっと見ている。名はイーゴリ。一九四九年十一月八日にルネの母を誘惑し、三年後の同月同日に死んで、細かいことにこだわる几帳面ぶりをアピールしてみせた。その三年のあいだに、父はタクシーの運転手としてパリのありとあらゆる通りを走り回ったし、母の妊娠のきっかけを作りもしたが、ある晩、同僚の白系ロシア人たちと大いに酒盛りをしたあとでセーヌ川に落ちた。父はカナヅチで、同僚も全員そうだったので助けるのに時間がかかり、その後急性肺炎で死亡した。

ルネの姓がヴァシリエフなのはこの父の子だからだ。

一方ヴァシリエフの名がルネなのは、母が自分の父親を偲《しの》んでその名をつけたからであり、かくして警部ルネ・ヴァシリエフは、自分が一度も会ったことのない父の姓と祖父の名を名乗っている。

背が高い（一九三センチ）のは父譲り、やせている（七九キロ）のは母譲り。さらに言うと、広い額、広い胸幅、重い足取り、澄んだ瞳、大きなあごを父から、ある種の動きの鈍さ、底知れぬ忍耐力、揺るぎない誠実さを母から受け継いだ。妙なことに、背が高くて骨ばっているのに、なんだか空っぽな印象を与えるのだが、それはおそらく筋肉がついていないからだろう。

ルネは二十歳で早くも髪が抜けはじめた。だが髪の逃亡はその五年後に、剃髪のような円形の頭頂部を残して、始まったときと同じく唐突に止まった。その頭頂部は五年間に母が軟膏《なんこう》、酢卵《すたまご》、奇跡の育毛剤などを大量投入して繰り広げた決然たる戦いの跡であり、ルネはその戦いにじっと耐え、母は最終的に自分が勝ったと信じて疑わなかった。そしていま、彼は三十五歳の物静かで頑固な男になっている。母が死んでからは、母子で暮らしてきた小さいアパートを少しだけリフォームして一人で住んでいる。もう身内はいないが、それらしき存在が残っているとすれば、口臭のひどいド・ラ・オスレ氏だけだ。それが唯一、父が残してくれたものだった（厳密にいえば、マリンセーター一枚とウォッカ用の錫製の酒器も残してくれた）。ムッシューことド・ラ・オスレ氏というのは、父が母と出会うずっと前から、半ばお抱え運転手として、毎日朝昼晩の決められた時間に車に乗せていた人物である。お抱え運転手の突然の訃報に接し、ムッシューは残された母子を哀れに思い、幼いルネのために母が必要としていた資金を提供した。つまり、お気に入りだった運転手を偲んで母子の庇護者となり、ルネが大学の法学部を経て警察学校を卒業するまでの学費を出してくれた、いわゆるあしながおじさんである。ムッシューには子供がおらず（確かめたことはないが）、家族もいないらしい（誰かが付き添っているところを見たことがないから、家族がいるならよほど慎重に隠しているのだろう）。ということは、死後その遺産はムッシューが四十三年間熱意をもって仕えてきた国のものになる。彼は県知事（アンドル＝エ＝ロワール県か、シェール県か、ロワレ県か、どの県だったかルネはいつも忘れてしまうのだが）を務めたあと、省庁勤務に戻り、結果的にイーゴリ・ヴァシリエフを一流運転手――エリート官僚を運んでいるという意味での一流運転手――の地位へと引き上げてくれた。

ルネは母とド・ラ・オスレ氏のあいだになにかあったのではないかと考えたこともある。普通、なにもないのにタクシー運転手の息子に金を出したりはしないだろう。子供のころには、自分はあの優しい小父さんの隠し子なんだと想像を膨らませたものだ。だが、母子で面会に行っていたころの母の様子からすれば、なにもなかったことは明らかだった。母はいつもおどおど、おずおずと部屋に入るが、ムッシューにあいさつするときの様子からはある種の誇りの主張がうかがえた。しかしなにもないとわかるとそれはそれで困ってしまう。今度は突如としてこの人に借りがあるという重みが――そんな重みがあるとすればだが――自分一人にのしかかってきて、母と分け合うことすらできないと思えてくるからだ。

ド・ラ・オスレ氏は資産家で、それも少々の資産家ではないようだが、どういうわけか口臭がひどい。ルネは母に連れられて月に一度、あしながおじさんにお礼を言うためにヌイイに行っていたが、そのたびに耐えがたい口臭をまともにくらいながら二時間耐えなければならなかった。だがそのムッシューもいまや御年八十七歳。ルネの週一度の〝ヌイイ詣で〟の受難において、口臭はもはや問題ではなくなっている。それよりもムッシューが老いて、ものごとへの興味を無くしていく様子を目《ま》の当たりにするのがつらいのだ。

ルネはマイエのオフィスに立ち寄った。引継ぎの伝達事項があるわけではなく、少しでもヌイイ行きを遅らせようとする最後の抵抗だ。だが結局のところ行くしかないのだったら、さっさと行くべきではないだろうか。

そう思ったときに電話が鳴った。

電話を受けたマイエが真顔になる。二人同時に壁掛け時計をにらむ。午後九時五十八分。フォッシュ通りで殺人事件発生。電話の向こうの同僚は息切れ状態だが、そこまで走ってきたからなのか、興奮しているからなのかわからない。

「被害者はモーリス・カンタン！」と叫んでいる。

マイエが腕を伸ばし、壁掛け時計を指して歓声を上げる。午後九時五十九分！　午後十時まではおまえの仕事だぞ！　ルネはしまったと目を閉じる。ぐずぐずしていたのがまずかった。

モーリス・カンタン。株価指数ＣＡＣ40に興味がない人でもその名は知っている。公共事業か、セメント工業か、あるいは石油産業か、どれだったか覚えていないが、とにかくフランスの大企業のトップだ。経済誌では「カンタン社長」で通っている。だが顔が思い出せない。マイエはすでに警視に電話しようとしている。

電話でもやはり、オッキピンティの話し方はなにかを咀嚼《そしやく》中としか思えないものだった。食べ物を口に放り込むのを止めるのは寝るときと上役と話すときだけというのは、たぶん本当なのだろう。

「カンタンだと？　なんてこった！」

オッキピンティは厄介な上司だ。

この日もその後、現場のフォッシュ通りに、ルネに遅れることわずか二分で駆けつけるなり、彼特有の不安といら立ちを周囲にぶつけはじめ、現場は妙な緊張に包まれた。しかもせかせかと歩き回って片っ端からでたらめな指示を飛ばすので、ルネはそのうしろを追いかけ、小声で指示を訂正して回らなければならなかった。

オッキピンティは身長百六十三センチだが、それでは足りないと底上げ靴を履いている。彼は全人類を自分が敬服する人と耐えがたいと思う人の二種類に分けている。タレーランを神と崇め、その格言を名言集やアンドレ・カストロの本、リーダーズ・ダイジェストなどから引用しようとする。一日中ピーナッツ、ピスタチオ、カシューナッツを次々と胃に放り込むのだが、これは見ている人間には耐えがたい。だがそれよりもなによりも、彼は大まぬけだ。狭量で偽善的な官憲の典型で、愚鈍極まりなく、能力のかけらも見られない。

ルネとオッキピンティは互いを嫌っている。

一緒に働くようになって以来、オッキピンティはルネの背が高いのが気に食わず、なんとかして身をかがめさせようと、そればかり考えている。ルネは相手が誰でも傷つけるようなことはしない人間だが、上司のほうは強迫観念にとらわれていて、当初から、商品でいえば小道具屋に置かれた腐った板のような仕事をルネに押しつけてきた。なにかを根に持つ人間はたいていそうだが、オッキピンティも相手の弱みを瞬時に察知するのに長けていて、ルネがぞっとするようなことを次々と命じてくる。ルネが数えきれないほどのレイプ殺人事件を担当してきたのはそれが理由だ。そしてこの種の事件が続いてスペシャリストといわれるようになると、警視はそれを口実に、彼が適任だからとますます押しつける。ルネはこうした仕打ちをすべて無言で受け止めてきた。だがその様子は、天空を支える役を課せられたギリシア神話のアトラスのように見えるわけで、そこをとらえてオッキピンティは「だから猫背なんだ」ととどめを刺す。

フォッシュ通りでも、二人の歩調が合ったのは死体――というより死体の残骸――を前にしたときだけだった。職業柄死体を見慣れている二人でさえ、ぎょっとするような惨状だったからだ。

「大口径だな」と警視が言い、

「44マグナムでしょう」とルネが応じる。

全力疾走中の象でも倒せる弾だ。被害者の下腹部も喉も損傷が激しすぎて、駆けつけた鑑識班ものっけから頭を抱えている。

ルネは二つの推理のあいだで迷っていた。

なんの理由もなく股間を狙うとは考えられないので、情痴犯罪が頭に浮かぶ。喉を撃つというのも同様で、かなり珍しい。しかも連れていた犬までやられている。至近距離から撃っている。激しい憎悪、破壊衝動が感じられるし、復讐、あるいは怒りの爆発だろうか……。一方、犯行の場所、時刻、凶器（誰も銃声を耳にしておらず、犬の散歩でたまたま通りかかった近隣住民が死体を発見したにすぎないので、サイレンサー付きの自動拳銃だったと思われる）はむしろ計画的で入念に練られた、殺し屋もどきの犯行を思わせる。

鑑識が写真を撮っている。どこで聞きつけたのか知らないが、報道関係者もカメラやフラッシュを手に集まってきていて、そのうち一人はテレビカメラを構えている。オッキピンティはテレビ局の車両と女性レポーターに気づくと、おもむろにピスタチオをひとつかみ口に放り込んだ。いら立ちの証拠だ。

「おまえが行け」とオッキピンティが言う。自分では都合のいいときしかカメラの前に立たない。「わかってるだろうが、いらんことは言うなよ」

ルネは部下に命じて目撃証言を集めにいかせたが、証言が出てきたらそのほうが驚きだ。そこへ予審判事が到着し、ルネはこっそり逃げようとする。だが結局呼びつけられて戻る。ルネはその判事をよく知らない。若い男だが、いずれにせよ命令する側の人間だ。すでに野次馬と記者たちが、制服警官二人が守る立ち入り禁止柵のところまで詰めかけている。判事はそれを見て眉をひそめ、

「情報はなるべく出さないように」とルネに言う。

言われるまでもなく警察側全員がそう思っている。そもそも被害者の身元以外なにもわかっていないので、その命令に背くほうが難しい。

あちこちにいるカンタン一族に事件を知らせるのは判事と警視の役目だ。ルネは血痕採取などを急ぐ鑑識班や、まずないであろう目撃証言を探す聞き込み班などの面倒を見る。

だがルネはあきらめも早いので、しぶしぶ取材対応も引き受けることにし、先ほどから盛んに手招きしている女性レポーターのほうに向かった。

どんな仕事にも、どれほど不愉快な仕事にも、終わりは来る。

聞き込み班がほぼ手ぶらで戻ってきて、鑑識班が機材を片づけて遺体を搬送し、投光器が消えて通りが暗闇に沈み、五月の夜が権利を取り戻したときには、遅い時間になっていた。午後十一時半。収穫といえば気が重いヌイイ詣でを逃れられたことくらいだろう。うしろめたさもあり、看護師に電話して明日こそ行くからと伝えた。

「いま来るといいですよ。ムッシューは起きてます。喜びますよ」と返ってきた。

こんなふうに、いつまでも終わらない一日というのも時にはあるものだ。

＊　＊　＊

アンリ・ラトゥルネルはかつてフランス南西部のレジスタンス組織を率いていたので、いまでも「司令官」と呼びかけられるし、彼のことを指して「あの司令官が云々」と言われもする。エゴイストや強迫神経症を思わせるような不愛想で少々冷たい感じのする七十歳だが、こうした特徴は多くの試練を経て鍛えられた人にも見られるものだ。開襟《かいきん》シャツの襟もとにシルクのスカーフをのぞかせ、髪は真っ白、風貌はかつてのイギリス領インド軍の将校のようで、しかもいまだに司令官と呼ばれているので、どこかしら退廃的な雰囲気をまとっていると言ってもいい。そう、ちょうど、高級ホテルで出し惜しみをして、ホテルのスタッフから「伯爵」と呼ばれながらも陰でくすくす笑われている没落貴族のように。しかしながら顔立ちはきりりとして隙がないので、彼を笑いものにする人間はどこにもいない。司令官アンリはトゥールーズ近郊の先祖代々の家に一人で住んでいて、見た目に反して乗馬もせず、ゴルフもせず、酒も口にしないし、口数も少ない。男というものはえてして年齢と折り合いをつけるのが下手で、年齢を断固としてはねつければ哀れに見えるし、堂々と受け入れればこっけいに見える。アンリ・ラトゥルネルは明らかに後者だが、他の人々よりも控えめなのでそれほどこっけいではない。ただまあ、少々古くさいところがあるのは否めない。

アンリは居間のソファに陣取り、午前零時のニュースを待っている。大きな白黒写真を手にしていて、そこには五十代くらいの男性が写っている。その夜最後のニュースが始まると、いきなり映し出されたのがまさにその顔だった。まったく同じ写真だ。続いて現場の映像に切り替わり、投光器がまばゆい光で闇を穿《うが》ち、フォッシュ通りの歩道を照らし出した。警察も少し前に現場に入ったばかりのようだ。複数の報道カメラマンがすでに撮影を始めていて、鑑識官がレストランのウェイターのように忙しく立ち回る様子を追っている。その結果、この時間帯のニュースにたまにあることだが、視聴者はぎょっとするような映像を見せられるはめになる。死に神に放り投げられたように転がる遺体、搬送前に申し訳程度の配慮をもってかけられるビニールシート、救急車へと移動するキャスター付き担架、そしてバックドアが閉まる音、遺体搬出シーンはこれにて幕。だがその後カメラは得々として、側溝まで続く血痕をゆっくりと追う。報道の極意と言わんばかりに。

警察車両の回転灯がすぐ近くの建物の正面と一階の窓を青く染めている。レポーターが事件についてマイク片手に説明しているが、説明というほど長くない。多国籍企業の社長で実業界の大物であるモーリス・カンタン氏が、パリの自宅のすぐ前で何者かに殺害されましたと繰り返しているだけだ。そこへ背の高い司法警察の警部が出てきて、二言三言わけのわからないことを口にした。アンリは不安を感じながら、辛抱強く追加情報を待つ。

こうした殺しにはありとあらゆる動機が考えられるし、被害者がこれほどの大物となれば、その死を望む人間が数十人はいるに違いない。だがいまのところ警察が言えるのは、モーリス・カンタン氏が犬を連れた夜の散歩から戻ってきたところで殺されたということだけで、犯人についてはなんの手掛かりもないようだ。一方、被害者が著名人だというのと同じくらいショッキングなのが犯行の手口で、検視の結果を待つまでもなく、被害者が少なくとも二発撃たれたことは明らかだという。一発目が下腹部、二発目が喉で、その二発目で文字どおり首がもげそうになったらしい。さらに飼い犬まで鼻面を真正面から撃たれて死んだようで、そこにはなにかしら個人的な感情が表れているように思われる。つまり虐殺の様相を帯びている。きれいな殺しではなく、人によってはそこに憎しみを嗅ぎ取りそうな殺しということだ。

司令官アンリはため息をつき、目を閉じた。くそ……と心のなかで言う。そんなふうに悪態をつくのはおよそ彼らしくないことだった。

＊　＊　＊

マティルドはオイルサーディンを平らげた。体重のことを考えるとそんなものを口にするべきではないが、任務に成功したときは自分への褒美《ほうび》として食べることにしている。もちろん任務はすべて成功してきたので、毎回食べている。彼女はテレビを見ながら皿に残ったオイルをパンでぬぐいとる。そして、あの人、ニュースの写真より実物のほうが見映えがよかったと思う。少なくとも撃たれる前はそうだった。それにしてもダックスフントへの言及が少ないのは残念だ。マスコミは犬に興味がないのだろうか。

マティルドはよいこらしょと立ち上がり、テレビが血痕のアップを映しているあいだにテーブルを片づけた。

フォッシュ通りを離れたあと、マティルドは大好きなシュリー橋まで行った。パリ市内の橋はすべて頭に入っている。というのも毎回パリ市内のどこかの橋から拳銃を投げ捨ててきて、三十年間ですべての橋を回ったからだ。地方での仕事のときもそうしてきたのだが、このことはアンリには内緒にしている。われながらおかしなこだわり、と彼女はにんまりしながらうなずく。マティルドには自分の小さな欠点に自ら共感し、それをいとしく思うようなところがある。だから、使用した武器はすみやかに捨てるべしという規則があるにもかかわらず、地方での任務でも武器をわざわざパリに持ち帰り、セーヌ川に投げ入れてきた。だって、そうすれば幸運に恵まれるんだから！　このこだわりのおかげで無事にやってこれたのに、どこの誰が決めたのかもわからないばかげた規則のためにそれを捨ててたまるもんか！　いや、こだわりはそれだけではなかった。じつは武器にもこだわっていて、小口径は使わないと決めている。マティルドに言わせれば、小口径は十八世紀の市民劇か不倫のもめ事で使うものだ。とはいえ大口径を入手するのは容易ではなく、〈調達〉と粘り強く交渉しなければならない。しかも〈人事〉が渋るので、「それならこの仕事はやりません！」と突っぱねたこともある。最終的に〈人事〉が折れたのは、彼女の腕がいいからだ。賛辞と解釈してもいいだろう。マティルドは弾一つ分さえ狙いを外したことがないし、気負いのないきれいな仕事をする。ただし今夜の仕事は別だ。誰かに問い詰められたら彼女はこう答えるだろう。今夜のはちょっとした思いつき。もっと離れたところから一発で仕留めて、標的の損傷を最小限にとどめることだってもちろんできたわけだし、なのになぜああしたのかは自分でもわからない。でも、そんなことどうでもいいじゃない。大事なのは息の根を止めることでしょ？　それに考えてみれば、結果的にこのほうがよかった。捜査を攪乱《かくらん》し、疑いを遠ざけ、依頼主を守ることができたんだから！　と彼女は言うだろう。でも犬については？　そこを突かれてもマティルドはひるまない。あの哀れな犬が愛する主人に先立たれる不幸がわからない？　もし犬が話せたら、帰らぬ主人を待ちつづけるより、一緒に死ぬほうがいいと言うに決まっている。それに、あの人の遺族が犬好きじゃなくて、一刻も早く動物保護団体に渡すことしか頭にないとしたらどう？　とまあ、こんなふうに彼女は言うだろう。

とにかく、今回はシュリー橋にした。

近くのプルティエ通りに一台分の空きを見つけて駐車し、薄手のレインコートを引っかけ、いつものように橋までぶらぶら歩いた。そして欄干《らんかん》に肘を乗せてデザートイーグルを川に捨てたのだ。

だがそこまで振り返ったところで、マティルドは首をひねった。

本当に捨てたっけ？　それとも捨てた気になってるだけ？

まあいい。もう寝る時間だし。

「リュド！」

ダルメシアンはしぶしぶ立ち上がり、伸びをしてからついてくる。そしてマティルドが少し開けてやったガラス窓付きの両開きの扉をすり抜けて庭に出ると、鼻を上げて風を嗅ぎ、それから用を足しにいく。

なんて気持ちがいい夜なんだろうとマティルドは思う。このすばらしい眺めときたら。前庭の右側にはニオイヒバの生け垣があり、隣人のルポワトヴァン氏の庭との仕切りになっている。まぬけな隣人。だがほかの隣人もだいたいそうだと彼女は思う。理由はわからないが、自分はいつもまぬけな人間に囲まれるはめになり、彼も例外ではないということだ。ルポワトヴァンなんて、名前からして間が抜けている。

ポケットに入れた手が無意識に紙をもてあそんでいることに気づき、彼女はそれを取り出す。自分の筆跡で、フォッシュ通りで仕留めた標的の住所が書かれている。本来は書かずに覚えなければいけない情報だ。万全の策を練るために標的について調べたり尾行したりする場合には、すべてを頭のなかに記憶すること、それが規則なのだから。いかなる情報であろうと、紙に書き留めることは〈人事〉に禁じられている。でもそんなこと、規則とちょっと折り合いをつければいいだけよ、と彼女は思う。大したことじゃない。目に入らなけりゃいいわけだから。そこで紙をくしゃくしゃに丸めたが、捨てる場所に迷って結局捨てられず、あとで考えることにする。広い庭は静かに眠りについていた。彼女はこの田舎家を、この庭を愛している。こんなすばらしい家にこんなにも長く一人で住んでいることが少々残念ではあるが、こればかりは仕方がない。そういうことを考えはじめると、いつもだいたいアンリの、あの司令官の顔が浮かんでくる。だめだめ、自己憐憫《れんびん》に浸っている場合じゃない。

「リュド！」

犬が戻ってきたのでなかに入れ、ドアを閉めてテーブルまで戻り、帰宅したときそこに置いたサイレンサー付きのデザートイーグルを手に取る。キッチンの引き出しにしまおうとして開けるが、そこにはもう九ミリパラベラム弾使用のルガーが入っている。だったら靴箱にでも入れようかと思い、電気を消して二階の寝室に上がる。だがクローゼットを開けたとたん、なんなのこのぐちゃぐちゃは、とぞっとする。前はあんなに整理整頓が得意だったのに！　キッチンもそうだが、以前ならすべてが整然と片づけられ、隅々まで汚れ一つなかった。だが最近は、そう、家事をさぼっていると認めざるをえない。掃除機をかけるのはまだできるが、それ以上となるとめんどうで、どうしてもやる気が出ない。窓拭きなどは拷問と同じなので、一切やらなくなっている。汚れは大嫌いなのに。油染み、コーヒーの染みはもちろん、染み抜きの跡さえ我慢できないのに。自分でどうにかしないかぎり、このむさ苦しい家はますますひどいことに……。マティルドは首を振り、不愉快極まりない考えを頭から追い払った。

最初の靴箱に入っていたのはウィルディ・マグナムだった。二番目はＬＡＲグリズリー。三番目はもう履かなくなったベージュの靴。上部に細い革ひもがついたストラップパンプスで、足が膨れてしまったいまとなっては痛くてたまらないので履けない。彼女はその一足をごみ箱に投げ入れる。代わりにデザートイーグルを入れようとして、そのままでは入らないと気づき、サイレンサーを外す。それにしてもこの家には拳銃が多すぎないだろうか？　こんなに必要ないのに。現金と同じことだ。いつか必要になるかもしれないと、札束を袋いっぱいに詰め込んでクローゼットのなかに吊るしているが、必要になったことは一度もない。このままでは空き巣に盗《と》られるかもしれないし、全部銀行に預けたほうがいいに決まっている。

それから歯を磨いていたら、またシュリー橋のことを思い出した。

この田舎家がこれほど気に入っていなければ、パリのあのあたりに住んでみたかった。ローザンヌの口座に十分な預金があるから、パリ中心部のマンションでも余裕で買える。ん？　口座はジュネーブだったっけ？　よく覚えていない。いややっぱりローザンヌだ。というかどちらでもいい。そのときポケットに入れたままの紙のことを思い出し、明日どこかに捨てようと思う。規則を気にしているわけではないが、マティルドは不要なリスクを負うようなことはしない。また階段を下りる。リュドがペット用バスケットのなかで身を丸めている。あの紙が入っていたのはどの服のポケット？　コートのポケットをさぐるが入っていない。そうだ、室内用の上着だ。あれは二階だ。また階段を上がる。行ったり来たりで疲れる。上着があった。ポケットのなかに紙もあった。これこれ！　そこでまた階段を下り、暖炉まで行き、マッチ箱を取って火をつけ、紙を燃やす。

これで規則違反は解消。

また二階に上がり、ようやくベッドに入る。

夜はいつも本を読むが、数行で寝てしまう。

読書とマティルドは相性が悪いのだ。

＊　＊　＊

ルネ・ヴァシリエフがチャイムを鳴らすよりも早く、テヴィがドアを開けた。

「やっとあなたの顔が見れて、ムッシューが喜びます」

テヴィは心底うれしそうで、これでは彼女に会いに来たみたいだ。ルネはこんな遅くに申し訳ないとわびを言い、彼女は笑みを返す。どんな言葉にも勝るほほ笑みを。

いつもなら、ド・ラ・オスレ氏の住まいは夕暮れ以降重苦しい薄闇にすっぽりと包まれる。玄関からは長く伸びた廊下が見えるだけで、左右に暗い部屋が並び、いちばん奥だけ明かりがともっていて、そこがムッシューの寝室だ。ルネはこの玄関に立つたびに、ムッシューの人生が小さく縮んで寝室だけになってしまい、不安定に揺れている明かりが早く消してくれと言っているような印象を受けてきた。そしてその印象を振り払いながら長い廊下を歩くのは、いつも苦しかった。

だがこの夜はそんなことはなかった。

テヴィがほとんどすべての部屋の照明をつけておいてくれたからだ。だからといって室内の印象が明るくなるわけではないが、少なくとも重苦しさは減少する。ルネがテヴィについて廊下を進んでいくと、奥の部屋から人の声が聞こえてきた。

テヴィが立ち止まって振り向く。

「テレビをね、寝室に置いたんです。ムッシューは、ほら、居間まで行くの、すごく大変なときがあるから」

冗談めいた、内緒話をするような口調だった。

寝室の様子はすっかり変わっていた。ベッドのそばにテレビが置かれ、丸テーブルの上には花を生けた小さい花瓶があり、本や雑誌は棚にきれいに並べられ、新聞もきちんとたたんでベッドの右側に置かれている。数々の薬（種類の多さは薬局並み）も丸テーブルに散らばっているのではなく、狭いほうの居間から持ってきた日本風のついたてで隠してある。ムッシュー自身も変わったように見えた。そもそもこんな時間に起きているのが珍しい。たくさんの枕を背に当てて上半身を起こし、両手をシーツの上にのせていて、ルネを見てほほ笑んだ。顔色も悪くなく、髪も整えられている。

「ああ、ルネ、やっと来てくれたか」

非難ではなく、ほっとしたような声だった。顔を近づけて額に接吻を受けようとしたとき、これまた驚いたことに、いつもの口臭がなかった。あの口臭が消えるとは、とてつもない進歩ではないか。

テレビをつけたまま、ムッシューはベッド脇の椅子を指し示し、ルネはコートをどこに置こうかときょろきょろしながら座った。すぐにテヴィがコートを預かってくれて、どこかに持っていった。

「久しぶりだな」

ムッシューとの会話はたちまち儀式めいたものと化す。年がら年中同じやりとりだ。「どうした、顔色があまりよくないな」に続いて、「わたしの体調のことは訊かないでくれ。話が長くなるから」と来て、「警察のほうはどうだ、なにか変わったことは？」となり、最後に「引き留めるつもりはないよ。寄ってくれただけでもありがたい。老いぼれの相手をするのは疲れるだろうに」云々《うんぬん》となる。

「どうした、ちびっ子、顔色があまりよくないな」

そうだ、それもあった。被保護者たるルネは十六歳ですでに身長が百八十八センチあったのに、ムッシューは「ちびっ子」と呼びつづけ、いまにいたっている。

「具合はいかがですか？」

最近ムッシューは以前ほど愚痴をこぼさない。看護師がテヴィに変わってから少し気力を取り戻したようだ。前より老いたとはいえ、容体は悪くない。

テヴィがグラスやカップをのせたトレーを持ってきて、カモミールティーかミネラルウォーターはいかがですかと言う。「あるいはもっと……強いもの？」テヴィはある種の言葉の選択に迷うことがあり、そういうときは語尾を上げて発音する。ルネはいやいいんですと手を振る。

「もう真夜中だ。犯罪の時間だ！」とムッシューが言う。

ムッシューがよく口にするジョークだが、今回は午前零時のニュースがまさにセンセーショナルな事件を伝えていたので、当を得ていた。

モーリス・カンタン事件のことだ。

ルネはムッシューの右側の椅子、テヴィは左側の椅子に座っていて、三人で一幅の風俗画になっている。

テヴィはルネの顔がテレビに映し出されたのを見て、しかもその顔が先ほど出迎えたときと同様に困惑した様子なのを見て、実物のルネを改めてじっと見つめた。そしてまたほほ笑んだ。

ルネはムッシューに向き直る。ムッシューはいつの間にか眠っていた。

＊　＊　＊

「タンメンを作りました。アジア風の」

ルネが帰ろうとしたときに、テヴィがすぐに温めるから食べていけと言いだした。

「好きかどうかわからないけど」

これが食生活についての持論を述べて辞退するような場面でないことくらいは、ルネにもわかる。

「いただきます」

というわけで、二人は広いほうの居間のテーブルで、ピクニック気分で夜食をともにした。

テヴィはルネがテレビに映っていたことにとても驚き、感心していた。

「あんな大事件を担当するなんて！」

今度はルネがほほ笑んだ。〝大《グランド》〟とついていたので母のことを思い出したのだ。母は普通の音楽と〝偉大な《グランド》〟音楽、普通の料理と〝偉大な《グランド》〟料理、普通の作家と〝大《グラン》〟作家を明確に区別する人だった。その後者のほうのグループに、自分も無理やり押し上げられたような気がした。

「いや、それは……」

ルネは自分が取るに足らない人間だと知っているし、周囲にもそれを隠そうとは思っていない。だが、ことさら無理をしなくても秀でているように見えるなら、わざわざ否定するのもどうかと思う。

よく見ると、テヴィは思っていたよりずっときれいな人だった。笑みを絶やさない目が、ふっくらして肉感的な口元を引き立てている。確かに太り気味ではあるが、それより……とルネは言葉を探し、少ししてから出てきたのは、「ふくよか」という言葉だった。

彼女はカンボジアを出てからフランスで働くようになるまでの大冒険を、おどけたような、どうでもいいことのような調子で語る。乗った船、難民キャンプ、そしてカンボジアで取得した資格が認められず、改めて勉強しなければならなかったこと。「それに、わたしが国で覚えたフランス語はここのとは全然違ってて」

ムッシューを起こすまいという配慮が無意識のうちに働いて、二人は教会にいるかのように小声で話している。ルネはテーブルを汚さずにきれいに食べようとするが、麵類だとなかなか難しい。

「調子がいいようですね」とルネが言う。

それはムッシューの容体についてというより、テヴィを褒める言葉だった。だがテヴィはそれに気づかず、あるいは気づかないふりをする。

「はい、このところとても調子がいい。外に出たいと言うこともあります。まだ自分で歩けますから。一緒に公園に行くんですよ。天気がよければ、公園で二時間くらい過ごすことも。あ、そうだ、まだ言ってませんでしたね。一緒に映画に行ったんです！」

ルネはあっけにとられた。

「ど、どうやって？　バスですか？　地下鉄？」

「それはさすがにムッシューには無理です。そうじゃなくて、わたしの車で行きました。シトロエンのアミ6《シス》（製造一九六一～六九年）なんですけど、ポンコツで。調子の悪さで言ったらムッシューと同じくらい？　でもサスペンションはだいじょぶなので。ムッシューにはそこが大事です。それで、わたしたちが観たのは……あ、すみません」

テヴィは思わず噴き出し、慌てて口に手を当てた。

「どうしました？」

「観たのは『意地悪刑事』（一九八五年のクロード・シャブロル監督作品）なんです」

二人は一緒に笑った。

「ムッシューはとても気に入ったみたいでした。十年以上も映画館に来ていなかったと言って。本当ですか？」

「さあ、わかりませんが、本当かもしれません」

「結局ムッシューは途中で寝てしまいました。でも楽しい一日だったみたい。それで一昨日は、一緒に……」

テヴィはよくしゃべった。

そして玄関でルネを見送るとき、こう言った。

「テヴィという名前は〝話を聞く人〟っていう意味なんです。うそみたいでしょ？」

五月六日

夫を失ったばかりのカンタン夫人の電話口の声は、あまり感じのいいものではなかった。美しいがわざとらしい発音、尊大な口調、慎重に選んだ言葉。電話のやりとりというより、自分が属する文化を誇示するための音声の羅列といったところだ。

建物のエントランスもその声に似て、美しいがよそよそしい。重厚な扉のところからカーペットが敷かれている。ホールは隅々まで磨き上げられているが、中級マンションのようにワックスのにおいが残っていたりはしない。

ルネ・ヴァシリエフは管理人室の前に立った。次の扉の先に見える階段は真鍮《しんちゅう》のカーペットホルダーがついた立派なもので、その横のエレベーターはシャフトに木彫りの彫刻が施され、歴史的建造物に指定されていてもおかしくない代物だ。窓口に出てきた管理人はなにも言わずにルネをじっと見た。管理人も建物全体もよそ者を寄せつけない雰囲気だが、以前からそうなのか、それとも死者が出たからそうなったのかはわからない。ちらりと管理人室のなかをのぞくと、アンリ二世様式のサイドボード、レースの敷物で覆われたテーブル、切り花を生けた花瓶などが見え、その近くで幼い男の子が猫と遊んでいた。その子が手を止めてこちらを見たとき、ようやく次の扉が開いた。ルネは年代物のエレベーターを無視して階段を上がった。

家内の使用人は無意識の模倣により主人に似てくるというが、カンタン家の家政婦もやはりよそよそしく、ドアを細めに開けただけでルネをなかなか通そうとしない。小柄で不愛想な五十代の女性で、はなから疑いの目を向けてきた。ルネが名乗ったうえで身分証も見せると、家政婦はそれをなめるように見てからようやく控えの間に通し、「こちらでお待ちください」と言った。

豪華なマンションだ。ただの快適な生活と本物の富は違うとわかる内装とでも言おうか。インテリアデザイナーの意向が強く出ていたりはしない。なぜならここでデザイナーの役を果たしているのは時間であり、居住者の文化であり、一家に受け継がれてきた調度品、かつて王族から下賜された品々、特別な旅の思い出の品々なのだから。壁にはガラス付きの額に入った複製画ではなく、本物の絵画が掛けられている。ルネはオンフルールの港を描いた水彩画に近づいた。サインを見ても誰の作品だかわからない。その絵のモチーフは多くのことを思い起こさせ、画風は不安を呼び起こす。ヨットが停泊する泊渠《はっきょ》は穏やかだが、その向こうに立ち並ぶ建物の黒っぽいプレート瓦は圧迫感を放っていて、全体の調和を乱している。不意にカンタン夫人の声がして、ルネはわれに返った。

立っていたのは四十代の美女だった。子供のときからすべてを手にしていて、その最たるものが周囲からの敬意であるような女性。落ち着いたメークに、迷いのない足取り。決して慌てず、礼儀正しく相手の話を聞くが、ほかにもっと大事な用事があることをさりげなくにおわせ、時間を無駄にはしないといったタイプ。ルネは無意識にジャケットの襟を正し、軽く咳払いしたが、それは母親がド・ラ・オスレ氏の前に出るときにしていたことを自分流に置き換えたものにほかならない。

カンタン夫人はルネを観察し、自分より頭一つ背が高く、猫背で、着ているスーツはくたびれた既製服と見て取ってから手を差し出し（「はじめまして、警部」と名前を省略）、客間に案内した。その部屋は、ルネからすれば、自分のアパート全体の三倍の広さがあるように思えた。

夫人は長椅子に座り、ルネは勧められたアームチェアに遠慮がちに腰を下ろした。

夫人はローテーブルに手を伸ばしてシガレットケースから一本取り出すと、卓上ライターで火をつけたが、相手にも勧めなければと思ったのか、無言のまま手でどうぞと促した。ルネのほうも無言のまま表情としぐさで断ったが、なんだか証券外務員にでもなったような気分だ。

夫人は昨夜夫を亡くしたばかりなので、それ以前の長い年月そうだったように、あくまでもモーリス・カンタン夫人として振る舞っていた。

「どのようなご用件でしょうか、ええと……」

「ヴァシリエフ警部です」

「失礼しました。忘れてしまって」

「なによりもまず、このたびはご愁傷《しゅうしょう》様です。心よりお悔やみ……」

「いえ、どうかそれは。必要ありませんから」

夫人は鼻孔から煙を吐くと、わずかにほほを緩めたが、その笑みは一瞬で消えた。

「ご主人は……」

「配偶者」

その訂正がなにを意味するのかわからず、ルネは戸惑った。

「わたくしどもの結婚は事務的な、主に法律上、税務上のものにすぎませんでしたから、配偶者です。あの人は公共事業を、父はセメント業界を掌握していました。夫というのとはまったく違います。そう、父にとっては事業も娘も同じでしたから。一人目は、つまりわたしは公共事業に、二人目は内陸水運と港湾倉庫、つまり建築資材の運搬・保管にかかわる事業に嫁《とつ》がされたようなものです。三人目は公共事業融資のための不動産銀行に嫁ぎました」

ルネは女性と付き合った経験はほとんどないが、それでも何人かとは親しくなったことがあるので、その記憶をたどってみた。だがカンタン夫人にほんの少しでも似ている女性は一人も浮かばなかった。

「あの人についていろいろお訊きになりたいのだと思いますが。たぶんわたしについても。でしたら……」

「なんでしょう？」

「手間を省きません？　あの人に何人も愛人がいたことはどうせすぐにわかるでしょうし、わたしの愛人についても、いま三人いますが、同じことです。ですから、よろしければリストにしてお渡しします。そうすればあなたも時間を節約できますし、税金の無駄遣いにもなりませんでしょ」

「あなたはずいぶんカンタン氏に対して、その、手厳しいようにお見受けしますが」

夫人はたばこを押しつぶして消すと、次の一本に火をつけた。ルネは続けた。

「ところで、ご主人を殺害した犯人の手口が非常に、なんと言うか……愛憎のもつれを思わせるものだったわけですが」

「おっしゃりたいことはわかります。あなたは夫婦間のもめ事が原因ではないかと思っていらして、それでわたしにお訊きになりたいのですよね？　その……アリバイ、と言うのでしたっけ？」

「どこにいらしたか知りたいだけです」

「隠すまでもありません。主人がこの建物のすぐ下で撃たれたころ、わたしは何人もの友人と、〈ネールの塔〉というフェティシストが集まるスワッピングクラブにいました。こういう機会がもっとあったらと思うくらいすてきな夜でした。ほとんどが男性で、女性が少なかったもので。お開きになったのはかなり遅い時間です。クラブにいたあいだのことはすべて確認がとれるはずです。あそこではわたしは有名ですし、第二の家と言ってもいいくらい通っていますから」

ルネは手帳を取り出し、夫人の挑発には乗らずにこう言った。

「税金の節約のためにも、ご友人の名前と連絡先をすべて教えていただけませんか。わかったうえでクラブに行って確認するほうがはるかに楽なので、そうしていただけるとありがたいのですが」

夫人は一度だけうなずいたが、解釈が難しい反応だった。

「警部どの、わたしは人が普通どのように人を殺すのか知りませんし、あなたがこの事件の手口のなにを指して愛憎のもつれを思わせるとおっしゃっているのかもわかりませんが、それでも言わせていただけるなら……」

そこで彼女は一瞬ためらったが、わざとかもしれない。

「聞かせてください」とルネは促した。「事件解決に役立ちうることならなんでも歓迎です」

「今後の捜査で明らかになることがあるとすれば、それは、どこからどう見ても完璧で正当な会計の裏に、驚くほど複雑な人間関係、怪しげな取引、疑わしい利益といったものが隠されていて、それらが密接に絡まり合っているという実態です。短時間のうちに、あの人を殺したいほど憎んでいた人物の名が次々と浮かび上がり、あなたのオフィスの壁を埋め尽くすことになるでしょう。そのときにはあの人の死にざまもまったく違うものに見えてきて、あなたはそこに愛憎のもつれではなく利害関係から生じる怒りを見いだすだろうと、わたしは確信しています」

「なるほど、わかりました」

夫人は両手を広げ、これで終わりですよねという顔をする。

ルネは、ええまあと、少し口をとがらせて返答に代えた。

夫人はルネを先導して廊下から玄関口まで見送った。それはこのやりとりがどこかうまくいかなかったと感じ、遅ればせながら警部に敬意を示して関係修復を図ろうとしたからかもしれない。

「〈ネールの塔〉のご友人の件ですが、今晩までにリストをいただけますか？」とルネは釘を刺した。

＊　＊　＊

司令官ことアンリ・ラトゥルネルは、コートとチェック柄のハンチング帽をつかむと車庫に向かい、車を出した。天気はいいが、気持ちは沈んでいる。昨夜はいつもよりさらに眠りが浅かった。二十キロほど走って、モンタストリュックという謎めいた名前（トリュックはトリックのこと）の村に入り、役場前広場の電話ボックスの近くで車を降りる。そしてある番号にかけ、二回鳴らしたところで切り、ボックスを離れ、また車を走らせる。

県道はここでは小さな谷沿いに走っていて、谷底にはジルーという、地元の地図に「川」と記載されていることが自慢の細い小川が流れている。近くまで森が迫っているので、走るにつれて、明るく開けたところと木立に囲まれた薄暗いところが交互に現れる。ほんの一握りの地元の常連しか使わない道のようだが、アンリは気に入っている。だが暇なときに通ることはめったになく、異例の事態専用の道になってしまっているのが残念だ。そして今回もやはり、異例の事態だった。

途中でベルカステル村へ向かう道に入り、村の入り口の電話ボックスの近くで車を停めた。時計を見て歩きだしたところで、電話が鳴った。時間の取り決めが正確に守られていないことに少々いら立つ。三分早いだけだとしても、正確とは言えない。だがアンリはそれを指摘できる立場にない。

「もしもし」

「ブルジョアさん？」

この偽名はアンリが決めたわけではない。そりゃそうだろう。

「はい」

「番号を間違えたかと思いました」

「いえいえ、合っていますよ」

ここまでで儀式は完了。さっそく弾《たま》が飛んできた。

「あの仕事はなんだ？」

「いつもすべてが計画どおりというわけにはいきませんので」

「きれいな仕事にはほど遠い。こちらはきれいな仕事を望んでいるんだがね。いまさらこんなことを言わせないでくれ」

アンリはなにも答えなかった。遠くのほうでかすかに音楽が聞こえていて、どこかで聞いたことがある曲のような気がした。頭を一振りして雑念を払う。

「任務の遂行についてはきみに任せている」と相手は続けた。「だが契約の条件明細を忘れてはいないだろうね。不手際があれば、エージェントの排除を決定するのはわたしだ」

これまでの人生で、アンリはありとあらゆる種類の窮地に立たされてきた。だから緊迫した状況であればあるほど自分が冷静になれることにも気づいている。彼の精神はあらゆる細部を分析し、状況を変えうる変化を一つも見逃さず、どんなときでも取り乱すことがない。アンリ・ラトゥルネルは冷静な男だ。

「排除でいいのか？」

「いえ、このエージェントはわたしが保証します」

「わかった。だがこんな話は二度とごめんだぞ」

「重々承知しております」と言ってアンリは電話を終えた。

帰りのジルー川沿いの道は、カーブが多く明暗の変化も激しいにもかかわらず、自分の心中よりはるかに穏やかなものに思えた。

じつはアンリはこの日の朝一番にマティルドに電話をかけていた。彼女がまたしても規則を破ったせいで、当然のことながら、アンリの規律正しい生活は大いにぐらついていた。

「ちょっと、アンリったら、こんな時間に起こさないでよ！」

マティルドのほうはアンリの声が聞けてうれしかった。だが驚きもした。

「なにか問題でも？」

その問いはアンリの耳にちくりと刺さった。

「きみはどう思う？」

冷たく、高飛車な口調だった。

マティルドは数秒のあいだなにも答えられなかった。

「やだ、もしかして、なにか大変なことを言おうとしてる？」

マティルドはおどけた調子で応じたものの、自分はなにをやらかしたんだろうかと不安になり、探りを入れた。

「べつに……おおごとってわけじゃないでしょ？」

マティルドは記憶を探るが、なにも出てこない。こういうときは相手にしゃべらせるほうがいい。

「きれいな仕事をしろと言ったはずだ」とアンリは言った。だがアンリはアンリで、結局のところ自分は上司と同じことを言っているだけじゃないかと情けなくなった。

その一瞬、二人の頭に同時に同じ疑問が浮かんでいた。〝きれいな仕事〟ってなんだろう？

マティルドは自分がなにかしくじったのだろうと思い、思い切ってこう言ってみた。

「ちょっとミスっただけよ。二度と繰り返さないから」

アンリは彼女の声音に全神経を集中し、わずかなニュアンスも聞き逃すまいとした。マティルドは本当に不手際を恥じているようだ。ここは疑わしきは罰せずで行くべきだろうか？

「それにしても、なぜあんなことをした？」アンリはやはり訊かずにはいられなかった。

それを聞いてマティルドは緊張を緩めた。相手の声にちょっとした疲労を感じ取り、説教はあきらめたなと思ったからだ。やれやれ。

「そういう日もあるっていうこと。誰だってそうでしょ？」

そして相手がなにも返してこないのを利用して、こう続けた。

「全然電話してこないのね。ええ、わかってる！　それが規則だから……。でも、全然かけてこないくせに、珍しくかけてきたと思ったら文句を言うなんて」

いったいなにが言いたいんだとアンリは眉をひそめた。やはり電話するべきではなかったようだ。アンリは急に疲れを覚え、それ以上なにも言わずに電話を切った。

一方マティルドは、アンリとの電話のあと一階に下りると、犬のためにドアを開けてやり、コーヒーを淹《い》れた。電話のせいで心乱れていた。自分はなんのことで責められているんだろう？　デザートイーグルのこと？　きっとそうだ。規則どおり処分したかどうかを疑っているに違いない。

マティルドはにんまりした。アンリったら、知ってるくせに。わたしがいつも仕事のあとセーヌ川にかかる橋を渡るってこと！　いまさらなぜそれをやめさせたいの？

＊　＊　＊

モーリス・カンタン殺害事件は新聞各紙で大々的に取り上げられた。犯行声明がいくつか出たが、いずれも警察がまったく知らない小グループのものだったので無視され、捜査はもっぱら被害者の知人関係に向けられた。そして警察がモーリス・カンタンの人生をくるりと裏返してみたところ、カンタン夫人が予告したとおりの結果となった。取引関係と人間関係がありえないほど錯綜していて、カンタン社長が利害関係を有していた、あるいは仲介していた取引の総和が膨大な額に上っていたのだ。

　オッキピンティ警視は当初、とうとう自分を内務省の中枢に近づく旋回軌道に乗せてくれそうな事件（つまり出世という大いなる夢への具体的一歩となる事件）が舞い込んだと気負い立った。だが捜査に協力した税務調査、信託調査、証券取引調査、企業・産業調査等々の専門家全員から早々にさじを投げられ、行き詰まってしまった。彼らは誰一人としてその理由を述べなかったが、それは要するに、どの線を追っても政界に行き着くからだ。

　事件発生は五月だったが、バカンスシーズンに入りかけるころには、オッキピンティは早くも、ひどくきなくさいこの事件を一刻も早くお蔵入りにすることしか考えていなかった。

　ヴァシリエフ警部は、モーリス・カンタンの協力者、秘書、アシスタント、顧問、幹部社員等々からの聴取に明け暮れた。そして疲れるばかりで収穫のない一週間を終えたところで、唐突に事件から外された。それは上層部が露骨に「あいつは力不足だ」と口をそろえたからだったのだが、彼は文句の一つも言わなかった。

　国の最高機密機関も組織を動員して調査したが、警察と同じ結論にたどり着いただけだった。つまり、この犯行はなんらかの秘密の合意によるものと考えられるが、その真相は誰にもわからないという結論である。したがって本件は、ありえない状況で大臣が自殺した事件や、マフィアが暗躍する町の路上で知事が殺された事件などと同様に、遠からずお蔵入りになると思われた。そうした事件は意外なことに少なくないのだが、多くの場合捜査は行き詰まる。なんらかの手掛かりが偶然見つかるとしてもそれまでに長い時間がかかるし、その手掛かりをたどって秘密の合意の関係者にたどり着けたとしても、それで謎が解けるわけではない。追跡はだいたいそこ止まりで、殺しを命じた人間は安眠をむさぼりつづけるからだ。それに、一般大衆はいつも変わらず人がいいと決まっていて、驚きを受け入れるのと同じように無知を受け入れる。なにしろほかにも知りたいことが目白押しだ。プラティニはクラブを変えるのか？　ステファニーは意中の人と結婚できるのか？

ジャーナリストにとっては、この事件はジレンマだった。食いつきのいいネタなのに（産業界の大物の殺害となれば大事件であり、本来なら誰もが注目するはずだ）、提供できる情報がない。もちろん本物のジャーナリストなら簡単にあきらめたりはしないが、それでもやはり、消えかかった炭火を絶やさないようにするのは難しいし、事件そのものがもう火を消してくれと言っている状態ではなおさら難しい。「カンタン事件の真相」といった見出しの記事が何度か出たものの、いずれも説得力を欠いていた。モーリス・カンタンは生前も扱いにくい人物だったが、死んでからはいっそう手に負えない人物となった。

ルネ・ヴァシリエフは外されたことをむしろ喜んでいたが、それでもモーリス・カンタンに関する記事は追いかけていた。自分の目で遺体を見たからだ。新米でもあるまいに、その程度のことで感傷的になるのだから、繊細な男であることは間違いない。

事件が遠からず自分のところに戻ってきて悲劇的な結末をもたらすことなど、ルネはこのときまだ知る由《よし》もなかった。

九月五日

その女性は明らかに緊張していた。なんでもないことで急に大笑いする。コンスタンス。三十歳。ひどくやせているが、動きに意外なたくましさが垣間見えるのは、服役経験者によく見られる特徴だ。いまコンスタンスはうまく閉まらない車のボンネットと格闘している。その様子を児童養護施設の職員が見守っていて、もう一人、小さい男の子もじっと見ている。男の子の名はナタンといい、無表情で、コンスタンスの笑いにも身ぶりにも反応しない。およそ子供らしくない冷めた態度だが、それはあちこちの施設を転々としてきたからだ。知らない人にどこかへ連れていかれるのも慣れっこになっている。コンスタンスは今度はチャイルドシートと格闘を始めた。買ったばかりで使い方がわからない。

「お手伝いしますよ」と職員が声をかけた。

「いいえ、自分でやります！」

性急でぶっきらぼうな、相手が不快に思ってもおかしくない言い方だった。

職員は、ではお好きなようにと身ぶりで返した。

だが簡単にはいかない。コンスタンスはリアシートにかがみ込み、引き出したベルトをつなごうとするが、どこにどうつないだらいいのかわからず、ぶつぶつ言いながらああでもないこうでもないと試行錯誤する。ばかばかしいことだが、こんなこともできないなら自分は母親失格だと彼女は思っている。チャイルドシートに限った話ではなく、ほぼすべてについて同じように思っている。母親業を身につける時間がなかったからだ。今日という日を五年近くも待っていたのに、なんの準備もできていなかったなんて、人生の皮肉としか思えない。だがここにいたるまでにずいぶん苦労したことを考えれば、それも仕方のないことだろう。コンスタンスはリアシートの金具にチャイルドシートをはめ込もうと必死になっている。だが息子のナタンに見えているのは、女の人の柄物のスラックスが引っ張られてお尻に食い込みそうになっているところであり、聞こえているのはその女の人がつく悪態だ。コンスタンスは唐突に振り向いて、時間がかかってごめんなさいと職員に目で謝り、そのうしろで両手をだらりと下げているナタンにも笑みを送った。ナタンは右手にぶら下げた新しいゴルドラック（日本のロボットアニメ『UFOロボ グレンダイザー』のフランス名）のフィギュアを持て余している。コンスタンスの笑みにも反応せず、無関心に近い微妙な距離感でただじっと見ている。あるいは恨みに近いと言うべきだろうか。コンスタンスにもそのあたりはわからないが、いずれにしても好意は感じられない。彼女は息子の視線の冷たさに動揺しながらも、当然のことよ、まだ互いを知りもしないのだからと自分に言い聞かせ、チャイルドシートとの格闘に戻る。

ナタンは生後六か月でコンスタンスから引き離された。生活環境を調査しにきた県保健福祉《DDAS》

局の職員を、コンスタンスが殴ってしまったからだ。職員は全治九日と診断された。当局はナタンの父親が誰だかわからないことと、コンスタンスに軽罪での逮捕歴が数回あることも考慮に入れ、その場で子供を保護することにした。コンスタンスは息子に会うことを禁じられ、法廷に召喚された。そこで子供を返してと懇願したが、前科があるうえに、静脈注射の跡を長袖で隠していたのも見抜かれてしまい、願いは却下された。ナタンは一時保護所に預けられ、それから里親に託され、コンスタンスは面会も許されず、息子がどこにいるかも知らされなかった。それから半年以上、彼女は息子を取り返すために関係機関に通いつづけた。すべての指示に耳を傾け、質問票を埋め、取り調べを受け、呼び出しに応じ、言われたとおりに尿検査や血液検査を受けたが、結局のところ薬物と縁を切ることができず、すべては無駄に終わった。必死の努力も一人芝居でしかなかったのだ。薬物依存は当時一緒に暮らしていたサモスという、本名がわからずじまいの男の影響によるものだった。そしてあるときルーヴェンヌ通りの薬局で強盗事件が発生し、コンスタンスも巻き添えを食らって逮捕され、五年間服役することになった。

おかしな話だが、彼女はこれを機に強くなった。ナタンのことが常に頭にあり、それが監視役を果たして、ようやく薬を断つことができた。刑務所内でも薬物の密売は行われていて、しばしば暴力的な魔の手が伸びてきたが、屈しなかった。また、体格のいい女性刑務所長のモナとあえてねんごろになることで自分の身を守ったので、比較的安全な日々を過ごすことができた。たまにはナタンの近況や、写真が送られてくることもあり、そのたびにコンスタンスは泣いた。それを見たモナが心を動かされ、表向きは彼女を愛人として扱いながらも、その後は関係を強いることなく、むしろ友人として守るようになった。もちろん刑務所内の所長と受刑者という特殊な関係が許す範囲での話だ。

コンスタンスは三年後に仮釈放になったが、その後半年は保護観察期間とされ、ナタンを引き取ることなど論外だった。セーヌ＝エ＝マルヌ県に戻り、住所を二度変えて悪縁を断った。何人かの男と付き合いはしたが、薬には二度と手を出さなかった。自分には息子を育てる資格があると証明することが唯一の生きがいになっていた。そしてようやく、ぎりぎりの家賃で子供部屋を確保できる小さいアパートを見つけた。コンスタンスはなんの資格も持っていないので、スーパーのレジ打ちや清掃の仕事をした。非合法の仕事には手を出さず、給与明細書、請求書、領収書のたぐいは必ず保存してすべてを証明できるようにし、違法なことは一切しなかった。これは社会の底辺にいるときにはひどく骨の折れることだ。ようやく調査官が来たときには、壁紙も真新しく、ベッドやたんす、服、おもちゃまでそろった子供部屋を見せることができた。そしてまた以前のように尿検査だの血液検査だのを受け、とにかく必要だと言われたことにはすべて応じた。小さい兵隊のように忠実に。

やがてそんな彼女をアッツァーという家政婦紹介所が支えてくれるようになった。マダム・フィリポンが経営している紹介所だ。マダムはコンスタンスの境遇にも強い意志にも心を動かされ、彼女に仕事を紹介してくれた。派遣先のクライアントは皆コンスタンスの仕事ぶりに満足し、喜んだ。コンスタンスはすべての怒りと、子供を取り戻すという執念と、そのためのすべての熱意を仕事にぶつけた。

努力はとうとう報われた。

裁判所の決定が下りた。

コンスタンスはナタンを取り戻せることになった。もちろん視察の対象になるし、調査書類に答えたり新しい質問票を埋めたりしなければならないし、予告なしの訪問にも応じなければならないが、とにかく息子を取り返せる。そして一緒に暮らせる！

コンスタンスは家政婦紹介所にお礼の花束を持っていった。貧相な花束だったが、マダム・フィリポンは感激して涙をこぼした。ナタンと同い年くらいの孫がいるマダムは、子供を迎えに行く日のためにとおもちゃを買っておいてくれた。

そしていまコンスタンスは、施設の職員と息子の視線を背中に感じながら、自力でチャイルドシートを取りつけようと躍起《やっき》になっている。中古品を買ったのだが、それでもこの種のものはかなり高額だ。自分はだまされたのではないか、不良品を押しつけられたのかもしれない、部品が足りないのではと不安になる。でもこのろくでもないチャイルドシートがないとナタンを連れて帰れない。そう思っただけでめまいとパニックに襲われそうだ。

「どうかお手伝いさせてください」と職員が思い切ってもう一度声をかけた。

コンスタンスが泣き出しそうになってようやく一歩下がると、職員が前に出て、親切に、説明しながら助けてくれた。

「このストラップを下に通して……ここに手を……あ、もうちょっと奥です……そう、そのまま……ほら、小さいでっぱりがあるでしょう？　そこに差し込むんです。カチッというまで。さ、やってみてください」

言われたとおりにするとうまくいったので、コンスタンスはこれでいい母親に戻ることができたとほっとした。

共感を求めて息子のほうに泣き笑いの顔を向けてみたが、なんの反応もない。ナタンのほうはこの女の人は誰だろうと思っているだけだ。まだ幼いとはいえいろいろな人に接してきたので、意味もなく笑顔を振りまいたりはしない。子供がにこにこするにはそれなりの理由が必要なのだ。

さっき女の人がスーツケースを入れるために車のトランクを開けたとき、なかにプレゼントの包みがもう一つあるのをナタンは見た。あれはぜったいにぼくのだと思い、いつくれるんだろうとずっと考えている。コンスタンスはここに到着したとき、すぐにゴルドラックのフィギュアを息子にプレゼントした。だがナタンはそれにはまったく興味がなく、口にこそ出さないものの、早くどこかにポイしたいと思っている。それよりもトランクのなかのプレゼントが気になるのだ。コンスタンスにおもちゃを選ぶセンスがないのだとしたら、トランクのなかの包みも期待できそうにないが、そのあたりは子供にはわからない。

チャイルドシートに座らされたとき、ナタンはされるがままにおとなしくしていた。コンスタンスは職員にどう礼を言ったらいいのかわからず、おずおずと切り出した。

「あの、ありがとうございました、えっと……」

相手はにこにこしながら、

「シートベルトを締めてあげるのを忘れずに」と言った。

しまった！　座らせただけで、肝心のベルトを忘れていた。

コンスタンスは慌ててまた車内に上半身を入れ、ナタンのシートベルトを締めようと手を伸ばした。二人がこれほど身を寄せ合うのはこれが初めてだ。ほんの一瞬だったが、どちらもそれが大事な瞬間だとわかっていて、でもどうしたらいいのかどちらもわからない。コンスタンスは息子の顔を初めて間近で見た。瞳は栗色とグレーで、口は小さく、額の上のほうの栗色の髪がとても細い。あまりにも美しい面立《おもだ》ちに、なんだか怖くなる。ナタンのほうはコンスタンスがつけていた香水を嗅ぎ取った。女の人っぽい、ちょっと甘い、知らない香り。ナタンはその香りが気に入ったが、顔には出さない。

二人での初のドライブはあまりうまくいかなかった。パリ南東のムランの町までは約三百キロの道のりだ。

「途中でピザ食べよっか」

だが息子はマクドのほうがいいと言う。コンスタンスは今後のことについて、一緒にこんなことをしようねとか、もう離れ離れになることはないからねなどと話して聞かせた。だが息子は文句を言うときしか口を開かない。彼女が買ってやった菓子にも、選んでやったマンガにも文句を言う。ようやく真夜中にムランに入ったときには、彼女はかなり参っていた。そのときようやくトランクのなかのプレゼントを渡し忘れていたと気づいた。マダム・フィリポンからもらったおもちゃだ。

ナタンのほうは約三百キロのドライブのあいだほぼずっと、そのプレゼントのことしか考えていなかったというのに。

家に着いたときにはナタンはぐっすり眠っていた。

コンスタンスはずっと前から、息子とともに家に着く瞬間を楽しみにしていて、息子が自分の部屋を、家具を、おもちゃを初めて見るところを想像してわくわくしていた。だがいま息子は彼女の腕のなかで前後不覚に眠っている。トイレに行かせなくちゃ、歯を磨かせなくちゃと思う。そうしないとだめな母親だと認めることになる気がする。だが息子は熟睡状態で、服を脱がせてベッドに寝かせてやるのが精いっぱいだった。なんて疲れるドライブだったんだろう。これが自分の子供じゃなかったら、とてもじゃないが我慢できない。ピザはいやでハンバーガーがいいとか、少し緊張する場面もあったが、それについては自分が悪いと彼女は思う。子育てに苦労はつきもの。子供を返してほしいと申し出たとき、判事にもそう言われた。

もう遅い時間だった。明日は丸一日二人で過ごすことになる。動物園に行って、ピクニックしてとすっかり計画してあるが、きっとうまくいかないだろうという気もする。

コンスタンスはボルドーワインのボトルを開けた。疲れきっていた。

＊　＊　＊

ルネ・ヴァシリエフのヌイイ詣では週二回になっていた。それにもかかわらず、ド・ラ・オスレ氏が毎回「久しぶりだな」と言うので、ルネは当惑顔で謝り、テヴィは口を手で覆ってこっそり笑う。この夏は気温がかなり上がる日もあり、部屋が少しでも涼しくなるようにと、テヴィがいろいろ工夫していた。もっともムッシューはすべてなされるがままで、暑いからと文句を言ったりはしない。「しょっちゅう一緒に公園に行ってます。ムッシューはそこで新聞を読むのが好きなんです」。そういえば、部屋にこれほど多くの新聞が置いてあるのは久しぶりだなとルネは思った。以前は机の上に高く積み上げられていた新聞が、いつからか姿を消していたのだが、どうやら最近になって世間の出来事への興味が復活したようだ。

住戸全体を見渡すだけで、テヴィがここでどれほど大事な仕事をしているかがわかる。新しいクッションも、きれいに整えられた寝室も、すべてが彼女の存在の大きさを物語っている。居間に新たに追加された照明器具もそうだ（「この部屋、これじゃ暗くてなにも見えません」）。そしてお守りのたぐいも。さりげなく置いてあるのだが、テヴィが信心深いのは明らかで、本人も笑いながらそう認めた。お守りに囲まれていないと落ち着かず、自分でもどうしようもないという。そんなわけで、いまや鳥を象《かたど》った漆塗りの入れ物や黄金の供物碗、アプサラス（インド神話の水の精）の頭像やプラオサン寺院（ジャワ島にある仏教遺跡）の聖観音の頭像の模造品などが、ムッシューの部屋にもともとあった十九世紀のブロンズ像、アラバスターの灰皿、繊細で優美な浮き彫り彫刻などを侵食しつつある。彼女の縁起かつぎはルネには面白かったし、ムッシューも楽しんでいる。たとえば、彼女はこのマンションの建物が好きではないのだが、それは居心地が悪いからではなく、階段の段数が奇数で「亡霊を呼び込んでしまう」からだという。彼女は笑いながらそう言ったが、どうやら本気で信じているようだ。先日の晩などは、いったいなぜそんな話になったのかわからないし、少なくともルネのほうからそんな話題を持ち出した覚えはないのだが、「男性は、陰毛を剃った女性と決して寝てはいけません」などと言うので面食らった。「そんなことしたら間違いなく大変なことになりますよ。ほんとです」。これに顔を赤らめたのはルネのほうで、彼女ではなかった。

モーリス・カンタンについても、もし神聖なタトゥーを入れていたら、あの人も死ぬことはなかっただろうと自信たっぷりに言う。

「しかし44マグナム弾となると、タトゥーで身を守れるかどうか怪しいところですね」とルネはつついてみたが、彼女の反応はこうだった。

「ルネったら、なにもわかってない！」

そこでルネは、あなたも神聖なタトゥーで身を守ろうと思ったことがあるのかと訊いた。すると今度は彼女が顔を赤らめたので、ルネはわけがわからなくなった。それ以来、彼女が体のどこかにタトゥーを入れているという考えが頭から離れなくなり、だとしたらそれはどこか目立たない場所ではないだろうかとつい想像してしまい、ひどく心が乱れるのだ。

二人はファーストネームで呼び合いながらも、丁寧な言葉遣いで話す。

モーリス・カンタンの話が出たのは、事件に進展があったからではなく、ムッシューが昔会ったことがあると言いだしたからだった。

「ジョッキークラブ・ド・パリでのディナーだったが、どういう集まりだったかは覚えていない。おかしなやつで、自分が参加してもいないサファリツアーの話を延々とするんだよ」

ルネの訪問はいつも同じステップを踏むのだが、それはムッシューのみならず、テヴィに負うところも大きい。どちらも規則性、慣例、儀礼といったものを大事にする。まずなにか飲みながらおしゃべりし、それから一緒にアジア風の麺類あるいは野菜スープを食べ、そのあと居間の大きなテーブルで黄色い小人のゲーム（フランスのカードゲーム）をする。勝つのはたいていテヴィだ。ルネは彼女がいんちきしているのではないかと勘繰りながらも確かめたりはせず、いんちきでもいいからうまく勝ってほしいと思う。うまくいっていないようだとわかると、自分のほうがわざと負けてみせる。するとテヴィは喜び、これも信心のおかげだと満足する。

そのゲームのときに、ムッシューがまたカンタン事件の話を持ち出した。

「ぼくはその事件からだいぶ前に外れたんですよ」とルネは言った。

「またしてもお蔵入りか」とムッシュー。

するとテヴィが「お蔵入り」と繰り返した。初めて聞いた言葉をそうやって頭のなかにメモし、繰り返し口にすることで覚えようとする。そのあとで自分でも使おうとするが、意味を取り違えていることも多い。そういうときルネは遠慮がちに訂正するのだが、テヴィはまったく平気で、失敗してもへこたれたりはしない。

黄色い小人のゲームのあと、ムッシューが眠りについたら、二人だけで居間でおしゃべりし、時にはかなり遅くまで話し込むことがある。

「わたしの家族については」とこの日ルネは言った。「あなたはすべてご存じだ。なにしろそれらしき人間はムッシューしかいないのですから。なのにあなたのほうはなにも教えてくれませんね」

「話すほどのことじゃないですから」

ルネが黙ったまま待っていると、テヴィは続けた。

「ごく普通です……普通の家族です。カンボジアでもフランスでも、家族は同じようなものでしょう?」

どうやら彼女はそれ以上話したくないようで、話題を変え、またムッシューのこと、この日のゲームのことを話しはじめた。その話を聞いてから、ルネは自分の思いつきを投げかけてみた。

「ところで、もしよければ、近いうちに一緒に写真を撮りませんか?」

「写真?」

「ええ、ムッシューとの思い出に。つまり……彼が元気なうちに」

「だめです!」テヴィは激しく反応した。

憤慨した声だったので、なにか失礼なことを言っただろうかとルネは心配になった。

「三人で写真なんてとんでもない。縁起が悪い。そんなことしたら、誰か一人死んでしまいます!」

だがそのとき二人ともとっさに、年齢からして死ぬのはムッシューだと思い、それが互いにわかったので同時に吹き出した。この日も楽しい晩になった。毎回とても楽しいのだ。しかもルネは、少なくとも週に二回、缶詰や冷凍食品以外のものを食べるようになったのだから、それもまたいいことだった。

彼女に見送られて玄関を出る前に、ルネはためらいがちに訊いた。

「テヴィ、聞かせてほしい。ムッシューは……物忘れが増えてきたと思う?」

いつも言葉がわからないときにするように、テヴィが眉をひそめたので、ルネは自分のこめかみを指さしてみせた。

この日ムッシューは二回モーリス・カンタンの話をしたが、二回とも内容が同じで、どちらもついいましがた思い出したような話し方だった。

「そういえばあいつには会ったことがある。ジョッキークラブ・ド・パリのディナーだった。自分が参加してもいないサファリツアーの話を延々としていたよ」

テヴィもそのことに気づいていた。じつはそれ以外にもたびたび物忘れの兆候が見られるのだが、ルネには言わずにいた。このときも深刻な話にはせず、口に手を添えて少し笑ってから言った。

「そうですね、時々少し〝ものわすれ〟します」

立ち去り際にルネは身をかがめ、テヴィのほほにキスをして別れのあいさつとした。

＊　＊　＊

五月の問題だらけのカンタン殺し以来、アンリ・ラトゥルネルはマティルドのことを案じていた。一度だけ電話したが、その後はかけていないし、マティルドからもなんの知らせもない。それが規則だから問題はないのだが、なぜか今回はわけもなく心配だ。アンリを悩ませているのは連絡がないことではなく、状況がはっきりしないことだった。彼女になにか問題が起きているのだろうか？　なにかの理由で任務遂行が難しくなっているのだろうか？　いや仕事だけではなく、マティルド自身のことが心配だった。

素直に認めたくはないものの、アンリにとっては彼女のすべてが重要だ。かつてどれほどマティルドを愛していたかを考えると、いっそう悲しみが込み上げる。とにかく彼はマティルドを熱烈に愛していた。ただしいつも遠くから見守る愛だった。

二人が出会ったのは一九四一年、マティルドが十九歳のときだ。彼女は文字どおり輝いていて、いまのずんぐりした女性とはまるで別人だった。

当時アンリはレジスタンス組織「イモジェーヌ」を結成したばかりだった。マティルドはクードレイという同志が率いる別のレジスタンス組織に入ったが、そのクードレイがその後すぐに殺されたため、アンリの指揮下に移ってきた。アンリはまずちょっとした仕事をやらせてみた。スーツケースを運ぶとか、住所を調べるとか、メッセージを伝えるといった雑務だが、彼女はどれもそつなくこなした。

その年のうちに、トゥールーズでゲシュタポに逮捕された三人の同志を逃がす作戦が決行されたが、そのとき彼女は看護師に変装して重要な役割を演じた。なにごとにも動じない度胸のよさは仲間も驚くほどだった。

そして一九四二年の、あの忘れられない日がやってきた。誰のせいでもない不幸な偶然がきっかけで、イモジェーヌがほぼ壊滅の憂き目に遭い、多くの仲間を失った日のことだ。あの無我夢中の一日のことはアンリの脳裏に鮮明に焼きついている。ゲシュタポが踏み込んでくる前にアジトを移すべく、彼は生き残った同志を総動員した。大急ぎで書類を回収し、仲間に警告し、脱出路を確保し、武器の移送を手配し、関連組織に事態を知らせ、あらゆる情報漏洩に目を光らせなければならなかった。そのときにマティルドが奇跡を起こしたのだ。手が回らなくなったアンリは、倉庫の武器がすでにゲシュタポの監視下に置かれていないかどうか確認する任務を彼女に与えた。彼女はそれを見事にこなしたのだが、どうやったのかはすぐにはわからず、もっとあとで、嵐が峠を越してからようやく大筋が見えたにすぎない。それを再現するとだいたい次のようになる。マティルドが現場を探ると、敵がすでに近くからひそかに倉庫を監視していることがわかった。このままでは武器は敵の手に渡ってしまう。かといって無理に運び出そうとすれば逮捕される。どちらに転んでも危険な状況だ。ただし敵の車両はまだ一台で、倉庫を包囲するのに必要な応援部隊を待っている段階のようだった。そこでマティルドはロジェを呼んだ。ロジェというのは勇敢な大型トラックの運転手で、すぐに空の青果輸送トラックを飛ばしてやってきた。マティルドとロジェは二十分足らずで倉庫の武器をすべてトラックに積んだ。「あの娘っ子は無駄口一つたたかずに仕事をしたよ。若いのに大したもんだ！」とロジェはあとで語った。二人は堂々と大通りから逃げた。敵の監視車両がまだいたので、ロジェは一瞬ためらったが、「彼女が大丈夫だからと自信たっぷりに言ったんだ」。そして実際、無事に逃げることができた。「いやあ、あれはひやひやものだった」。しかし敵の監視車両が動かなかったのは当然だったのだ。三十分後に敵側の応援部隊が到着したとき、倉庫を見張っていたはずの二人はフロントシートで喉をかき切られて死んでいた。

アンリはこのマティルドの率先行動を評価しなかった。現に、敵の報復は迅速だった。彼女のおかげで武器を失わずにすんだことは認めるが、戦争を経済のように考えるのはアンリの主義に反する。とにかくこの出来事以後、彼はマティルドをそれまでとは違う目で見るようになった。それでも彼女は相変わらず物おじせず、口数が少なく、美しく、アンリはますます惹かれていった。始終行動を共にしていたので指先が触れ合うこともあったが、それ以上のことはなかった。アンリは彼女のことを詳しく知りたかったが、ほとんど聞き出せず、一輪の花のようにたおやかな娘の姿と、車中で喉をかき切られた二人の敵兵をどうしても結びつけることができなかった。どうやって二人を殺したのかについても、答えを知るのが怖くて本人には訊けず、一人であれこれ考えるばかりだ。フロントシートの男二人を襲うということは、まずリアシートにすばやく乗り込み、ナイフの一振りで前席の一人目の喉を切り裂き、即座に二人目も手にかけたということになる。あるいは両手にそれぞれナイフを握っていて、ほぼ同時に仕留めたのだろうか？　それとも二人を誘惑して油断させた？

だがそのあとまた別の出来事があり、それを機にマティルドは単なる同志ではなくなってしまい、以後誰も彼女を止められなくなった。それがゲルハルト事件だ。ゲルハルトというのは面立ちの美しい生粋《きっすい》のアーリア人で、熱狂的なナチスの下士官だった。負傷してイモジェーヌの手に落ちたのだが、すでに虫の息で、何人かの同志が敵の情報を聞きだそうとしたものの、吐かせることができなかった。彼らは人里離れた納屋にいて、誰もがもう戻らなければならず、そこでその日のうちにもゲルハルトを始末しようということになった。するとマティルドが、「わたしがやります。情報を吐かせます」と言ったのだ。迷いのかけらもない断固たる口調だった。アンリはそれを制することができず、彼女の提案を受け入れ、ただし武装した仲間を一人、護衛のために残すという条件をつけた。残ったのはジルだ（そう、ジルだったとアンリは思い出した）。それ以外の全員はいったん引き揚げることになり、マティルドはアンリに、「両親のところに寄って安心するように伝えてもらえませんか？」と頼んだ。「心配させたくないんです」

アンリはマティルドの実家に立ち寄った。父親のガシェ医師は留守だったが、母親には会えたので、お嬢さんは今日は戻りませんが、なにもご心配いりませんからと伝えた。

その夜アンリは心配でよく眠れず、翌朝、夜明けとともに納屋に駆けつけた。護衛のために残したジルが、納屋に向かう小道の脇で干し草にもたれて居眠りしていて、アンリの車の音で目を覚ました。

「ドイツ兵は死にました」そういったジル本人が、死人のように血の気が失せていた。

「マティルドは？」

ジルは黙ったまま納屋のほうを指さした。アンリが納屋に駆け寄り、いきなり扉を開けると、マティルドが驚いて身を起こした。

「脅かさないで」

そう言って立ち上がったマティルドは、テーブルの下から這い出てきたかのようにスカートを手で伸ばした。それから一枚の紙をアンリに渡した。彼女の筆跡だったが、アンリは紙よりも彼女の手に目を留めた。爪の先が黒っぽく汚れている。この農場跡はずっと前に井戸が涸《か》れていて、水がないから洗えなかったのだろう。「そこに全部書きました」と彼女が言った。二人分の名前、日付、場所、十数個の単語が並んでいる。アンリは納屋の奥の、梁からコードで吊るした電球に照らされた場所に行った。テーブルの足元の地面が湿っているのでよく見ると、踏み固めた土が血を吸っていた。テーブルの上に横たわったドイツ兵は血をすべて抜かれたように真っ白だった。アンリは嘔吐した。ここが農場だったとき乳しぼりに使われていたに違いないバケツに、ばらばらになった指、手、足が放り込まれていたからだ。それだけではない。目、耳、睾丸《こうがん》も、識別不能な部位もあった。

「くたくたなので、ジルに頼んで家まで送ってもらってもいいですか?」

すぐうしろに彼女がいた。にこにこしている。褒められると思っているのだろうか? いや、そうではなかった。彼女は手荷物をまとめるとふたたび振り返り、アンリをまっすぐ見た。そのときの彼女の表情をアンリは忘れることができない。そしてその表情こそ、二人のあいだになにかが起こりかけるたびに浮かんできて、アンリを押しとどめるものなのだ。そのときアンリが見たもの、それは過酷な試練でくたくたになった女の顔ではなく、満足しきった女の顔だった。

アンリは外に出てジルのところまで戻った。

「なかにはいられなかったんです」とジルが弁解した。「見ないようにしても耳には入ってきますからね。とてもじゃないけど聞いていられなくて」

そこへマティルドが来て、「行きましょうか?」と声をかけた。

ジルは下を向き、自分の車を隠してある納屋の裏手に向かった。マティルドはアンリのほほにキスしてから、ジルについていった。聖人君子でさえ骨抜きにされそうなうしろ姿を見せて。

この日を境に、組織内のなにもかもが変わった。

つまりマティルドは……アンリは言葉を探す。戦時中のマティルドを表現しようと思ったら少々の言葉では足りない。男二人の喉をかき切ったことがわかったときも仲間はかなり動揺したが、ゲルハルトの話を聞いたときには誰もが身をこわばらせた。そしてそのときから組織は、仕事で彼女と組むのを避けるメンバーと、逆に彼女を妄信するメンバーの二手にはっきり分かれた。前者にとって彼女はおぞましい亡霊、魔人、悪魔であり、後者にとってはタフなリーダー、ミューズ、女神だった。アンリが驚いたのは、そうなってから彼女を追いかけ回すようになった男が少なくなかったことだ。彼女はその誰かの誘いに乗ったのだろうか? 誰も自慢しなかったところをみると、乗らなかったのだろう。

マティルドが実際のところどういう人間なのか、誰も知らない。その後第二のゲルハルト事件は起こらなかったが、ドイツ兵か、その協力者のフランス人を殺さなければならない場面には、必ず彼女が登場した。しかも本人はそれが当然の権利だと思っているようだった。好んで使うのは刃物で、「そのほうが目立たないし、静かだから」と言っていた。とにかく血が流れるたびに、そこにマティルドがいた。

そして戦争が終わった。

一九四七年、マティルドは医師のペラン氏と盛大な結婚式を挙げた。アンリとマティルドは疎遠になった。一九五一年、マティルドから娘のフランソワーズ誕生を知らせるはがきが送られてきて、二人は彼女がフランス語を教えていたフランス中部のリモージュで再会したが、一回きりでまた疎遠になった。一九五五年、二人は共に勲章を授与されることになり、授与式で顔を合わせたが、これも一回きりで終わった。

その五年後にペラン医師が死去し、アンリは葬儀に参列した。大勢の弔問客に紛れていたが、マティルドは遠くから彼を見つけ、わざわざ近寄ってきて旧友のように抱きしめた。毅然と喪主を務めるマティルドはほれぼれするほど美しかった。アンリが改めて数えてみると彼女は三十八歳だったが、かつてないほど美しく、その魅力を黒い喪服がいっそう引き立てていた。それから数週間、アンリは自分の気持ちを伝えるべきかどうか悩みつづけた。彼女には誰かほかにいるのだろうか？　何十回も電話をかけようと受話器を取り、手紙を書こうと万年筆を手に取ったが、毎回あきらめた。なぜかというと、要するに、彼女を愛しながらも恐ろしかったからだ。

このころアンリは多忙で、エージェントとして使えそうな人間を探すためにあちこち飛び回っていた。だが引っかかってくるのは兵士や傭兵からプロの犯罪者になった連中、つまり彼が言うところの「ごろつき」で、それぞれになにかしら欠点がある。腕もいいし信頼もできるという人材はなかなか見つからなかった。

だが一九六一年にふと、これといったきっかけもなく思いついた。思いついてみると当然のこととしか思えなかった。天才的ひらめきだ。裕福な未亡人で、かつてレジスタンスの闘士として輝かしい戦歴を残した女性。これ以上に理想的な候補がいるだろうか？　アンリがさっそく提案すると、マティルドは涙を流さんばかりに喜んだ。そして最初の任務を完璧にこなし、〈人事〉も大満足。以後、二人は規則上、顔を合わせてはいけないことになった。それは互いの身を守るためであり、危険の細分化でもあるとマティルドは承知している。

公衆電話からかけて話をすることはたまにある。仕事の依頼は年に三回か四回で、海外での仕事もなくはない。

マティルドは娘のフランソワーズを連れて行くこともあった。そういうときは娘をホテルのプールで遊ばせておいて、そのあいだに仕事をした。標的の女性が車のキーを探して身をかがめた瞬間を狙って頭部を撃ち、それから買い物をして、ショッピングバッグに土産物を詰め込んでさっそうとホテルに戻るといった調子だ。

アンリとマティルドはその後の二十年間で三回顔を合わせた。三回ともアンリは偶然を装い、人生を支配するのは多かれ少なかれ偶然であるという体《てい》をとった。一九六二年と一九六三年にパリで会ったのは、新しい規則の導入で組織内がごたごたしていた時期だ。〈人事〉は「なにもかも見直す」と言ってきた。上層部がすべてのエージェントと面会するとともに、記録を精査することになった。その結果、二度と姿を見せなくなったエージェントもいるが、マティルドは無事にクリアした。次に二人が再会したのは一九七〇年で、マティルドは怖いものなしの五十代になっていた。たわやかな体つきも独特の歩き方も変わらなかったが、太腿のあたりが少し横に張り出し、動くとわずかに緩みが感じられるようになっていた。二人はブリストルで食事をした。彼女はやはり輝いていた。だがアンリにとって得体の知れない存在であることに変わりなかった。その前々日、彼女はフランクフルトで仕事をしたのだ。アンリのところに飛び込んできたミッションで、一刻の猶予もなく、報酬は三倍、顧客は急げとわめきまくっているという。わかりました、誰か送りますと答え、マティルドに任せた。彼女はホテルの部屋に入り、男一人、女二人の計三人を三発、三秒で仕留め、四分後にはもうホテルの外に出ていて、使った拳銃と手袋はすでにレセプションのごみ箱のなかだった。

なぜあれほどすばやく外に出られたのかとアンリが訊くと、彼女はこう答えた。

「もちろんエレベーターに乗ったのよ！　まさか、四階からハイヒールで階段を駆け下りたとでも思った？」

彼女の心からの笑いには抗しがたい魅力がある。今日こその日だとアンリは感じた。それまでにないほど強く、二人のあいだになにかが起こる予感がした。ついに今日、思いを伝え合う……と思ったのだが、結局なにもなかった。彼女がタクシーに乗って帰っていったとき、アンリは全身の力が抜け、立っているのもやっとだった。それが十五年前のことだ。

その後マティルドは、年を重ねるにつれ、正体を見破られる可能性がますます低くなっていった。

太っていて、動きが鈍く、視力がかなり悪く、少し暑いだけで汗をかき、ハンドルにしがみついて運転する高齢女性。もはやどこからどう見ても殺し屋には見えない。

疑われようもないのだから、もうなんの心配もない。

アンリはそう思っていた。つい最近まで。

ここでまたしても、アンリの思考はカンタン事件に戻った。起き上がりこぼしのように、何度振り払っても同じ疑問が浮かんでくる。あの殺し方はたまたまああなっただけなのか？　彼女はそうだと言うが、説明は曖昧だ。もしやもっと深い理由があるのでは？　そう思うと恐ろしくて次の一歩が踏み出せない。数日後に新しい契約がまとまりそうだが、これをどうしたものか。場所はパリ。だがマティルドに任せていいのか……。アンリがこうして迷うのは初めてのことだった。

＊　＊　＊

マティルドはぼんやりしていた。時折こうしてロッキングチェアを屋根付きのテラスに持ち出し、ぼんやりすることがある。どこかのおばあさんみたいと思いながら、庭の木々や、鉄格子の門扉、そこまでまっすぐ延びた砂利の小道を眺める。考え事をしながら夜の帳《とばり》が下りるまでそのままじっとしていることもある。

だがいまテラスでこうしているのは、ほかにすることがない（まったくなんて退屈なの……）という以外にもう一つ理由があった。今日の午後めまいに襲われたからだ。最初は顔の痙攣だった。パリから戻る途中、車のなかでいろいろなことを考えていたら急に顔が痙攣し、勝手に表情がころころ変わりはじめたのだ。いら立ち、憂鬱、悲痛な悲しみ、おどけた膨《ふく》れっ面《つら》……。なにを考えていたかというと、まずはアンリのこと。いとしいアンリ。そしてもう連絡が来ていてもおかしくない次の仕事のこと（することもないままじっと待つのはつらすぎる）。それから家のなかが耐えがたい状態になりつつあること。片づけができなくなり、家中どこもかしこも散らかっている。もちろん自分で動くのがいちばんだけれど、とりあえず家政婦に来てもらうというのも悪くない。というわけで、マティルドは地元のムランの家政婦紹介所に立ち寄ったのだが、そこの所長だという女性のものわかりの悪さに閉口するはめになった。どんな仕事を頼みたいのか事細かく訊かれたのだ。

「だから掃除を頼みたいの、家のなかの。おわかりでしょ？」

いや、それだけでは足りず、もっと具体的に指示してほしいという。

「あなたも掃除くらいしたことあるでしょ？」とマティルドは訊き返した。「あなたが家でするのと同じことを、うちでしてほしいだけ」

たぶんこの会話でいらいらしたのが体に悪かったのだろう。紹介所を出るときには神経が切れそうになっていた。所長はマティルドの家からさほど遠くないところに住んでいる若い女性の住所と名前、ちょっとした人物紹介を書き、写真を添えてよこした。

「この人は掃除ができるのね？」

「掃除のやり方なら誰でも知っていますから」

「そりゃそうでしょうけど、やり方を知っていても、やりたがらない人もいるから。わたしみたいに。だからそういう人には当たりたくないわけ」

所長はため息をついた。

「若い独身の女性で、仕事を探している人です。とても熱心で、意欲的で」

コンスタンスなんとかと言っていた。それでどういう取り決めをしたんだっけ？　マティルドはもう覚えていない。こちらから電話するんだったか、それとも向こうからか。

そんなこんなでスーパーの駐車場に車を駐めたときもまだむしゃくしゃしていた。すると突然、とてつもない疲労感に襲われた。足の力が抜け、心臓が痛くなった。

そうなったのは車から降りたときだ。なんだかおかしいと思って周囲を見たら、通路を行き交う買い物客や商品でいっぱいのカートが全部ゆがんで見え、しばらく車のフェンダーに寄りかかってめまいが収まるのを待つしかなかった。少しして心臓の痛みが悲しみに変わったとき、買い物はまたにしようと思った。買い物なんかあとでいい、それより家に帰ったほうがいいと。運転席に戻ると、そこはわが家の延長のようなものなので、少し落ち着いた。そしてそのままわが家、すなわち〈ラ・クステル〉への道をたどった。〈ラ・クステル〉というのは亡き夫がこの田舎家につけた名前で、もとは夫が子供時代に住んでいた別の家の名前だ（クステルは中世のフランス語で羽毛マットレスのこと）。マティルドはこの名前が気に入らなかったし、夫がなにかというと昔の思い出に浸ろうとするのが不愉快だった。もちろんその程度のことで変えさせたりはしなかったが、いまだに好きになれない。だが好きだろうが嫌いだろうが、いまやこの名前を口にするのはマティルドだけだ。亡夫の遺産として受け継いだ家だが、娘はこの家が好きではなく、めったに寄りつかない。いや、この家だけじゃない。娘は嫌いなものが多すぎる。娘婿ときたらもっとひどい。アメリカのものしか受けつけないんだから。

日が暮れてもまだ、マティルドはテラスでロッキングチェアに揺られていた。足元でリュドがぐっすり眠っている。

指を折って数えてみた。五月、六月、七月、八月。四か月もアンリから音沙汰がなく、仕事も来ていない。でも夏のあいだは毎年依頼が少ないし、時期が偏る仕事だから……。いや、それは違う、と首を横に振る。夏に少ないのではなく、一年を通して一定しないというだけだ。三か月なにもないと思ったら、立て続けに二件来たりする。でももう九月に入ったんだし、そろそろ来てもいいはずだ。それともアンリは、はっきりとは言わなかったが、なにか不満があるのだろうか？　前の電話で声が少し尖っていたことは記憶にあるが、なにが問題なのか、四か月も前なので覚えていない。それに、なぜ会いに来てくれないのだろう？　また会えたら最高なのに。わたしたちにはすばらしい思い出があるのに。

マティルドにとってアンリは夫の対極に位置する存在だ。夫とは普通に結婚生活を送ったが、心から求めたことは一度もない。夫が木偶《でく》の坊《ぼう》だったのをさておくとすれば、あとは単純に相性の問題で、肌が合わなかった。仲はよかったので、夫が死んだときは悲しみに暮れたが、それは青春時代の友人を失ったような悲しみだった。一方アンリはというと、マティルドは初めて会ったときから彼を激しく求めてきた。彼と握手するだけで、特別な感触が体内を駆け巡った。だが彼に打ち明けたことは一度もない。マティルドは医者の娘で、ブルジョア家庭で育ったので、自分から男性に告白する勇気はなかった。それに当時の状況では色恋など考えられもしなかった。相手は組織のリーダーで、命令する立場にいる司令官であり、戦闘の合間に同志とねんごろになったりはしない。

そして戦後は誰もが混乱のなかで元の生活に戻っていき、アンリも離れていった。

それにしても、待ちくたびれていることくらい察してほしいし、仕事の一つくらいはくれてもいいのに！

アンリったら、この薄情者！

「ペランさん」

無理な頼みごとをしているわけじゃなし、ただ仕事が欲しいだけなのに。わたしを使って！そっちは動き回って、命令を出して、忙しくしてるんだろうけど、自分以外の人間のことも少しは考えてよ。古い付き合いじゃない。あなたが思うほど衰えちゃいませんからね。まだまだあなたを驚かすことだってできるのよ！

「ペランさん！」

マティルドは顔を上げた。

まぬけな隣人、ルポワトヴァンだった。彼の家はすぐそこ、右に四十メートルほど行ったところにあるのだが、生け垣で仕切ってあるのでお互い始終姿が見えるわけではない。その代わりに彼は時々、隣のよしみで訪ねてくる。菜園で野菜が採れたからというのがいつもの口実だが、野菜など持ってこられても困ってしまう。マティルドは丁寧に礼を言って受け取り、彼の姿が消えたらすぐごみ箱に捨てている。まったく、二キロものズッキーニなんて、どうしろっていうの？

ルポワトヴァンは門の柵のところに立っていた。ずんぐりした汗っかきの男で、じめっとした手の感触を思い出すだけでぞっとする。それでも笑顔でどうぞお入りくださいと手招きし、彼は門を静かに押して入ってくる。門の錠が壊れているからだ。そうだった、それも修理しなきゃ。でも問題山積でそれどころじゃないけど。目を覚ましたリュドが人の気配に気づいて起き上がり、盛んに尾を振っている。気がいい犬で、つまり番犬としては使えない。

「リュド！」とマティルドは犬を叱りつける。

そうでもしないとリュドはルポワトヴァンに駆け寄って手をなめるだろうし、そうなったら最悪だ。リュドのほうは飼い主のいら立ちを感じ取って慎重を期し、また寝そべった。

ルポワトヴァンは例のごとく籐《とう》のかごを提げている。厄介なやつ。

「もしやお邪魔だったのではありませんか？」

「いいえ、ここで休んでいただけですから。いい晩ですね」

「ええ、風もなく。サラダ用の葉物野菜をお持ちしました」と言って彼は籐のかごをテラスに置く。

ばかじゃないの？　そんなこと言われなくても、ビーツじゃないってことくらい見りゃわかる。

「まあ、いつもご親切に」と彼女は笑みを返す。

ルポワトヴァンは褐色の口ひげを生やしていて、たぶん五十歳くらいで、公務員かなにかだったそうだが、軍隊生活しか知らない退役軍人のように落ち着き払っている。マティルドは彼のことをほとんど知らず、知りたいとも思わない。

二人はさらに二言三言時候のあいさつを交わす。

マティルドはおしゃべり好きだが、ルポワトヴァンでは相手にならない。勘弁してほしいというのが本音だ。天気がどうの、田舎町の穏やかな暮らしがどうの、犬を飼う楽しみがどうの。先日などは十三年飼っていたというシェパードの話まで出てきた。下半身が麻痺して失禁するようになった過程を事細かく語り、獣医で注射してもらった段にさしかかると目に涙まで浮かべていた。そんな悲しいなら話題にしなきゃいいのに。

マティルドがくだらない話に十五分も耐えたころ、ようやく夜の冷気が忍び寄ってきて、ルポワトヴァンもではこのへんでと切り上げた。

「お見送りもしない失礼をお許しください」とマティルド。

ルポワトヴァンは紳士を気取れるこうした場面が大好きで、万事承知とばかりにほほ笑み、

「とんでもない、なにが失礼なものですか。道を知らないわけじゃなし!」と高笑いする。

そして手の一振りとともにようやく柵の向こうに消えた。マティルドは手を振り返しもしなかった。

あの男、どうもよくわからない。とりたてて文句があるわけではないけれど、ああした慇懃《いんぎん》な態度には裏があることが少なくない。もしかしたらなんらかの悪意が……。気をつけなくちゃ。

「リュド、なかに入るよ」

リュドは要領を心得ていてすぐに従う。マティルドは少し長居しすぎたのか、不意に寒気に襲われ、これもまぬけな隣人のせいだと腹が立った。あの男、わたしが死ねばいいと思っている。そうでなきゃこんな時間におしゃべりしにくるはずがない。

二階に上がる前に眼鏡を探す。本好きでもないのに、数行でもなにか読まないと眠れないのだ。あった。眼鏡は整理だんすの引き出しに入っていた。ふと見ると折り畳んだ紙も入っていたので、取って広げてみる。そのとたんに喜びで胸が高鳴った。

「アンリ、ありがとう！　最高！　ああ、やっぱり昔なじみを忘れちゃいなかったのね」

書かれた文字を読む。自分の筆跡ではなく、どこで受け取ったメモか覚えていない。仕事の依頼のメモならその場で破ることになっているが、うっかり持ってきてしまったのだろうか。まあいい、名前と住所だから仕事の依頼に間違いないし、ちょっとした人物紹介と写真もついている。これなら下調べも楽だ。あまりの感動で、アームチェアに腰を下ろさずにはいられない。そしてコーヒーテーブルの小さいランプをつけてもう一度読んだ。「コンスタンス・マニエ、ガリバルディ大通り十二番地」。メッサンの住所だ。ムランのすぐ近くの小さい町で、いわばムラン郊外。そうか、自宅に近いからこの仕事をわたしに任せてくれたんだ。遠くから誰かを送り込むより費用も安く抑えられるから。

ああ、幸せ。

「リュド、おいで」

リュドは慎重に、ゆっくり近づいたが、飼い主が頭をなでてくれたので、安心して彼女の膝にあごを乗せる。

「よしよし。また一緒に仕事よ。アンリが久しぶりに一件任せてくれたから」

マティルドはほっとしていた。今度こそアンリに満足してもらわなければ。あとから電話でわけのわからないことを言われたりしないように。

「いい仕事をしようね、リュド」

九月六日

騒がしい音で目が覚めた。発射音。銃声。コンスタンスはぎょっとして飛び起き、勢いよくドアを開けたらナタンがテレビの前にいて、画面のなかで銃撃戦が繰り広げられていた。思わず口から出た。

「いったいなにやって……」

言葉はそこで止めたが、動作のほうは止められず、リモコンをつかむなりテレビを消していた。唐突に静けさが訪れる。ナタンがぽかんとこちらを見ている。コンスタンスはいつもショーツに短いTシャツで寝ているが、急にはしたない気がした。慌てて自分の部屋に駆け込んで長めのセーターをかぶって息子の前に戻ったが、これじゃもっとまずい、セクシーすぎる。だがまた着替えるのも変なので、そのままの格好でじっと息子を見た。

「テレビをつけるんなら、その前につけてもいいかって聞かなきゃ！」

「だれに？」

「わたしに」

「だってつまんなかったから」

「うん、でも、わたしが起きるまで待っててくれてもいいんじゃない？」

「起きるの、なんじ？」

え、もしかしてと不安になり、時計に目をやった。うそ、もう十時半じゃない！　目覚ましが鳴らなかったってこと？　部屋に広がる静寂が非難の大合唱に聞こえてくる。

「朝食は買っておいたから」

そう言いながらキッチンに行くと、シリアルの箱がもうテーブルの上にあった。ナタンは自分でシリアルを食べ、食器を洗い、拭き、片づけたのだ。なんと言ってやったらいいのかわからず口ごもった。ナタンは彼女の脚を見ている。なにか言わなきゃ。

「シャワー浴びた？　こっち、教えてあげる」

コンスタンスは息子を浴室に連れていき、石鹸はそこ、タオルはここと必死の笑顔で説明しはじめた。また昨日の勇み足の再現だ。だがまずいなと思ったとき、それを止めてくれたのが息子だったので驚いた。

「わかるから、だいじょうぶ」と息子が言ったのだ。安心してねという意味で。

コンスタンスは息子をなかに残して浴室のドアを閉め、大きく息を吐いた。雨が窓を激しくたたいている。動物園とピクニックに行くつもりでいたけれど、天気のことなど考えもしなかった。なんてだめな母親だろう。

＊　＊　＊

ムランも郊外のこのあたりまで来ると、団地が立ち並ぶ以外はからっぽの空間が広がっている。芝生もパンクしたタイヤのようにつぶれて元気がない。日中はけっこう車が駐まっている。車はあるが仕事はないという人が多いからで、仕方がないので彼らは車の修理をし、それが日課になっている。そういう場所には麻薬の売人もやって来るので、結局このあたりにはいつでも人がうろついていて、近づいてくる車、出ていく車、駐車しようとする車を目で追うことになる。だからマティルドにはやりにくかった。仕事の下見に来たのだが、彼女のルノー25はまだ新しいので目立ってしまう。たまたま迷い込んだふうを装って通り抜けるのがせいぜいで、あとは周囲を見て回るくらいしかできない。その後ようやく一か所だけ、ガリバルディ大通りと垂直に交差する通りに、駐車ができて、しかも目立たずに標的を観察できる場所を見つけた。

この日は早朝から雨が降っていて、人通りが少なく、あたりは静かだった。時折エアコンを回さないとガラスが湿気で曇ってしまう。

マティルドはなんとなく引っかかっていた。これまでにかなりの数の仕事をこなしてきたが、今回のような標的は初めてだからだ。コンスタンスなんとかという女性は三十前後で、やせぎすで、ボーイッシュな感じだ。子供がいるというのだが、そんなふうには見えない。

失業者、廃業した店のシャッターを覆うスプレーアート、安売りスーパーなどが多いこの地域で、低家賃住宅に住んでいる若い女。通常マティルドが託される仕事の標的にそういう人物はいない。もっとも死ぬ権利は平等なんだから、標的がどんな人だっておかしくはない。それでも写真を見たり、どの場所からどの角度で狙おうかと考えたりしていると、この人はいったいなぜ標的にされたのだろうと首をかしげずにはいられない。もしかしたら今回は薬物、売人、売春がらみの案件なのかもしれない。

いずれにしても、この女を消すために、マティルドが優に半年以上暮らしていけるだけの金額を誰かが出したのだから、それ相応の理由があるのだろう。

＊　＊　＊

雨で計画はぶち壊しになった。しかもほかに選択肢の用意がない。

コンスタンスは出鼻をくじかれてすっかり弱気になり、自分がシャワーを浴びて身づくろいをするあいだ、とりあえずナタンにはテレビを見せておいた。午前はあっという間に過ぎたが、雨はやむ気配もない。

そして不意に、彼女は降参することにした。これ以上はプレッシャーに耐えられない。

昼になったところでこう言った。

「今日はね、動物園に行って、それからピクニックに行こうと思ってたんだ。でもこれじゃね」

二人は同時に窓のほうを向き、降りしきる雨を見た。

「ここで食べよっか。しょうがないもの」

彼女は開き直った人間特有の迷いのない動きで、いくつもの紙袋をテーブルに運び、そこからフルーツ、アルミホイルで包んだサンドイッチ、袋入りポテトチップス、コーラの大ボトルなどを出して並べた。すると面白いことに、彼女が息子を喜ばせようと必死になるのをやめたとたん、息子は彼女の提案を喜んで受け入れた。

「ここでいいよ」とナタンは言う。「それに、ぼく、動物園はあんまり」

「なんだ、そうなの？」

アルミホイルで包んだのがまずかったのか、サンドイッチのパンが湿っていて、嚙むとべちゃべちゃして最悪だった。

それでも二人は向かい合い、たわいもない話をしながら一緒に食事ができた。サンドイッチの出来はいまいちでも、このほうがずっといい。ナタンはポテトチップスを一袋空にする勢いで食べた。コンスタンスはそれをあっぱれだと思い、にんまりした。

「なんで笑うの？」

「だって、チップスを少しは残してくれるのかなあって」

「あ……」

ナタンは慌てて残り少ない袋を差し出し、本当に困った様子で謝った。それから、今日はなにをしようかという話になった。

「映画は？」とコンスタンスが提案する。

ナタンがうんとうなずいたので、コンスタンスはさっそくテレビ雑誌の週末版を開き、地元の映画館の上映スケジュールを見た。

「『ネバーエンディング・ストーリー』は？」

ナタンが訊き返す。

「『グレムリン』やってないの？」

コンスタンスは目で追うが、いまはやっていないようだ。だったらいいよ、『ネバーエンディング・ストーリー』で、ということになる。

「それじゃ、今日の午後は映画館に行くってことで、だったらその前に晩に食べるものを買ってこないと」

コンスタンスは独り言をつぶやきながら部屋のなかをうろうろした。

「雨のなかを一緒に買い物には行けないし」

彼女が迷っているのに気づいて、ナタンがどうしたのかと彼女の顔を見る。

「だからって一人で残していくわけにも……そんなの……」

そんなのまともな母親がすることじゃない、と彼女は言いたいのだ。この年の子供を一人で残して出かけるなんてことある？　だが雨はまだ激しく窓をたたいている。こんな天気なのに子供をスーパーまで歩かせるなんて、それもどうかと思う。彼女はますます迷う。

「一人でぜんぜん平気だよ」ナタンが安心させようとして言った。「テレビを見ててもいいならって意味だけど」

二人は笑った。

コンスタンスがアパートを出るとき、ナタンが言った。

「家のなかのピクニック、すごくよかった」

ナタンは真面目顔で、しかもまだなにか言おうとしている。コンスタンスはうれしすぎて卒倒しそうになった。両手で抱きしめてやりたいけれど、それは我慢した。まだ早すぎる。ナタンには時間が必要だ。彼女がいますぐ息子を抱きしめないのにはたくさんの理由がある。何週間も、何か月も、何年も前からその時を待っていたので、早く抱きしめたくて苦しいほどだけれど、まだその時ではない。苦しくても息が詰まりそうでも我慢する。早まってすべてを台無しにするほうがずっと怖いからだ。

彼女は気を取り直し、ごく普通の優しい言葉をもらったかのようにこう返す。

「ほんと、よかったよね」

「とくにチップスが！」

二人はまた笑った。

踊り場に出たコンスタンスは、長いあいだ感じたことがない、いや一度も感じたことがない幸福感に包まれていた。

＊　＊　＊

本来なら、仕事のときは〈調達〉に連絡して武器を新たに調達するのだが、マティルドはそうしないと決めた。毎回処分しているはずの拳銃が、どういうわけか家に掃いて捨てるほどある。それがなぜなのか、なぜセーヌ川に投げ入れなかったのか、どうしても思い出せない。とにかくそこら中にある。靴箱にも、引き出しにも入っているし、三日と置かずに家のなかのどこかで新しい発見がある。そのなかからこの日マティルドが選んだのは、二、三年前に使ったような気がするウィルディ・マグナムだった。好きな拳銃の一つで、木製のグリップがいいし、バランスも申し分ない。銃身が長くてややかさばるが、美しい。だから捨てずに取っておいたのかもしれない。もちろん大口径だ。

それにしても、とマティルドはまた首をかしげる。このコンスタンス・マニエって、本当に標的？

アンリに確認したほうがいいだろうか。

この任務はどうもしっくりこない。

緊急用に特別な電話番号が用意されていて、そこにメッセージを残せば、アンリが折り返し電話をくれることはわかっている。

雨がひどくなってきたのでワイパーを作動させてから、ポケットに手を入れてくしゃくしゃに丸めた紙を引っ張り出した。しわを伸ばしてもう一度見る。やはり間違いない。コンスタンス・マニエ、ガリバルディ大通り十二番地。

マティルドは追い詰められた気分だった。間違いないとわかっているのに自信がもてない。疑う余地はないのに、標的ははっきりしているのに、一抹の不安がよぎる。

そのとき、通りの先にその女が現れた。

風雨ともに強いなか、ナイロンの薄っぺらいレインコートの胸元をぎゅっとかき合わせて歩いている。

マティルドは一瞬たりとも躊躇《ちゅうちょ》しない。

車を出て急いで反対側に回ったが、それだけでもうずぶぬれだ。助手席のドアを開け、前かがみになってグローブボックスに手を突っ込む。体を起こしたときには女はすぐそこまで来ているが、うつむいたままの小走りなのでこちらに気づかない。次の瞬間、女は開いたままの車のドアが行く手を遮っていることに気づき、脇に寄ろうとしてふと目を上げる。すると太った老女が傘もささずに立っていて、その手に拳銃が握られている。女ははっとして立ち止まり、異様に長い銃身に見入る。なにごとかと問う暇もない。

マティルドは銃口が触れそうな至近距離で心臓を撃ち抜いた。

大雨で髪が額に、服が肌に張りついた状態のまま、マティルドは車に乗る。

三十秒かけずに発車。

新聞を傘代わりにして走ってきた通行人が一人、歩道に横たわる女と排水溝に流れ出ている血を見て悲鳴を上げる。

マティルドは大通りを〈ラ・クステル〉のほうへ向かった。フロントガラスの内側の曇りを手の甲で拭く。

「なんなのこの雨。もううんざり」

九月八日

ルネ・ヴァシリエフは署を出る前に、タン一家に関する薄いファイルを開いてもう一度目を通した。タンというのはテヴィの姓だ。彼女が親族のことをあまり話したがらないのは、慎みだけではなく当惑もあってのことではないかとルネは感じていた。カンボジアからの移民であり、看護師、介護士であり、ポルト・ド・ラ・シャペルの近くに住んでいて、ポンコツのシトロエンを所有していること以外、ほとんどわかっていなかった。

そこでルネは彼女の入国時までさかのぼってデータを集めた。

テヴィ自身については移民としての行政上の記録（フランスへの入国、学位同等の認定申請、大学への登録など）しかなかったが、彼女には二人の弟がいて、こちらには行政上の記録以外に犯罪歴もあった。二人は一九五八年生まれの双子で、何度か逮捕されていたのだ。ちょっとした麻薬密売網を運営していて、二年前からは売春にも手を出している。親分気取りの小物といったところだが、フランスに渡る際に辛酸をなめたようで、いまは自分たちの居場所を取り戻そうと躍起になっている。

なるほど、警官相手にそんな弟の話を持ち出したくないのは当然だ。

ルネはヌイイのド・ラ・オスレ氏のところに来るたびに、建物の前に駐めてあるテヴィのアミ6に目をやる。車体はぼろぼろで、塗装の光沢もなく、車というより過去の遺物。そのうえバックミラーに蛍光で光る小さい仏像がぶら下げられていて、フロントシートにもリアシートにもアジア風の布がかけてあるので、仏教の祭壇かなにかのように見える。しかもそれだけではなく、今日はフェンダーがへこんでいた。

「あなたのアミ6ですが、バスとけんかでもしたんですか？」ルネはテヴィに迎えられるとすぐに訊いた。

「あっ……はい」

テヴィはルネを一瞬引き留めて言った。

「ムッシューを責めたりしないで、お願いですから！」

ルネはいささかうろたえた。

「ちょっと待って」

テヴィはもう奥に向かっていたので、ルネは追いかけてつかまえた。

「ムッシューと車になんの関係が？」

テヴィはもじもじしていたが、ごまかしようがないと思ったのか、小声で答えた。

「あなたには黙っていましたが、その……ムッシューがどうしてもと」

「どうしても、なんです？　運転したいと言ったんですか？」

「免許証も見せてくれましたから！」

「免許証って、いつの？」

「一九三一年。そりゃ、ちょっと古いですよ。でも違法じゃありません！」

「ど、ど、どこで運転したんです？　まさか通りに出たんですか？」

「その、最初はまあ、公園のなかの道で」

「子供たちがいる公園？」

ルネは仰天した。

「ええ、でも子供たちが学校にいる時間だけです。それにわたしがずっとハンドブレーキに手をかけてましたから。ちょっとでも道をそれたら、すぐブレーキ！」

テヴィはまた声を落として彼の耳元に顔を寄せる。

「ここだけの話、最初はひどかったんですけど」

「最初って……まさか、一度だけじゃないってこと？」

「すごい進歩です。あなたを驚かせたいと思っていました。いつかムッシューがわたしたちを乗せて走る日が来るかもしれないって。でも」

ルネは続きを待つ。

「でもまだ十分じゃなくて。街中に出るのはちょっとまだ……危ないんじゃないかと」

ルネは言葉を失う。

「そ、それで、事故を起こした？」

「いえいえ！　通りの角のコンクリートブロックでこすっただけで、大したことありません。だから責めないで。そんなことで言い争いしないで！　修理代ももらいましたし、あとはわたしが時間を見つけて修理工場に持っていくだけですから」

ルネはテヴィときちんと話し合わなければと思ったが、彼女はもう背を向けてムッシューの部屋に向かっていた。

ルネが頻繁に来るようになったことに、ムッシューもさすがに気づいていて、「久しぶりだな」とは言わず、「やあ、来てくれたのか、ルネ」だけになっている。

テヴィとムッシューの冒険がエスカレートしているようなので、ルネは気が気ではない。食事（ここではアジア風と決まっている）の最中、ふたたびモーリス・カンタンの話になった。この日の夕方のニュースでまた取り上げられたからだ。だがムッシューは、

「あいつは、ひどく変わったやつだった気がする」と言っただけだった。

ジョッキークラブのことはもう忘れてしまったようだ。モーリス・カンタンという名前も出てこない様子だ。

黄色い小人のゲームでは、ムッシューはチップを預けずにゲームしたり、二回続けて札を捨てたりした。どうでもいいようなことだが、そうした小さい物忘れが次第に勢力を広げていくこともありうる。最初のうちは、ルネもテヴィと目を合わせて「またですね」という笑みを交わしたものだが、いまではそれもできず、ただ楽しいふりをしてゲームを続けるので精いっぱいだ。不安が顔に出ないようにしているものの、うまくいかない。夜の最後のニュースを見て

からムッシューが眠りにつくと、テヴィが待っていたように話を切り出した。

「そうなんです、ムッシューは前より少し物忘れが多くなりました。だから車の運転もやらせてあげたいんです。もう少ししたら、そんなことできなくなるかもしれないから」

ルネにはわかっていた。

「心配なことがいろいろあるんですね？」

テヴィはうなずいたが、職業上の秘密を守ってなにも言わなかった。ルネにしても、正直なところそれ以上知りたくない。それに、余計な不安まで大きくなり、途方に暮れているところなのだ。

それはつまり、ムッシューがいなくなったら、テヴィと会えなくなるかもしれないという不安だった。

＊　＊　＊

こんなうれしい驚きってある？　アンリから知らせが来た！

といっても、考えてみれば驚きというほどじゃない。コンスタンスの息の根を止める任務は完璧に、記録的速さでやってのけたから、アンリも大いに満足しているはずだ。だから次の仕事をくれるのかもしれない。

届いたのはパリの絵葉書で、エッフェル塔の写真だった。文章なし、署名なし。あるのは切手と前日のパリの消印のみ。

門のところの郵便受けで絵葉書を手にしたマティルドは、テラスまでの長い砂利道を歩いて戻りながら、うれしくて小躍りしそうになった。また仕事ができる！　誰だって仕事は好きでしょ？　それに、アンリももう腹を立てていないという証拠だから。

隣人のルポワトヴァンは今日も生け垣近くの菜園で野菜の手入れに余念がなく、マティルドが近くを通りかかるとすかさず「ペランさん、こんにちは！」と声をかけてきた。マティルドはこの男を疫病神《やくびょうがみ》のように嫌い、いつも警戒しているが、今日はうれしくて元気いっぱいなので、「こんにちは、ルポワトヴァンさん」と明るく澄んだ声で応じた。

一緒にいたリュドが生け垣のほうに走り寄る。ルポワトヴァンのそばに行きたいようだ。ひょっとしたら留守のあいだにあの男から食べ物でももらっているのだろうか？　どんなものを？　マティルドは足を止め、生け垣のほうをじっと見た。この隣人は得体が知れない。どかうさんくさい。最初からそうだった。

「リュド、おいで！」

マティルドはリュドを呼び戻し、テラスに向かう。

絵葉書が来たということは、明日の正午に指定の公衆電話ボックスに行かなければならない。絵葉書には、建造物の写真、人物の写真、通りの写真、セピア色のレトロな写真の四種類あり、それぞれがマティルドの家の近くの特定の電話ボックスを示している。

マティルドははたと足を止める。建造物の写真はどの電話ボックスのこと？　フォッシュ通りの仕事のときはどこの電話ボックスで受けたっけ？　コンスタンス・マニエのときは？　忘れてしまったが、すぐに思い出すはずだ。

だが思い出せない。どこだっけ、どこだっけと思いながらその日が過ぎていく。四か所の電話ボックスを書き出すところまではできたが、どの絵葉書がどの電話ボックスなのかがわからない。自分は記憶喪失なのだろうかと不安になった。だがすぐに、ばかばかしい、そんなはずはないと思い直した。ずいぶん仕事の間隔が空いたし、厳しい契約条件を守るのに必死になったし（たとえばフォッシュ通りまでの道のりの焦りといら立ち）、こういうストレスがかかったら誰だって混乱するに決まってる。そう、記憶喪失なんかじゃない。だが思い出せないまま夕方になり、夜になる。マティルドは一度眠りに落ちたが、すぐにパリの建造物が夢に出てきて目が覚めた。仕方がないので電話ボックスのリストを枕元に置いて必死で考えたが、頭が混乱するばかりで埒《らち》が明かない。また明かりを消し、一時間後にまた明かりをつけ、結局一晩中じたばたするはめになった。

翌朝、マティルドは疲れた頭を抱えてキッチンへ下り、コーヒーを飲んだ。

「邪魔、あっち行って！」

いきなり怒鳴られたので、リュドはすごすごとバスケットに戻った。でも困った。用を足しに外に出たいのに、今朝の飼い主は機嫌が悪くて扉を開けてくれそうもない。リュドは訴えるように鳴く。

「静かに！」

マティルドは集中しようと必死だ。だが無駄な努力で、ろくに眠れなかったので頭が働かない。リュドが情けない声で鳴く。

「うるさい！」

通常は、正午に指定の電話ボックスに入ると、電話機のうしろにメモが隠してあり、そこに標的の名前と住所が書かれている。それを記憶し、メモを破り、元の場所に隠す。それで完了。もし正午に行かれない場合は、午後六時に同じ電話ボックスに行けば挽回のチャンスがある。それも逃すと、つまり午後六時を過ぎてもメモが破られていないと、仕事は取り消され、別の誰かに回される。

リュドは我慢できなくなって起き上がり、扉のところまで行って鳴いた。

「ああっ、いらいらする！」

マティルドがつかつかと近づいてきたので、リュドは頭を低くしてうしろに下がった。

「ほら、行っといで！」

ようやく扉を開けてもらえた。リュドは勢いよく走り出し、草むらに飛び込んで用を足すが、そのあいだもマティルドのほうは考え込んだままだ。四か所の電話ボックスは互いにかなり離れている。地図でいうと、彼女の家を中心にして、大きな四角を描くような位置にあり、どれも数十キロ離れている。そこで作戦を立てた。まず一つ目の電話ボックスに正午十分前くらいに行く。メモがいつ置かれるのかわからないが、いずれにしても正午少し前だろう。十分前ならすでにあるはずだ。一つ目がハズレの場合、そこから車を飛ばせば二十分で二つ目の電話ボックスに行ける。一つ目が十分前なら、二つ目は十分遅れですむので、問題ないだろう。だが二つ目もハズレだったら、正午の約束はアウト。その場合は午後六時の挽回のチャンスに賭け、同じ要領で三つ目と四つ目を回る。ただし一般道をぶっ飛ばすことになるので、事故を起こさないように気をつけなければ。

その作戦で行くとして、どの電話ボックスから始めようか。正午に回るのはどれとどれにする？

時間になり車に乗ったが、まだ行き先が決まらない。

よし、まずはバスティディエールだ。家から二十キロ。

電話ボックスの前を通ったのは正午二十分前。早すぎる。もしメモを置きにくる誰かが、そのままどこかに隠れてこちらの様子を見ているのだとしたら、あまり早すぎると疑われる。そこで村を一周することにして、戻ってきたときには正午十分前になっていた。マティルドは車を降りたが、ここがだめならすぐ車に飛び乗って飛ばす必要があるので心臓がどきどきする。電話ボックスに入り、受話器を取り、電話をかけるふりをしながら電話機のうしろに手を伸ばすと、あった！　メモがあった！　いきなり大当たり！　これぞ運命！　アンリ、ありがとう、キスを送るわ。マティルドはメモをポケットに滑らせ車に戻る。そしてメモを広げて片手で前に持ち上げ、じっと見て覚えるふりをしながら、もう片方の手で膝の上のノートに書き写す。下を見ずに書くのでぐちゃぐちゃになるかもしれないから、思い切り大きな字にしておく。メモを下ろし、覚えたかどうか確認するふりをしてから車を降りる。ひどく気分がいいので、もう少しでにやついてしまいそうだ。電話ボックスに戻り、受話器を取り、番号を押してつながるのを待つふりをしながら、破ったメモを電話機のうしろに置き、受話器を戻し、車に戻る。

通常は、メモを見たらその日の晩に〈調達〉に電話して武器を調達するが、今回は手持ちのものを使うことにする。新しい武器はいつも自宅から遠くの、ありえないような場所に届くので、取りに行くのが面倒なのだ。

家に戻り、どんな拳銃があっただろうかと探す。あ、デザートイーグル。これはずっと使っていなかったし、いい拳銃だし、いい仕事ができるだろう。

キッチンのテーブルに広げたノートには、よろよろした線で大きく「ベアトリス・ラヴェルニュ、パリ十五区クロワ通り十八番地」と書かれていた。

＊　＊　＊

ムラン警察がこうした殺人事件を抱えるのは珍しいことだった。この地域でも殺傷事件は発生するが、場所はごく一部の地区、すなわち失業率が全国平均より高く、移民比率も周囲より高く、公営住宅が目立つ地区に限られる。他の地区はその数値を見て、あそこに比べたらここはまだ普通のフランスだと胸をなでおろす。要するに、限られた地区でのギャング同士の抗争や密売人のもめ事はあっても、普通の通りで三十歳の女性が44マグナム弾で撃たれるようなことはまずない。

捜査班はかき集めた捜査資料をすべて並べた。

背の高い定年間近の警視が被害者の写真を見ていく。まずは何年も前の最初の逮捕時に撮影された正面と横向きの写真。愛らしい顔立ちで、細身で、気が強そうだ。次に数年後に再逮捕されたときの写真。身なりに乱れがあり、薬物の影響が見てとれる。そして最後に、歩道に横たわる遺体。ひどい写真だ。警察が到着したときにはすでに大雨だったので、防水シートで現場保存を試みたもののほとんど意味がなかった。おまけに風まで吹き荒れてシートがめくれるので、鑑識も作業をはしょらざるをえず、裁判になればそこを突かれるかもしれない。だがまだそんな心配をする段階ではない。

いまのところ警視が注目しているのは使われた武器だ。大口径で、重くて、いまどきめったに見かけない自動拳銃。しかも心臓を至近距離から撃ち抜いている。

被害者のバッグに身分証明書が入っていたので、警察が住所に直行すると、子供がテレビを見ていて、制服警官が何人も入ってきたのに驚いてぽかんと口を開けた。若い女性警官が面倒を見ることになり、警察署に連れていって事情を説明すると、子供は泣きだした。結局子供は県保健福祉局《DDASS》に託され、その後はまた施設に戻ることになるだろう。ようやくそこを出たばかりだったのに……。それにしても、母親のコンスタンスはいったいなにをしでかしてあんな殺され方をすることになったのだろうか。見せしめや脅しといったメッセージだろうか。だが誰に対しての？　誰からの？　被害者が登録していた家政婦紹介所に行ってみると、所長のマダム・フィリポンが事情を知って泣き崩れた。マダムはコンスタンスが素行を改めていたこと、薬物依存からも立ち直り、悪い縁も断ち切っていたことを力説した。彼女の望みはただ一つ、子供を取り戻して一緒に暮らすことだけだったのだと。なんという話だ。

この事件はどこかがおかしい。

警視は広げた捜査資料をまとめると、捜査の続行を指示するとともに、殺害方法と拳銃について関係各所に問い合わせるように命じた。大口径自動拳銃。至近距離から心臓を一撃。もしかしたらどこかの部署に、これらの点に心当たりがある人間がいるかもしれない。

九月十一日

マティルドは下見の段階でも必ず拳銃を持っていく。コンスタンスのときはまさにそれが功を奏し、下見に行ったらちょうどいいタイミングで標的が現れて、その場で仕事が片づいた。だがいつもそう都合よく事が運ぶわけではない。時には何日も標的を追い回さなければならないのだが、マティルドはそれが苦手だ。歳《とし》とともに気が短くなってきて、なにごともさっさと片づけたいと思ってしまう。十日以上かかる場合は〈人事〉に報告する義務があり、その方法が少々ややこしく、正確に記憶しているかどうか自信がない。いいえ、記憶に問題があるわけじゃないわよ、と自分に言い聞かせる。たいていの場合数日で任務を完了するので、長くその手続きを踏んでいないから自信がないだけだ。フォッシュ通りの仕事は日曜から準備を始めて次の日曜に実行したから一週間で完了。コンスタンスなんとかの仕事は即日完了。アンリは大満足だったはずだ。だからラヴェルニュの件もぐずぐずするつもりはない。

今回の標的であるベアトリス・ラヴェルニュは、二十三歳の美貌の学生で、法学部の博士課程に籍を置いているという。父親は資産家。ベアトリスは歩き方にも物の買い方にも迷いがない。どこかに足を止めるたびに、なんの惜しげもなく財布から現金かゴールドカードを取り出している。もちろん住所もおしゃれな地区だ。

マティルドは三日にわたって尾行し、様子をうかがい、機会を待った。大学の新学期はまだ始まっていないので、ベアトリスはプール、ショッピング、ジョギングと思う存分羽を伸ばしている。どう見ても博士論文の準備をしているようには思えない。

何時間も待ったり、気を抜かずに観察を続けたり、分析や確認を繰り返したりするのは、マティルドにはかなりの負担だ。初日も二日目も、ベアトリスはジョギングのためにブーローニュの森に行った。オースチンミニクーパーを駐車場に置いて、周囲に見事なヒップを披露するかのように念入りにウォーミングアップし、それから走る。なんと二時間も。だがマティルドは走れないので、彼女を追いかけてルートを確認し、襲撃ポイントを見極めることができない。ジョギング中を狙うのはあきらめて、ほかの方法を探すしかない。

マティルドはベアトリスの生活になんの面白みも感じなかったが、この娘が鼻持ちならない害虫だというのはわかった。どこの誰が彼女を消そうとするほど憎んでいるのか知らないが、とにかく仕留めてみせる。

ところが二日目の夜になっても、マティルドは計画を練ることができずにいた。ブーローニュの森でのジョギングを除くと、ベアトリスには予測可能な行動というものがなく、待ち伏せして狙えるような場所も見つからない。十日以上かかる場合は〈人事〉に報告するというのは、単なる慣例のように見えて、じつはそれなりに意味があるようだ。三日目になると、マティルドはうんざりしてきた。早くこの任務を終わらせてもっと面白い仕事をやりたい。ベアトリスの車を追いながら――いまは彼女の家に近い十五区を走っている――マティルドは「面白い仕事」についてあれこれと考えはじめた。そのとき不意に、前を行くオースチンがショッピングセンターの地下駐車場のほうにハンドルを切った。マティルドは瞬時に集中してあとに続き、スロープを地下二階まで下りたところでオースチンを目視し、ブレーキを踏んだ。ベアトリスはマティルドのはるか前方、階段とエレベーターに通じる歩行者用出入口から十メートルほどのところに駐車しようとしている。これぞ絶好のチャンス。朝の十時前で、駐車場はまだ混み合っていない。ベアトリスは少ししたら車を降り、歩いて出口のほうに向かうはずだから、そこを狙うとしよう。マティルドはとりあえず同じ列の反対側の端に車を停めたが、もっと進めとか詰めろとか言ってくる係員が近くにいないのが幸いだ。ベアトリスが車から出てきたら発進し、彼女が歩行者用出入口に着く前に車を寄せればいい。マティルドはデザートイーグルを両膝のあいだに挟み、助手席側から撃てるようにパワーウインドーを下げてから、グローブボックスを開けてサイレンサーを取り出そうとした。

そこからの展開はめまぐるしく、事態はマティルドが思いもよらぬ方向に動いた。ベアトリスが車を降りて歩行者用出入口に向かうまでの時間を読み誤ったのが敗因だ。マティルドの場合は、車を駐めてからまず眼鏡をしまい、手荷物をまとめ、車内に出しっぱなしにしておけないものをグローブボックスやトランクに入れるので時間がかかる。だがベアトリスは速かった。ハンドバッグをつかむなり車を降り、ドアを閉めて歩き出し、マティルドがサイレンサーを取り出すよりも早く、さっそうたる足取りで駐車場の中央通路に差しかかった。

マティルドはとっさに発進してギアをファーストに入れた。エンジンのうなり声に驚いたベアトリスがこちらを向き、突進してくる車を凝視したまま脇によける。

マティルドはベアトリスのすぐ横で止まるようにブレーキを踏んだが、サイレンサーを装着する暇はない。

ベアトリスは車のなかの女が自分のほうに腕を伸ばし、その手に製菓用のめん棒ほどもある大きな拳銃が握られているのを見て硬直するが、それ以上考える間もなく骨盤の下部に衝撃を受けて駐車場の床になぎ倒される。とどろく銃声がコンクリートの柱に反響し、低い天井で多重反射を起こしてなかなか消えず、まるで駐車場全体が強い地震波を受けたように振動した。

下腹部に銃弾を受けると激痛に襲われ、腸がはみ出てしまうし、助かる見込みはないが、すぐに死ぬわけではない。そこでマティルドはドアを開け、拳銃を握ったまま運転席から這い出て反対側に回り、二発目を喉に撃ち込んでとどめを刺した。その銃声がまだ消え残っていた一発目の反響音に重なって駐車場に広がる。

そのとき悲鳴が上がった。

脳天から出たような金切り声だったので、マティルドでさえたじろいだ。声が上がった右手を見ると、悲鳴の主は隣の列の車から降りたばかりの五十代くらいの女性だった。殺害現場を目撃したが、いまになってようやく状況が飲み込めて、思わず声が出たようだ。

女性はマティルドを凝視したが、それも一瞬のことで、心臓を撃ち抜かれて事切れた。

マティルドは息を切らせて車に戻り、拳銃を座席の下に投げ入れると、かかったままだったエンジンを吹かし、タイヤをきしませて発車した。右に急ハンドルを切って上りのスロープに突進し、ほかの車に出合うことなく地下一階に上がる。そこでスピードを落とし、パワーウインドーを閉めたときには、マティルドはペラン夫人に戻っていた。六十三歳のペラン夫人はショッピングセンターで買い物をすませ、駐車場を出て家に帰るところだ。

＊　＊　＊

悪魔は細部に宿るというが、そう信じればの話である。運も同じだ。警察に運があったと信じるなら、それはこのショッピングセンターの駐車場の警備主任が几帳面で冷静な人間だったことかもしれない。彼は爆発音を聞き、続いてもう一回、さらにもう一回聞いた。間違いなく銃声だと思った。様子を見に行くために一階出入口のバーゲートを閉めようとすると、若い同僚が内線でかけてきて、息せききった震え声で、地下二階で女性が殺されたと連絡してきた。警備主任はすぐさまサイレンを鳴らし、警察に通報し、バーゲートを閉めた。ゲートの手前にできた車列の一台目、二台目あたりの運転手には、警備員が大慌てで大きな鍵束を持って走り去るのが見えたが、理由はわからなかった。

マティルドの車はその列の三番目にいた。前二台のドライバーが車を降りて「なにごとですかね」と声をかけ合ったが、誰もなにもわからない。マティルドも話に加わった。「爆発音みたいなものが聞こえませんでした？　ガスボンベ？」すると誰かが、「まさかとは思うけど、銃声のような気もします」と言う。「銃声ですって?」とマティルドは目を見開いて叫んだ。

そのあいだに警備主任はコンクリートのスロープを駆け下りた。地下二階で血まみれの女性の死体を確認。すでに何人かの客が遠巻きに見ている。

「もう一人やられてるぞ!」と同僚が叫ぶ。

そちらに行くと、もう一人の女性が二台の車のあいだに倒れていた。胸部が破裂して背中まで穴があいた状態になっているのを見て、危うく吐きそうになった。

主任は迷わず〈業務用〉と記された金属製のキャビネットまで走った。

「手を貸してくれ!」と若い同僚に呼びかける。

二人は二分もかけずに赤と白に塗られた金属製の伸縮フェンスを取り出した。本来は工事中の場所を囲うためのものだが、これで現場を立ち入り禁止にする。主任は同僚に誰も通すなと見張りを命じた。「なにがあってもだ」。この主任はなすべきことを心得ていた。彼はまた走り出し、スロープを駆け上がる。一階のゲートが閉められ、二階も一部封鎖されて車が通れないので、どの階でも立往生する車が出て、駐車場のあちらこちらでいら立ちのクラクションが鳴りはじめた。主任は一階のゲートへと走りながら、すでに二十台は並んでいるだろうと見積もる。警察もそろそろ到着するころだ。彼はブースに入り、料金収受を再開する。どのドライバーもなにがあったんだと聞いてくる。爆発ですか? 違うんですか? 彼は答えをごまかしながら車を捌こうとする。とにかく駐車場内の渋滞を解消すること、それが急務だ。

パトカーが到着し、地下二階の現場に下りた。だが大型車と救急車は並んでいる車に阻まれて少し時間がかかり、あちらこちらでまたしてもクラクションが鳴る。現場で鑑識が写真を撮りはじめ、警察官が聞き込みを始めた。

＊　＊　＊

救急隊員には出番がないから早々に引き揚げるはず、とマティルドは予測した。必要なのは現場での検視と遺体の搬送だから。

自分の番が来たので、マティルドは駐車料金の精算を待ちながら係員に聞いた。

「なにがあったんですか?」

「地下二階で人が殺されたんですよ」

「ええっ!　ひどい!」

「ひどいですよ、本当に……。四フラン五十サンチームです」

＊　＊　＊

「おい、血まみれの現場に行くぞ!」と叫びながら、オッキピンティ警視は有頂天に近い興奮状態でルネ・ヴァシリエフのオフィスに入った。ついでにその勢いでピーカンナッツをふたつかみ口に放り込む。モーリス・カンタン事件の捜査責任者となってから四か月が経ち、その間に誰もが彼を踏みつけにし、いや、そこまでいかないとしても置き去りにしていった。シークレットサービス、司法省、内務省、政治家たち、公安警察。どの組織も大物も、勝手に事件に首を突っ込んできてはとやかく言い、最後には警察がなんの成果も挙げていないことをことさらに強調にして首を引っ込めた。だがここにきてようやく新たな手掛かりが浮上したのだ。十五区の駐車場で発生した殺人事件。カンタン事件も今回の事件も同種の大口径自動拳銃が使用され、下腹部と喉を一発ずつ撃たれている。これらの類似点から、判事はオッキピンティ配下の捜査班を現場に送ると決めた。

オッキピンティ、ルネ、部下たちは二十分足らずで現場に到着したが、すでに鑑識作業はかなり進んでいた。事件発生は一時間半前で、死体はちょうど搬送されたところだ。とりあえず、コンクリートの床に広がった生々しい血痕をにらみながら、死体を撮影したポラロイド写真を見る。オッキピンティはピーナッツひとつかみ分をのみ込み、

「いいぞ」と息を吐く。

写真のことなのかピーナッツのことなのかわからない。

判事がオッキピンティの肩をたたき、二人は少し離れたところに行った。

ルネに聞こえたのは、「明らかじゃないか」「まだわかりません」「急げ」といった会話の断片だけだったが、どれもいつものセリフだ。ルネのほうは例のごとく一歩引いて全体の状況を把握しようとした。まず歩行者用出入口の近くで倒れていた若い女性のほうだが、写真から判断するかぎり、大口径の拳銃で至近距離から撃たれている。彼は振り向いてみる。犯人はおそらく通路の反対側から撃ったのだろう。

そこから何歩か行ったところに、同じく大口径で至近距離から撃たれた女性が倒れていたと

いうわけだ。二人は連れだろうか？　いや、おそらく違うだろう。

ルネは周囲を見渡した。制服警官が野次馬を追い払おうとしている。いまのところ、犯人は一人か二人で、徒歩でやって来て、徒歩で立ち去った可能性が高そうだ。内側から押すだけで開く非常口を使ったのかもしれない。二人を殺害するために車でここに来るというのは、自ら罠にはまるようなものだ。出られるかどうかわからないし、出られなくなったら車内の所持品を調べられ、拳銃が見つかってしまう。

したがって一人か二人が徒歩で来て、拳銃を発射し、徒歩で立ち去ったと思える。

被害者の二人の身元はバッグの中身から判明した。一人はベアトリス・ラヴェルニュ、二十三歳、法学部の大学院生。もう一人はレモンド・オルセカ、四十四歳、このショッピングセンターに入っている靴屋の店員。ということは、オルセカのほうは偶然居合わせただけかもしれない。それにしても、ショッピングセンターの地下駐車場で法学部の学生を殺害することに、いったいどんな意味があるのだろうかとルネは首をひねった。

最初に現場に駆けつけた警官たちがすでに型どおりの聞き込みを終えていたが、人の出入りが激しい場所の常で、残念ながらまともな情報は得られていなかった。

ルネは内緒話に夢中の判事と警視を放っておいて、一人で一階出口の料金所へ上がった。そこでは制服警官が、料金所を出ていく車のナンバーを控えるとともに、ドライバーの身元確認を行っていた。

いまさらそんなことをしても無駄だからやめておけと言いたかったが、ルネの部下ではないので命令できない。

料金所のブースには警備主任がいた。五十歳前後のがっちりした男で、顔ばかりか肩も手も角張っている。

「話を伺いたいんですが、誰か代わってくれる人はいますか？」とルネは訊いた。

「この時間にはいないんですよ。このまま伺います」

ルネは空いている唯一の椅子に座り、警備主任は料金収受を続けながら話をした。

「銃声が聞こえたとき、どこにいました？」

「ここです」

「何時でしたか？」

「十時二分……（十フラン札をお持ちじゃありませんか？）……駐車券には出場時刻も記録されるので、正確にわかるんです」

「現場に下りていったとき、なにか気になるものを見ませんでしたか？」

「車ですね。駐車場で見るものといったら車ですから……（六フラン五十サンチーム。はい、ありがとうございます）」

それが冗談なのかどうかルネにはわからない。

「ゲートを閉めて下りていかれた？」

「もちろん！」

犯人が一人だとすれば、駐車場内に閉じ込められる恐れがあるとはいえ、車で来ることもありえなくはない。だとしたら最初にここを出ていった車のどれかかもしれない。警察が来る前に出たとしたら——十分ありうることだが——まんまと逃げられたことになる。

「監視カメラはないようですね」

「値段が高すぎるという理由でね。経営者にとっては高すぎるそうですよ、われわれの給料も……（八フラン六十サンチームです。どうも）」

「そのあとなぜゲートを開けたんです？　警察の到着を待たずに」

主任は手を止め、ルネのほうに向き直った。

「開けなかったら、車の列が延びて下の階までつながってしまう。そうすると、上りのスロープが詰まっているなら下りのスロープから出ようとする人が出てきて、そちらも詰まるわけですよ。そこへ警察が来たら、どこからも入れずに立往生します。駐車場全体が渋滞したら解消するのに二時間はかかりますからね、そのあいだに車を離れてなにがあったのか見に行こうとする人が出てきて、そしたら……」

「あ、そこまででけっこうです」

主任はおわかりでしょと片手を上げ、収受業務に戻る。「（九フラン五十サンチームでお釣りが十サンチーム、ありがとうございます）」

「ということは」ルネは遠慮せずに続ける。「もしかしたら犯人はその状況を利用して、警察が来る前に逃げおおせたかもしれない」

「だとしたら……（九フラン十サンチームです、良い一日を）……このなかの一人ですよ」

主任は片手で駐車券を持ったまま、もう片方の手でルネのほうに一枚の紙を滑らせた。ゲートを開けてから料金所を通った車のリストだ。車種、型式、色、ナンバーがメモされていて、右端には「鼻、目、髪」とタイトルが入った欄もある。

ルネはなんだこれはと目を丸くした。

「この最後の欄は？」

「顔の特徴ですよ……（ちょうど十フランです。どうも）……デカ鼻とか、特大メガネとか、おかしな髪型とかね。そういうのをメモしとけば、あとで面通しとかで呼び出されたときに思い出せますから……（八、九、十、はい確かに、どうも。良い一日を）」

ルネはリストに目を走らせた。「太ったばあさん、厚化粧」というのもある。ひどい書きようだが、役には立つ。

「助かりました」ブースを立ち去り際に言った。

「ちょっとしたお手伝いってことで」と主任は答えた。「（九フラン八十サンチームです。ありがとうございます）」

＊　＊　＊

「パリ十五区クロワ通り十八番地」というのは、十九世紀末のどっしりした建物のマンションだった。正面は腰布を巻いた何体もの女人像柱《カリアティード》がバルコニーを支えるデザインだが、柱はすっかり黒ずんでいて、バルコニーではハトがおしくらまんじゅうしている。エントランスのワックスがけは完璧で、管理人室はその右手にあり、バターの香ばしいにおいが漂っていた。

管理人は小ぎれいな身なりの肉づきのいい五十代の女性で、ルネが身分証を見せると、警察の来訪に明らかにうれしそうな顔をした。管理人には話し好きが多いようだと思いながら、ルネはいつもの重い足取りで管理人のあとに続き、被害者の住戸に向かった。

「ラジオで事件のことを聞いてびっくりしましたよ！　こんなひどい話ってないじゃありませんか。あんなきれいなお嬢さんが。物静かで、もめ事なんか起こしたことがないし。顔を合わせるのは朝だけで、夜はめったにお見かけしませんでしたけど。わたしは寝るのが早くて。勤務時間が長いもんですからね、ほんとに。とにかく顔を合わせれば、あのお嬢さんはいつもあいさつしてくれました」

ルネが黙っていると、こんなまぬけ顔の警官に犯人逮捕なんてできるのかしらとでも言いたげな顔でこちらを見た。それでも被害者宅の玄関を開けてくれて、不動産屋のように案内しはじめた。

「こちらがリビングで、寝室は右側です。とても日当たりがよく……」

「ありがとうございます。あとはこちらで」

管理人は一瞬うろたえ、どういう態度をとるべきか迷ったようだが、結局は澄ました感じでその場を取り繕って玄関に向かった。

「じゃあ、これ以上お邪魔してはなんですし、それに……」

「ありがとうございました」とルネは遮った。「あの、お名前は？」

「トルーソー。マドレーヌ・トルーソーです」と言って、管理人は高らかな笑いとともに出ていった。管理人の名前が鍵束《トルーソー》とは、

「笑えるな」

とルネは思った。

できるだけ静かにドアを閉めてから、時間をかけて深く息を吸う。死んだばかりの人の家には特別な静寂が、ゆっくりと動く淀みのようなものが広がっている。そこでしか感じることができないものだが、もしかしたら訪れた人もそれを身にまとうことになるのかもしれない。すでに遺体が死体安置所の保冷庫に入っている女性の家にこうして自分がいることが、ルネにはモラルに反する卑猥なことのようにも思える。

もっともこのマンションは明るいので、気分が暗くなるわけではない。古い建物にしては珍しいと思いながら、自分のアパートの暗さと比べてしまう。リビングには窓が三か所あり、その配置から、二戸をつなげて一戸にしたのだとわかる。インテリアは現代的《コンテンポラリー》で、つまり近代的《モダン》の対極だ。無地のグリーンの壁紙が、白い家具、淡いグレージュのカーペットとうまく調和しているが、これといって際立った個性は感じられない。置物のたぐいは少なく、いい品が選ばれている。高級品という意味での〝いい品〟だ。玄関脇のクローゼットを開けると、スポーツウェア、短パン、ジャージ、トレーニングシューズ、テニスシューズ、テニス用のヘッドバンド、テニスラケットなどが並んでいた。かなり走り込んでいたようだが、それでも駐車場で狙われたとき、その足は役に立たなかったということか。

一面本棚になっている壁に歩み寄り、ラヴェルニュ嬢がどんな本を読んでいたのかざっと見る。アンリ・トロワイヤ、レジーヌ・デフォルジュ、パトリック・コーヴァン、ジャン・ピアの回想録、フランス・ロワジール社の双書。レコードのコレクションのほうはアラン・スーションや映画音楽集。目隠しのスライディング・ドアを開けると、カラーテレビとテレビ情報誌の最新号が隠されていた。そして空《から》の灰皿、何種類かの雑誌、あらゆる種類の食前酒のボトル。

次は寝室。いかにも女性らしい部屋で、香水のかおりが漂い、引き出しにはランジェリーが詰まっていて、写真家のデイヴィッド・ハミルトンの作品がガラスの額に入っている。ルネはベッドに腰掛け、一つの乱れもない洗練された部屋をしばらく眺めてから、立ち上がってバスルームに向かった。予想どおり、ローション、オードトワレ、美容クリーム、泡状化粧品などがきれいに並んでいる。なにかがおかしい。ルネはリビングに戻り、いつもの猫背のまま、壁に視線を走らせたり、ガラス棚に並べられた磁器の象のコレクションに目を落としたりしながら部屋中を歩き回った。この住戸はどこか空っぽでよそよそしい感じがする。掃除が完璧に行き届いているし、何一つ欠けているものがない。キッチンも小さいながら最新設備が整っていて、食器類、食材も一通りあるし、何種類かの柄の二人用のティーセットもある。ルネはふと、自分が想像する一流ホテルのスイートルームがこんな感じではないかと思った（泊まったことがないので想像するしかないわけだが）。つまり誰もが快適であるように、かつ誰も不快に感じることがないように設計された空間。

被害者のポートレートも飾ってあった。当然のことながら、現場で見せられたポラロイド写真よりずっと魅力的な写真だ。

ラヴェルニュ嬢は美人で、整った顔立ちと口元の見事な曲線、きれいに並んだ白い歯が印象的だ。法学部の学生のイメージにはほど遠い。そういえば、法律を学んでいるというなら法律関係の本はどこにある？ ダローズ社の判例集は？ 勉強机は？ 研究計画書は？ これは徹底的に調べなければと、ルネはそれから三十分かけてもう一度各部屋の隅々まで見て回った。その結果なにが出てきたかというと、博士論文の添付資料にはおよそ似つかわしくない何枚もの写真だった。一糸まとわぬラヴェルニュ嬢が口を半開きにし、太腿を少し開き、両手で乳房を少し持ち上げた官能的なポーズで写っていて、左下に白抜き文字で彼女のファーストネームと電話番号が入っている。

一連の写真を下に置いた。ルネは常々、考察というものは不自然な行為であり、だからエネルギーを要するし、額にしわも寄るのだと思っている。そこでさっそく額にしわを寄せ、ベアトリス・ラヴェルニュの日常について考えた。デートの約束、綿密な準備、金回り、顧客……。どうやらこの住戸の雰囲気はラヴェルニュ嬢がここで稼いでいたことを示しているようだ。部屋のぜいたくな作りからして、顧客は上流階級の男性ばかりで、当然のことながら彼女のサービスには相当な値がついていたのだろう。

＊　＊　＊

管理人のマドレーヌ・トルーソーは先ほどの警官の足音をまた耳にして振り向いた。そして、やっぱりまぬけ顔だわと思った。

「終わられました？　もう鍵を閉めてもいいんですか？」

「どうぞ」

そう言うと警官は、許しも得ずにどっかりと椅子に座り、こちらを見た。なんてずうずうしいとマドレーヌは思い、それが顔にも出ただろう。この警官ったら毛の抜けた老犬みたいとも思ったが、それはたぶん実際にこの男の髪が薄いからだ。

「マダム」と警官はゆっくり始めた。「あなたはラヴェルニュさんをとてもよくご存じだったんですよね」

「ええまあ、でもそれは、先ほども申し上げましたけど、あいさつを交わす程度のことで……」

そこでいきなり警官が立ち上がったので、言葉が引っ込んでしまった。この老犬、こんなに背が高かったかしらと驚く。それに思っていたほどまぬけじゃないかも。

「マダム・トルーソー、わたしは少々まぬけに見えますよね。ああ、いいんです、いいんです、否定しなくても。自分でもわかっていますから。しかしですね、そんなわたしでも、法学部の学生と娼婦の見分けはつくんです」

マドレーヌは口をすぼめた。突然不安と動揺に襲われ、血が逆流して顔が熱くなってきた。

「その道の玄人が個人宅で客をとるとなると、どれほど限定された特別客が相手だとしても、この建物に出入りするわけですから、誰にも気づかれずに続けることはできません。ということは、あなたは心付けをもらっていたんじゃありませんか？　たとえば週に一度とか。いや、わたしの思い違いかもしれません。だとしたら失礼なことを言って申し訳ない」

マドレーヌの顔がピンクから深紅へと色を変えたときには、警官はもうドアのところに立っていた。

「でももしわたしの思い違いでないなら、一緒に警察署に来て、詳しく話してくださいますよね？」

＊　＊　＊

とんでもない一日だった。あの駐車場の一件ときたら……。

あんなやり方をするんじゃなかった。気が短いせいであんなことに。いつもそう。それに衝動的だから。ああ、アンリ、どうやらわたしは時々早まってわれを忘れてしまうみたい。でも仕事をちゃんとやり遂げたことはあなたにも否定できないはず。ラヴェルニュの首はおがくずのなかに転がしてやりましたとも！　造作もない。それに言わせてもらえるなら、あの女はまともな稼業じゃなかったんだからあれでよかったんじゃない？　あ、しまった、シュリー橋！デザートイーグルを投げ捨てるんだった！　明日行こう。アンリ、明日絶対行くって約束するから。でも今日はもう疲れた……。そうそう、料金所の場面はご存じ？　無事に通り抜けてみせたわ。わたしのそういうところを高く買ってくれていたでしょう？　あのときのわたしは間違いなくあなたのマティルド！　ええ、わかってる。もう一人の女性を巻き添えにした。突然のことに動揺したのは認めるけど、でもどんなにひどい叫び声だったか、あなたも知ってるでしょ？　わかってくれてるわよね？　静かにしてと言ってすむわけじゃなし。あんな大声で叫ぶってどういうこと？　あれじゃ無理やり口をふさぐしかないじゃない。そうでしょ？　そうよ、わたしの反応は正常だし、あなたもまさか大げさなことを言ってきたりしないわよね。

マティルドは車の暖房を入れたが効きが悪く、風邪を引いてしまったようだ。どうやっても体が温まらない。早く熱い風呂に入りたい。

だが浴室に直行というわけにはいかなかった。リュドが待ちかねていたからだ。三日間も庭に出して放っておいたので（わたしは働かなきゃいけないんだから。誰かが養ってくれるわけじゃなし。公務員だったルポワトヴァンみたいに年金暮らしができるわけじゃ……いえ、まあ、少しはね。ああややこしいったら！　アンリ、これもあなたのせいよ！）、家に帰りついたマティルドが門のところから庭を見たら、芝生のあちこちに穴があいていた。リュドが掘ったのだ。

庭の状態にこだわりがあるわけではないが、このままリュドの好きなようにさせておいたら半年後には練兵場のようになってしまう。そう思ったら少々腹が立った。それでなくても早く湯船に浸かりたくて焦れているのに。

ここ数日の雨で土が泥になり、水溜まりもできていたので、そこで穴掘りをしたリュドは惨めな姿になっていた。まずいことをしでかしたと自分でわかっているところが犬の面白いところで、しっぽを足のあいだに入れ、背中を丸め、耳も垂れている。リュドは両開きの扉の近くに身を隠すようにしてうずくまった。マティルドはリュドに怒りをぶつけ、叱りつけた。それしか通じないのだし、犬に理屈をこねても無駄だから。怒りの効用は日常の鬱屈から解放されることにある。いわば人生の際限ない厄介事からの一時的な逃避だ。

というわけで怒りも収まり、風呂にも入れたので、マティルドはまたテラスにロッキングチェアを出した。リュドは生け垣のところで寝そべっているが、頭を生け垣に突っ込んで隠しているところを見ると、まだびくついているようだ。マティルドは椅子に揺られながら、夜の帳が降りてきてもなお自分を責めつづけた。わたしはなぜこんなに短気なんだろう……。日中の雨で空が洗われ、寒さも少し和らいだが、もう九月だし、これからはもっとみじめな天気になっていくだろう。

シュリー橋に行かなければ。それともほかの橋にする？　ポンヌフ？　アレクサンドル三世橋？　どこでもいい。大事なのはきちんと処分することだから。

どこかの庭師を呼んでリュドが掘った穴を全部埋めさせよう。気温が下がりすぎなければ、冬が来る前にまた芝が伸びるだろうし、問題ない。

「ペランさん！」

やだ、またあいつ。

「はい！」

お隣さんがゴム長靴で砂利の小道を歩いてくる。いつものように天気の話を始めるつもりだろう。雨は庭のためには幸いで、うちの菜園では云々。

「ペランさん、相変わらずうちのほうにおいでになりませんね！」

「ええ、いつも伺おうと思っているのですが、いろいろと用事があって……。おわかりでしょう?」

ええ、わかります、と隣人は手ぶりで答える。

「どうぞ、梨です」

梨とはまた、まぬけな隣人にぴったりの果物ではないか。

「まあ、梨ですって?」と目を輝かせてみせる。

かごいっぱいの梨はどれも黒い点に覆われている。一つ触ってみたが、石のように硬い。マティルドは相手に合わせて果物と天気と庭の話でごまかしたが、それが終わるといつものように話題が尽きた。すると唐突に、

「先週メッサンであった事件のニュースはご覧になりましたか?」と隣人が訊いてきた。

「いいえ、なんのことです?　わたしったらこれだから。いつもなんにも知らなくって。メッサンでどんな事件が?」

「若い女性が通りで殺されたんです。目撃者はいないそうですが、とにかくひどい殺され方だったようで」

「まあ、それで犯人は?」

「わからないんですよ!　殺されていたのはガリバルディ大通りの近くの歩道だとか。どのあたりかおわかりですか?」

「いいえ、あのあたりはあまり詳しくなくて」

「そうですか。とにかく何発も撃たれていたようです」

「ま、なんてこと！」

「わたしが思うに、なにかの内輪もめではないでしょうか。薬物か売春が絡んだ事件ではないかと。最近増えていますからね。それにしても、ペランさん、ここからすぐのところで殺人事件とは、そんな恐ろしいことがあっていいんでしょうか？」

「でも残念ながら、ルポワトヴァンさん、それが現実なのでしょう？」

隣人は名前を呼ばれたのがうれしかったようで、急に元気になって続けた。

「そうですね。でもまあ……」

隣人はあたりを見て、リュドが生け垣のところで寝そべっているのを見つけた。

「……少なくとも彼は、心配事などないようだ」

「いいえ、リュドは叱られてあそこにいるんです。ほら、こっちを見てください」

マティルドは右手の芝生を指さし、隣人はようやく庭の惨状に気づいた。

「おやおや、大変だ！」

ガーデニングに入れ込んでいるだけに、隣人は穴だらけになった芝生を見て衝撃を受けたようだった。

「あれを全部おたくの犬が？」とショックを隠せない。

「リュドじゃないとしたら、あなたかしら？」

「わたしが？　いやはや、おっしゃいますねえ」

ペラン夫人の切り返しは、なぜだかわからないが、ルポワトヴァンには単なる冗談には思えなかった。彼は少々たじろぎ、急に居心地が悪くなった。しかもペラン夫人はそのあともなにも言わずにじっとこちらを見ている。ルポワトヴァンは視線をそらし、もう一度犬のほうを見た。

「このままだと……」

と言いかけたが、どう続けたらいいのかわからなくなり、軽く手であいさつして門のほうに戻りはじめた。いつもの小道なのに妙に長く感じられ、気持ちだけ焦って急ごうとするのに、足が重くてついてこない。ペラン夫人がうしろからじっと見ているのがわかる。背中に刺さるその視線が不安を呼ぶ。

マティルドは隣人の姿をずっと目で追った。そして門が閉まってその姿が消えたとき、ようやく両手を肘掛けにかけて立ち上がった。

「リュド、もう入りなさい！」

薄闇のなか、リュドが生け垣のところでもじもじするのが見えたように思ったが、立ち上がらない。いつものようにすねているのだろう。そういう性分だし、こっちが優しく出るのを待っているのかもしれない。それとももしかして無理にでも家に入れないと、夜のうちにまた庭に穴を掘るだろうか？　いえ、まさか。リュドは暗くなったらすぐ寝るし、夜明けまでは起きないはずだ。

マティルドは家に入ったが、両開きの扉のガラス越しにもう一度リュドのほうを見た。そこからは後ろ足しか見えない。リュドが家に入りたがらないのは不思議だが、頭の奥のどこかでは、自分がそれを当然だと思っているような気もして、どういうことだろうと考える。そして答えを見つけた。そう、頑固だから。信じられないくらい頑固な犬種、それがダルメシアンだから。

だが実際には、リュドが生け垣に頭を突っ込んだまま立ち上がらないのは、首がちゃんとつながっていないからだった。首は数センチ離れたところにあり、かろうじて血まみれの頸椎でつながっているだけだ。パンでも切るように料理包丁で喉をぐるりと切り裂かれたが、頸椎だけは切れなかったのだ。

九月十二日

事態はますます悪化している。しかもそれは自分のせいだとアンリは思った。なぜマティルドに新しい仕事を任せてしまったのだろう。なにが自分にそうさせた？　じっくり考えるにはいい命題だろうが、いまはそれどころではない。アンリはラジオのニュースに聞き耳を立てていた。

パリ十五区のおぞましい殺人事件。

犯人はショッピングセンターの地下駐車場で発砲。被害者は女性二人で、一人はショッピングセンター内のシューズショップの店員。もう一人はベアトリス・ラヴェルニュ、二十三歳の法学部の学生。

いや、問題はそこではない。アンリは真剣に耳を澄ます。アナウンサーの一語一語に心臓が縮み上がる。

「二人は至近距離から大口径の拳銃で撃たれていました。科学警察の専門家によれば、使用された自動拳銃デザートイーグルは、この五月にモーリス・カンタン氏殺害事件で用いられたものと同じだと考えられるそうです。二つの事件はつながっているのでしょうか。法学部の学生とフランスを代表する大企業のトップに、どんな関係があったのでしょうか。不倫スキャンダルでしょうか。しかしそれ以上に注目すべきは、モーリス・カンタン氏とベアトリス・ラヴェルニュさんを、四か月のあいだをあけて殺害する動機が、いったい誰にあったのかということです」

ニュースは人が動くよりも速く伝わる。

今回マティルドがどんな武器を要求したのか〈調達〉に確認することもできるが、それではこちらが情報を把握していないことを〈人事〉に告白するようなものだ。それにいまさら確認してどうにかなるわけでもない。遅すぎる。

マティルドの不可解な行動にはそれなりの理由があるはずだ。十五区の任務も、確かにやり方は荒っぽいが、これまで同様成功しているわけだし……。

とにかく彼女には理由があるはずで、そうでなければこんな事態はありえない。このままでは〈人事〉がすぐにもマティルドを外せと言ってくる。

なんとしても彼女と話をしなければ。

家を出る前に、彼は隠し場所から三十二口径のモーゼルＨＳｃを取り出した。

かなり古い拳銃だが、アンリ自身が古いのだからこれでいい。

＊　＊　＊

ルネ・ヴァシリエフはモーリス・カンタン事件とベアトリス・ラヴェルニュ事件を関連づけた記事に目を通した。

どこから情報が漏れたのかは考えるまでもない。オッキピンティが眉を吊り上げてピスタチオをもぐもぐやっているのを見ればわかる。復讐のつもりだろう。彼にとって復讐とは周囲に徹底的に不愉快な思いをさせることなのだから。

新聞の第一面にベアトリス・ラヴェルニュの写真が載っている。ルネが被害者宅で見つけたポートレートの一枚で、読者の目を引くはずだ。若い美女には誰でも興味があるし、殺されたとなればなおさらだ。

雨雲がパリにもかかっていることに、外に出るまで気づかなかった。ルネは低く垂れこめた雲をちらりと見上げると、折り畳んだ新聞を雨よけにして地下鉄の駅に向かった。セーヌに降り注ぐ雨には詩情が漂う。そのせいなのかどうか知らないが、ルネは地下鉄の入り口を通り過ぎ、そのまま歩きつづけた。寒いというほどでもない、ひんやりした空気が心地よかったからかもしれない。だが頭のなかはひどく混乱していた。頭のなかにヘビがいるなと彼は思った。それも何匹も。

一匹目は太くて少々動きの鈍いヘビで、その名をオッキピンティという。いつもどこかに身を潜め、あらゆる不快をのみ込んで肥え太るヘビ。こっそり裏切るヘビ。のらくら暮らしつづけるために出世を望むヘビ。卑劣で、やり方が汚くて、自分の役に立たなくなった人間をすぐに締め上げるヘビ。

雨よけの新聞の下で頭を振って一匹目のヘビを追い出し、二匹目のヘビのことを考える。それは頭上の新聞の第一面を飾っているクロワ通りの愛らしいヘビだ。もう死んでしまったが、生前はあの建物の階段を思わせぶりな蛇行で這い上がり、資産家、実業家、成功者たちを天にも昇る心地にさせていた。マダム・トルーソーの庇護の下で。なんということだ……。

愛嬌となまめかしいポーズで自分を売り込んでいた小さいヘビは、いま死体安置所の保冷庫にいる。サッカーボール大の穴が二つもあいた肉体のなかで眠っている。だが写真のほうは数えきれないほど印刷され、夕刻のフランス国民の疲れた目にさらされている。そのうちの一枚はルネ・ヴァシリエフという背の高い犬の頭上で雨に打たれていて、この犬は地下鉄の入り口を無視して歩きつづけている。

背の高い犬はまた別のヘビに会いに行こうとしているかのようだ。どこかの穴（おそらくホテルの部屋）に隠れて毒を産生している（つまり武器を磨いている）ヘビに。

オッキピンティによる情報漏洩は、事件を一般大衆の目にさらして殺人犯であるヘビを穴からおびき出す作戦のように見えるかもしれないが、そうではないことをルネは知っている。あの警視が情報を流したとすれば、それは捜査のためではなく、誰もが彼に泥をなすりつけた事件、彼自身いまだになにもわかっていない事件の主導権を、もう一度自分が握ろうとする無謀な試みに違いない。だが殺人犯であるヘビは必要がなければ動かないだろう。このヘビは狡猾で、強い。雨や、ぬれた紙面のベアトリス・ラヴェルニュの写真くらいでは、穴から這い出てきて牙をむいたりはしない。

どこかでとぐろを巻き、ゆっくりと獲物を消化しながら、やがて雨が止んで次の機会が訪れるのを待っているに違いない。

そして次に出てくるときには、また新たな殺人事件が新聞の見出しを飾り、誰かの下腹部に大きな穴があくことになる。なぜならこの大きなヘビは獲物の捕らえ方が奇妙で、小さいヘビの股間に特別な反感を抱き、そこを狙って咬みつくからだ。小さいヘビを嫌っている大きなヘビ。この本物のヘビは相手の額の真んなかを狙ったりはせず、重要な部位二か所に毒を注入する。相手が男だろうが女だろうが関係ない。だとすると、これはもう精神科医の出番だろうか?

いや、違うなと、ルネは湿った新聞紙の下で首を振った。彼はプロファイラーが犯人像を推理するところを想像する。生殖器を狙うひどい殺し方を、育った環境、深刻な性的問題、困難な子供時代などで説明し、性機能障害を抱え、人格が崩壊した人物像を提示するだろうと。それは当たっているかもしれないが、捜査の助けにはならない。ルネはそこでようやく地下鉄へ下りる決心がついて、新聞紙をごみ箱に捨てた。頭に巣くうヘビたちは、あの世の使者のようなものかもしれない。

このときルネは、黄色い小人のゲームの途中で疲れて寝室に引き揚げていくときの、あのムッシューの耐えがたい沈黙と同じようなものが、自分の心の底にもあるのを感じた。それもまたヘビだ。大きなヘビだ。額に接吻を受けようとムッシューの冷たい唇に顔を近づけるときにも、そのヘビを感じる。老いて血の気の失せたムッシューは、大きなヘビがその冷たい体を自分の首に巻きつけて絞め殺すときをただじっと待っている。

ルネは明らかに気力を失っていた。あふれ出る悲しみと、耐えがたい虚しさのせいだと言っていいだろう。すべてが自分の手をすり抜けていく。まだ始まるところを見てさえいない事柄が、早くも終わっていく。そんな印象がどこからともなく忍び寄ってくるのを、なすすべもなく見ている自分が情けなかった。

彼の隣では、しわくちゃの新聞を手にした乗客がクロスワードパズルに熱中していて、第一面のベアトリス・ラヴェルニュの写真が胸のところで二つに折れていた。車内広告を見れば、そこここでベアトリス風の女性たちが笑顔を振りまき、デオドラントだの女性雑誌だのランジェリーだのデパートのセールだのを宣伝していた。

＊　＊　＊

カンタン夫人はたばこに火をつけた。

被害者の若い女性の顔は新聞各紙の第一面を飾ったので、夫人もすでに知っているはずだった。しかしこれは捜査上の手続きなので、改めて写真を見せる必要がある。

ルネは内ポケットからベアトリス・ラヴェルニュの写真を取り出し、夫人に渡した。新聞に載ったものではなく、官能的なポーズのほうだ。裸体を隠して顔だけを見せるという配慮もできなくはないが、彼はあえてそうしなかった。ありのままを見せるほうが、前回会ったときの夫人の挑発に釣り合うやり方だと思った。夫人もそれをよく心得ていて、驚いたそぶりは見せなかった。

「この人物をご存じかどうかお聞かせ願いたいのですが」

カンタン夫人は写真をローテーブルに置いた。

「存じません。この方の写真ならどの新聞にも出ましたよね？　わたしも見ました。知っている人だったらすぐ警察に連絡しています」

「ご主人と、いえあなたの配偶者と知り合いだったという可能性はありませんか？　二つの事件には類似性があり、同じ拳銃で撃たれているのですが」

「お互いの時間の節約のために申し上げますけど、わたしはあの人の愛人を全員知っているわけではありません。関係が深かったと思われる何人かは知っていますが、この女性はそのなかに入っていません。でも、あの人の好みのタイプかもしれませんね。この数か月のあいだにあなたの、多少は礼儀をわきまえたご同僚が次々と、あの人の愛人だったという女性の情報をお持ちになりましたけど、その全員がこのタイプでしたから。とにかくあの人には多くの、数えきれないほどの女性がいたんです」

「ええ、捜査でそれは明らかになっています。ただ気になるのは、これまでのところそのなかに玄人の女性はいなかったという点でして」

カンタン夫人は火をつけたばかりのたばこを灰皿に押しつけた。

「警部どの、あの人はやり手の社長とはいえ、ごく平凡な人間でした。体面を保ち、義務を果たすことに気を配ってはいましたが、欲望を抑えることは知りませんでした。殺害されたとき五十四歳でしたが、それはまだ女性に興味があるのに、女性のほうからは興味をもたれなくなる年齢です。それにあの人は現実主義者でもありました。あと十年生きていたとしたら、女性関係の玄人と素人の比率は逆転していたんじゃないでしょうか」

「なるほど」

ルネはローテーブルに置かれたままのラベルニュ嬢の写真を見た。葉叢《はむら》のように見えて、じつはオオカミの顔が隠されている子供向けの隠し絵を見るようにじっと見た。そしていつものように、浮かんでくる思考を脳内で自由に遊ばせるという方法で考えようとした。だがなにも浮かんでこない。音が吸い取られるような、高級マンションならではの静けさが優に一分は続いた。ドアの向こうの使用人たちは日本舞踊のように摺《す》り足で歩いているのか、なんの物音も聞こえない。いまや家長たるよそよそしい女性と、絶対的中立を主張するこの場所……。ルネは急にここにいるのがつらくなり、外に出て空気を吸いたくなった。本物の空気を。カンタン夫人は夫への反発から奔放な性生活にふけるようになったのだろうか。愛はいわば個人的な規律で、セックスは一種の団体競技だと思っているのだろうか。

「警部どの、急《せ》かすつもりはありませんが、ほかにご質問がないのでしたら」

ルネは迷ったが、結局立ち上がった。お邪魔しましたと恐縮してみせると、相手はとんでもない、状況お察しします、こちらこそお力になれず申し訳ありませんと応じた。そして手を差し出すと同時に、「遠からず捜査が終わるといいですね」と警察の無能を当てこすった。

ルネのほうはそのまま歩きだしたが、おかしなことに、客間を出ようとしたそのときになって言いたいことが次々と浮かんできた。

「カンタン氏とラヴェルニュさんは同じ凶器で殺害されましたが、手口も同じでした。ラヴェルニュさんもやはり最初に下腹部を、つまり性器を撃たれたんです。誰かを撃ち殺そうというとき、普通犯人は人目につかないところですばやく実行しますし、目的にかなった口径の拳銃を使います。しかしこの犯人はサイでも倒せそうな大きな弾丸を性器に撃ち込んでいる。普通では考えられません」

ルネは玄関ホールの壁に掛けられた水彩画を無意識に眺めながら、独り言のように小声で続けた。

「ただしこのように性器を撃たれた場合、激しい損傷を受けますが、即死するわけではありません。だから犯人はもう一度、今度は喉を狙って撃っている。どちらの被害者も頭部の一部が吹き飛ばされ、首はわずかな筋肉の断片で胴体につながっているだけでした。この種の弾丸の威力はすさまじく、特に至近距離から撃った場合、驚くほど大きな穴があいてしまう。ラヴェルニュさんについていえば、体が上、中、下に三分割されたような状態でした。こんな言い方はなんですが、ひどく野蛮な殺し方です」

ルネはそう言ってカンタン夫人のほうを見た。そして締めくくった。

「失礼、細かい話はうんざりですよね。これ以上お邪魔するつもりはありません」

「邪魔だなんて、とんでもない」

無理やり絞り出したような声だった。

ルネは階段を下りながら、じつに下劣な復讐をしたものだと思った。そもそもなんの復讐なのかもわからない。こういう行動をとったとき、彼はわが身を責めるのが常だ。

＊　＊　＊

この日はヌイイに行く予定ではなかったが、急に思い立って行くことにした。ムッシューに、いや、テヴィに会うために。ヌイイ詣でが恩人を見舞うためというより、テヴィに会うためになっていることを、ルネはいまではっきり自覚し、戸惑っている。恩人への裏切りのようにも思えるからだ。それに、女性との出会いはいつも思いがけないタイミングでやってきて、うまく対処できたためしがないので、若い女性の前で感じる幸せは最初から失恋の味を伴う。

ルネはムッシューのマンションを出るときいつも、「次は木曜に？」とか「火曜でどうですか？」などとテヴィに訊く。

テヴィは毎回「はい、わかりました」と答えるが、ルネのほうは彼女の都合を聞いているつもりだ。いまやそこがムッシューの家ではなくテヴィの家で、ムッシューを見舞うにはテヴィの同意が必要だという気分になっている。

だが先日の日曜の帰り際はもっとそっけなく、「じゃあ近々」としか言えなかった。彼女に言いたいことがあったのに、どう言葉にしたらいいかわからなかった。若い女性になにかを伝えるのがこんなにも難しいとは。

だからこの日、カンタン夫人を訪ねた帰りに、今日こそはと決意した。

そこでまずパリの北郊外のオーベルヴィリエの自宅に戻った。

めかしこむためだ。

だがやってみると、一時間かけてもめかしこんだことにはならず、少々すっきりしただけだった。ルネはまず電話をかけてムッシューの様子を訊くことにした。テヴィは来てくださいと言ってくれるだろうか？　ルネはすでにブルーのスーツで身を固めていた。特別なときにしか袖を通さない一張羅で、前回着たのは、ペリフェリックの高架下で密売人に撃たれて殉職した同僚の葬儀のときだ。

すると電話口のテヴィはいきなりこう言った。

「ルネ、今夜来てもらえませんか？」

だがその声は期待していたような明るく穏やかなものではなかった。

「悪いんですか？」

「というより、よくならなくて、それに……」

「それに？」

「悪化するんです、時々」

ルネは一張羅のままタクシーに飛び乗った。着替えればよかった。この状況でこの格好はこっけいだ。

建物の前に着いたところで無意識にアミ6を確認する。フェンダーはへこんだままだ。

ムッシューの住戸のフロアに上がって呼び鈴を鳴らすと、そこからはいつもどおりの儀式だが、テヴィがスーツ姿のルネを見ても黙ったまま彼を通したのだけは例外だった。ルネは数歩進んでから足を止め、彼女のほうを振り向いて言葉を促した。

「ムッシューはなにもわからなくなることがあって……。急にそうなったんです。ほんとに突然で、自分が誰なのかもわからないんです。わたしのこともわからず、わかるふりをするんですけど、一生懸命思い出そうとしてもだめみたいで。あなたが来ると言っておきましたが、伝わったかどうかもわかりません」

実際、ルネが入っていくと、ムッシューは知らない医師にあいさつするようにうなずいた。ルネが額を差し出しても接吻せずに戸惑っている。屈託のない笑みを浮かべているが、不安を隠せずにいる。そんなムッシューのそばにとどまり、並んでテレビを見るのはかなりつらい。おまけにルネにとってはスーツの重みが……。重いなら金床でも抱えてきたほうがまだましで、これほど窮屈で気まずい思いをせずにすんだかもしれない。

テヴィがスープを温めましょうか、エビのサラダもありますよと言い、ルネはいいですねと言う。腹は空いていないが、ほかに答えようがない。ムッシューは黙ったままだ。

ムッシューはテヴィの提案を理解していないようだった。もうずっとこのままかもしれない。午後十一時ごろ、ムッシューはベッドに戻ろうとするが、寝室の場所がわからずうろうろする。テヴィが案内しようとしても彼は混乱し、黙り込み、不安げで、足元もおぼつかない。

だが不意に振り返り、「おやすみ、ルネ」と言ったので、ルネもテヴィも面食らった。

そのあとはいつもより静かに時間が過ぎていった。

「ずっとああいうふうというわけじゃないんです。今朝なんかは普通に話をしていました」

テヴィはルネを安心させようとしてそう言ったが、逆効果だった。

「わからなくなっていたあいだのことは覚えているんでしょうか?」

「普通の状態に戻ると、居心地が悪そうにしています。なにかあったというのはわかるけれど、それがなんなのかはわからないみたい」

二人とも黙り込んだ。

「症状がさらに進行したら、たぶんこのままというわけには……。おわかりですよね」とテヴィが言う。

もちろんルネはわかっている。そこで思い切って言った。

「それでも、あなたとは会えますよね?」

テヴィは即答した。

「もちろん、もちろんです」

九月十三日

駐車場の警備主任から渡されたリストには、車両ごとに運転者、同乗者の見た目の印象が記されていた。どれも短く、好意的とは言いがたい書き方だが、的確で、観察眼の鋭さをうかがわせる。いずれ逮捕者が出たら、あの警備員が複数面通し《パレード》でも同じように観察眼を発揮してくれるとありがたいと、ルネは早くも期待していた。

それにしても警察到着までの短時間に三十三台とは、パリの駐車場の稼働率は高い。

ルネは同僚と手分けして、リストに記された運転者、同乗者の事情聴取に取りかかった。相手が警察まで来てくれないなら、こちらから自宅や職場に出向いてでも話を聞く。ルネを含めて三人でこなすので数日はかかるだろう。しかも収穫は期待できないので、いわく言いがたい時間の浪費だ。

最初の十三人は全員同じ証言をした。爆発音、銃声、発砲音などと語彙《ごい》こそ違うものの、誰もがそのような音を聞いていた。だが音以外は全員、「なにも見ませんでした。わけがわかりませんでした。事件のことはあとから新聞で知りました」としか言わなかった。それでも続けるしかない。

三十三台中、ルネの興味を引いたのは二台だけだ。

一台は外車で、乗っていたのはオランダ人。すでにユトレヒトに戻っていたので、オランダ警察と連絡を取り合っている。だがこれがややこしい。こちらにはオランダ語や英語を話せる人間がおらず、向こうにはフランス語がわかる人間がいない。こんな状態で「さあ、国際捜査だ！」と言われても困ってしまう。というわけで、その運転者がパリでなにをしていたのか、なぜ朝の十時に十五区の駐車場にいたのかまだわかっていない。まあ、あと数日でわかるだろう……たぶん。

もう一台はフランスナンバーで、運転者について警備員は「太ったばあさん、厚化粧」とメモしていた。だがルネが引っかかったのはそのメモではなく、十五区の事件より前の九月八日にムランの警察から問い合わせがあった事件のことだった。コンスタンス・マニエという女性が通りで撃ち殺され、凶器が大口径自動拳銃とわかったことでセーヌ＝エ＝マルヌ県の同僚たちが頭を抱えた事件である。それも当然で、そんな拳銃が県内に出没するとなると、治安維持はもはや格闘技と化してしまう。

十五区の駐車場の事件も大口径によるものだった。だがルネがその点を指摘したとき、オッキピンティは「それだけじゃな」としか言わなかった（ピーナッツを切らしていて、異常に機嫌が悪かったからでもある）。

だがもう一つ、ルネがオッキピンティに言っていないことがある。それは警備員が作ったリストのなかに、ムランの殺害現場から三キロのところに住んでいる運転者がいるという事実で、それが「太ったばあさん、厚化粧」だった。その点を追加しても、どうせオッキピンティは「どんな犯罪でも、その現場から三キロのところに住んでいる人間は何百人もいるぞ」と言うだけだろう。

しかしルネにはこの女性がムランの事件の現場近くに住んでいて、しかも五日後に十五区で二人の女性が殺された駐車場にもいたという偶然が、どうしても気になる。

人生は偶然に満ちているが、警察はそれと同じ感覚で偶然を受け入れてはいけない。捜査員の役割はまず疑うことにあるのだから。

それでもルネがこの疑いについて同僚の誰にも話していないのは、問題の運転者の簡易な身上調査の結果が犯人像からほど遠いものだったからだ。六十三歳、未亡人、レジスタンス記念章受章者。

そこでルネは同僚に、この運転者は自分が担当するが、形式的な聴取だけだと言っておいた。ばかだと思われてはたまらない。

＊　＊　＊

アンリはいちばん早い便で飛び、空港でレンタカーを借りた。十一時ごろムランを通り、二十分後には〈ラ・クステル〉の近くで車を停め、エンジンを切った。そのまましばらくじっとしていたが、とうとう意を決して車を降り、〈ラ・クステル〉に向かった。この家の門には短い鎖を引いて鳴らす呼び鈴がついている。アンリはそれを鳴らす前に、本当にこれでいいのかともう一度迷った。ここに来るまでのあいだ、自分が知っていること、知らないこと、知りたくないことを何度も頭のなかで整理したが、それでも呼び鈴を鳴らそうとする瞬間、取り返しのつかないことになるのではないかという恐怖に襲われた。そこでゆっくり深呼吸し、それから鳴らした。

なんの反応もないのでもう一度鳴らそうかと思ったとき、まっすぐ伸びた小道の先のドアが開き、マティルドが顔をのぞかせた。見えたものが信じられないのか、彼女はまず首をかしげたが、それが満面の笑みに変わると同時に口が動いた。

「うそでしょ、アンリよ！」

誰かに話しかけるような調子だ。誰かいるのだろうか？　いないようにとアンリは祈った。彼女は派手に身震いし、慌ててショールを肩に掛けてテラスに出てきた。

「アンリ、門は開いてるから入って！」

マティルドのほうはそう声をかけてテラスに立ったまま、早くも彼の姿に見とれていた。近づいてくる彼のエレガントで迷いのない足取り、それでこそアンリだ。紺色のブレザーにおそろいのポケットチーフとレジメンタルタイ。なんて品があってハンサムなの……。だが頭のなかでは早くも複数の危険信号が点滅していた。彼女はショールを胸元でかき合わせながら、アンリはなにをしに来たんだろう、規則では禁じられているのにと考えはじめた。表向きの用事もなく、予告もなしにやって来るなんて、よほど差し迫った事情があるに違いない。次から次へと想像、不安、疑問が脳裏をよぎったが、彼が目の前まで来たときに浮かんでいたのは、キッチンの引き出しにルガーが入っていることだった。

「ああ、アンリ、会えてうれしい！」

彼はテラスの下で立ち止まり、ほほ笑んだ。

「失礼、手ぶらで来てしまった」

でも武器は持っているんでしょとマティルドは思った。

「ねえ、テラスに上がってキスしてくれないの？」

アンリは段を上がってマティルドをしっかり抱き寄せた。マティルドは彼の肩にあごを乗せながら、武器を忍ばせているなら感触でわかるはずだと思う。だが抜け目のないアンリのことだから、いろいろな手を用意しているに違いない。

「どうやって来たの？」

「飛行機とレンタカー。きみを危険にさらしたくないから、車は少し離れたところに置いてきた」

マティルドは笑う。危険にさらすって、このわたしを？

そのあいだにアンリは、両手をマティルドの肩に置いたまま、彼女の頭越しに家のなかをざっと見た。ガラス窓付きの両開きの扉、キッチン、右手に行く廊下、左手の窓、犬用のバスケット。犬には注意を怠らないこと。

「犬を飼っているのか？」

「それが、昨日死んで……」

彼女の声は急に変わり、いまにも泣きだしそうになる。

「隣の人に毒を盛られて」と彼女は言う。

アンリは眉をひそめた。隣人の犬に毒を盛ったりするだろうか？

「吠えたこともないおとなしい犬で」と彼女は続ける。「とても賢くて、かけがえのない存在だった」

アンリは庭のほうを振り返り、芝生が穴だらけなのに気づく。

「賢い……」

「ああ、穴なんかいいの。若い犬ならみんな掘るでしょ？　なのにそんなことで毒を盛るなんて」

アンリは当惑した。隣人は犬が穴を掘ったから毒殺したのか？　マティルドの犬がマティルドの庭に穴を掘っただけで、隣人とは関係がないのに？　わけがわからず考え込んでいると、マティルドに腕を揺すられた。

「さあ、早く入って！」

彼女はキッチンのほうに向かいながら、振り向いて言う。

「コーヒーでいい？」

「もちろん」

コーヒーカップを取り出しながら、彼女は早口でまくしたてる。その声は若い娘のように華やいでいる。

「ほんとにうれしい。こんな気持ちあなたにはわからないでしょうけど。長いあいだずっと放っておかれたんだから。ああ、否定してもだめよ。あなたはわたしをお払い箱にしたんだってわかってる！」

彼女が〝長いあいだ〟と言うのはもっともなことだ。二人は十五年前にパリのレストランで食事をしたが、それ以来会っていなかった。そのあいだに彼女は太り、足取りも重くなった。縦が十センチ減って横が十センチ増えたとでも言おうか。顔も張りを失い、あごが少し垂れている。だが澄んだ瞳は変わっておらず、その透明な輝きは相手の言葉を奪う。

アンリはマティルドを見つめ、マティルドもアンリを見つめた。彼は座り方もエレガントだわとマティルドは思う。再会というにはおかしな状況だが、彼は笑顔でくつろいでいるし、好意的に接してくれている。だがそれがなにを意味するのかは読めない。

マティルドはコーヒーを出し、二人はキッチンテーブルに腰を落ち着けた。居間へ案内することも考えたが、ここのほうがいいと思った。引き出しが右にあり、すぐに手が届く。

「それで、今日はどうしたの？　コーヒーを飲むためにわざわざ来てくれたわけじゃないんでしょ？」

「ああ、もちろん。ここに来るのは完全に規則違反だ。とはいえ、われわれは違うから」

「違うって、なにが？」

「ほかの連中とは違って、古い仲間だ」

「ええ、だから？」

アンリはコーヒーを冷まそうと一吹きし、あらぬ方を見て、それからマティルドに向き直った。

「フォッシュ通り」

「フォッシュ通りがどうかした？　なんのこと？」

「あそこで起こったことがずっと気になっていてね」

「それなら電話で話をしたわよね。どうして古い話を蒸し返すの？」

マティルドが勢いよくコーヒーをかき混ぜると、磁器が澄んだ音を立てた。

「ああいうやり方をした理由だが、きみは本当のことをあえて言わなかったんだろう？」とアンリは訊いた。「心配させまいとして」

マティルドはうつむき、自分のカップに目を落とした。そして黒いコーヒーを見つめていたら突然思い出した。男の顔が見える。新聞やテレビで幾度となく見た顔。そしてあの通り。その男が歩道をゆっくりとこちらに歩いてきて、一緒に……。

「犬のせいよ」

「犬？」

「そう。犬が立ち止まろうとしているのに、飼い主がリードを引っ張って、引きずるみたいにして。わかるでしょ？　あの男は小さいコッカースパニエルを力いっぱい引っ張ったのよ。それで……」

「ダックスフントじゃなかったか？」

「あ、そう、ダックスフントだった」

マティルドは犬のことも思い出そうとするが、はっきりしない。まあどうでもいい。

「それでかっとなって、ああいう殺し方に……。わたしが動物好きなのは知ってるでしょ？

自分でもどうしようもないの」

「だったらなぜ犬も撃ったんだ？」

だがマティルドはもう目に涙をためている。

「すぐに考えたからよ！　だって、飼い主が死んだら不幸になるじゃない、あの子」

アンリはじっと彼女を見て、ああ、わかるよと言った。安心させるために。それからテラスのほうを振り向き、庭を眺めた。

「ここは本当にいいところだな。静かで、快適な住まいだ」

まずい、とマティルドは思った。アンリがこんなふうに話題を変えるのはいい兆候ではない。

「庭の手入れも自分で？　それとも庭師に？」

「話をそらさないで。ほかにもなにか問題があるの？」

「駐車場の件。〈人事〉はすっかりおかんむりだ。わかってるな？」

マティルドはまたうつむき、後悔で顔を赤らめた。

「わたしをクビにするために来たのね」

「そうじゃない！　だが〈人事〉に説明しなきゃならない。この件は電話ではうまく話せないと思ってね、直接会って落ち着いて話がしたかった。だがまず聞かせてくれ、マティルド、体のほうは問題ないのか？」

マティルドは立ち上がり、調理台に寄りかかった。

「あなただから言うけど、年のせいであちこちガタがきてる」

「みんなそうさ」

「ええ、でもあなたを見てると、男性は女性ほどでもないんだなって思う」

二人は笑みを交わした。

「もう一杯いいか？」とアンリがコーヒーポットを指し、答えを待たずに自分で注いだ。「きみを困らせるつもりじゃないんだが、駐車場の件、標的は二人ではなく一人だったはずだ」

「だって驚いちゃって！」

マティルドは思わず叫んだ。言い訳というより、あの場面を思い出せてほっとしたからだ。そこで順を追って一部始終を説明した。具体的で正確な細部を並べれば、アンリも安心するだろうと思ったのだ。

アンリはその話を注意深く聞いた。筋が通っているので、うそではないなと思った。

「……その女が悲鳴を上げたのよ。いきなり現れて、とんでもない悲鳴を！　だから、とっさに振り向いて……」

二度と仕事をさせるわけにはいかないとアンリは確信した。彼女はこの種の仕事に求められる冷静さを欠いている。このままでは多くの人を危険に巻き込んでしまう。だめだ、二度とだめだ。足を洗わせるしかない。だが普通の仕事のように引退が許されるわけでもない。〈人事〉はおまえが片づけろと言ってくるだろう。

猶予は一日もない。

最悪の事態を避けたければ、〈人事〉がなにか言ってくる前に彼女をどこかに逃がさなければならない。

だがアンリには、自分が投げかけようとしている提案が彼女にとっていい話なのかどうかわからなかった。彼女がどう受け止めるか想像もつかない。

なぜなら、自分も一緒に逃げるという話だから。

何十年もこの仕事をしてきたので、準備期間は十分にあった。偽の身分証明書とタックスへイブンの口座は基本中の基本だ。だがマティルドに計画を打ち明けるとなると、最悪の反応も覚悟しなければならない。こう説明することになるのだから。〈ずっと前から逃亡するつもりで準備してきた。わたしだけじゃない、きみの分もだ。逃げるなら二人一緒だ〉

「……それで、そのまま歩いてショッピングセンターに上がっていこうと思ったんだけど、ふと気づいたの。そんなのばかばかしい、それより〝マティルド・ペラン〟っていう最強のカードを切ったほうがいいって。それで車に飛び乗って……」

アンリは十五年前にすべての準備を整え、以来パスポートの期限が来るたびに更新してきた。だから〈二人で一緒に発とう〉とマティルドに言いたいのだ。ただし〈いや、安心してくれ。ずっと一緒にいなきゃいけないわけじゃない〉とも言うべきなのだろう。うそではない。いったん窮地を脱して逃げ延びたら、互いに好きなようにすればいい。彼女が違う生き方をしたいと言うなら、その意思を尊重するつもりでいる。

彼女が駐車場脱出の顚末を語りおえたところで、アンリはうなずいた。よくわかるよ、不測の事態が重なったんだなと。

マティルドは彼の反応を見て、やはり自分の立場は危ういようだと悟った。彼が納得すれば、放っておいてくれるだろうが、そうでなければ〈人事〉はかんかんになり、そのときは……。

マティルドは恐ろしい考えを払いのけようと頭を振った。

アンリがじっとこちらを見ている。

「ところで、マティルド、武器に関する規則は覚えているんだね?」

「なんなの？　わたしのことばかだと思ってる？　覚えてるに決まってるでしょ！」

マティルドはまた頭のなかの歯車を必死で回そうとした。だが拳銃をどうしたんだか、なぜ家にあるんだか、なにがなんだかもうわからない。靴箱のなか、セーヌ川、シュリー橋、ポンヌフ、引き出しのなか……。これ以上アンリが質問を続けるなら、いま寄りかかっているこの引き出しを開けて、脳天に二発撃ちこんでやる。そうすれば彼も頭の整理ができるだろう。

「では訊くが、同じ拳銃が二つの別の任務で使用されたのはなぜだ?」

マティルドはため息をつき、テーブルに戻って座ると、両手を伸ばしてアンリの手を包んだ。なんて温かい手。この大きな手と、手の甲の血管がずっと好きだった。それでなんの話だっけ。あ、そうだ。

「アンリ、打ち明けたいことがあって」

「ああ」

「まさかと思うでしょうけど、これは〝負の連鎖〟っていう法則なの」

彼は先を促すようにうなずいた。どう切り抜けるか見てみようということだろう。

「おかしな話に聞こえるかもしれないけど、でも本当。同じ拳銃を使ったのは、忘れちゃったから！　フォッシュ通りのあの男があんなかわいい犬を引きずろうとしたのがすごくショックで、動揺して拳銃を車に置き忘れた。それに気づいたのは翌日だった。つまり、忘れたのよ」

「それが負の連鎖の法則？」

「そう。まず拳銃を処分するのを忘れて、それから駐車場で女の人が叫びだして、そういうのがわけもわからず続くの。長いあいだなにもかもうまくいっていたのに、負の連鎖のせいで突然すべてが崩れてしまう。でもそれももうおしまい。負の連鎖は終わったから大丈夫。どうしてだかわかる？」

アンリは首を横に振った。

「あなたが来てくれたから」

マティルドはにっこりほほ笑んだ。

「あなたとの再会がどれほどわたしの力になることか。おかげでわたしはやり直せる、前よりいい結果を出せる。ああ、アンリ……」

感激で声が途切れると、彼女は両手にますます力を込めた。彼は彼女の瞳に吸い込まれそうになる。

「どれほどあなたのことが大切か、いままでずっと言えなかったけど、でもいまなら言える。だって二人とも年取ったし、それに……」

彼女はためらい、唇を震わせる。アンリはいたたまれなくなってきた。彼女が両手に込める力が尋常ではなく、こうなると痛々しささえ感じられる。

「どう言ったらいいのか……」

「なにを言いたいんだい？」

どうしたことか自分の声も変わっていたので、アンリは驚いた。やれやれ、二人でこっけいな場面を演じるはめになりそうだ。

「やっぱりだめ」とマティルド。「こっけいだからやめるわ。こんな年で告白なんて」

魔法の瞬間は唐突に来て、唐突に去った。

結局のところ二人は、ほのめかしとすれ違いを互いに積み重ねてルールとし、どちらもそれに従って生きているだけなのかもしれない。

これでまた元に戻ってしまった。彼女が問題を明らかにしないなら、やはり連れて逃げるしかないかもしれない。

「そもそもあなたが来たのは、わたしを問い詰めて追及するためなんだし。でも……」

「いや、そうじゃない」

「……だったら仕事に満足したときも、よくやったなって言ってくれてもいいじゃない。あのメッサンの若い女のときなにも言ってくれなかったし、いまだって話題にすらしない！　あれほど短時間できれいに片づけるなんて、ほかの人でもめったにできないことなのに。しかも条件が整っていたわけじゃない。ひどい雨だったんだから」

マティルドは彼の手に力が入るのを感じた。こちらに前かがみになって真剣に聞いてくれているのがうれしくて胸が熱くなった。ああ、とうとう、わたしのことを認めてくれるんだ！

「ああ、あの件だな？」

アンリには彼女が口にした固有名詞がわからなかった。町の名前だろうか？　それとも通りかなにか？　ここは慎重に聞き出すしかない。

「話を聞きたいと思っていたんだ」

「信じられないだろうけど、じつは一瞬腰が引けそうになったのよ」

「なんと、きみが？」

彼はにやりとしてみせる。

「確認の手続きをとろうとさえ思ったのよ！　直前になってふと疑問がわいて。ほんとなんだって、笑わないで。あのあたりは小物の売人のたまり場になっている冴えない場所だし、標的はがりがりの貧乏そうな若い女。そんなのが標的とは思えないし、このままじゃ大ドジ踏むんじゃないかって不安になった。でも幸いメモがあって、間違いないんだってわかって。そういうのが心臓に悪いってわかるでしょ？」

「そりゃそうだ」

アンリは面白がっているふうを装い、口元を緩めた。そして片手をポケットに入れてたばこの箱を取り出した。吸うのは一日に二本までと決めている。身ぶりで吸ってもいいかとマティルドに許可を求める。

「それで、きみはメモを見て安心したわけだ」

「そう、幸いポケットに入れてあったから。しかも不思議なことに、これ以上ないタイミングだった。メモを見て確認したまさにそのとき、あの女が通りに姿を現したんだから。で、そのあとのことはご存じのとおり。もちろん知ってるでしょ？　喜んでくれたと思うけど」

「完璧だった。いつものようにね」

彼はわずかに口角を上げた。

「ほぼいつものように」

アンリは冗談だと示すために強調した。冗談だと思わせておく必要がある。

つまり彼女はそのなんとかという場所の若い女性の情報が書かれたメモを持っていて、その女性を標的だと思って撃った。ありもしない任務をあると思い込み、正真正銘の武器で撃ったのだ。となると、ほかにも同様の件があるかもしれず、何人殺したかわからない……。これはもう逃亡だの保護だのの問題ではないとアンリは驚愕した。組織が生み出した殺しのメカニズムが、いつの間にか自分の手に負えないものになっていた。

マティルドのほうは彼がたばこを吸う姿に見とれていた。さりげないしぐさがたまらなく魅力的だ。灰皿を出しておかなかったので、彼はソーサーで吸殻を潰した。吸いはじめたと思ったらもう消すなんて、これが別人ならいら立ちの表れかと心配するところだが、彼の場合はそうじゃないとちゃんとわかっている。それに満面の笑みを浮かべているんだし。

「マティルド、何件も振り返ることができて本当によかったよ」

「もうなにも心配はないでしょう？」

「ああ、そうだな」

「安心した？」

「すっかり」

「でも、少し心配させたからこそ、こうして来てくれた」

思わせぶりなことを言うので、アンリはたしなめるふりをした。

「まさか、またやるつもりじゃないだろうな」

教師が生徒を叱るときのように目で制してから、アンリは立ち上がった。

「これで失礼するよ。こうして訪ねるだけでも規則に反するから、長居はできない」

「もう？」

すがるような声だった。アンリはほかにどうしろというんだと身ぶりで返す。

すると彼女が言った。

「一つお願いしてもいい？」

アンリはしょうがないなと両手を少し広げてみせた。

「抱きしめてくれない？　昔のように」

そう言うなり彼女は飛び込んできた。アンリは自分より頭一つ背が低い彼女を抱きしめた。彼女から逃げようとしている自分は卑怯だと思う。こうした状況の場合、本来なら今夜自分が戻ってきて彼女の息の根を止めるべきだ。この手で時を置かずに終止符を打つ。マティルドはすでに普通の状態ではなく、この先ますます悪化するだろうから、これ以上犠牲者が出ないようにしなければ。だがアンリは自分にはできないと知っている。彼女は今後誰にとっても危険な存在になり、遅かれ早かれ無事ではいられなくなるだろう。だがこの手にかけることはできない。無理だ。彼女に銃口を向けて引き金をひくことなど、自分にはできない。

だから違う方法をとるつもりだ。

そしてその手配ができたら、こちらも一刻も早く逃亡するとしよう。

「さあ、マティルド」

だが彼女は動かない。泣いているようだったのでそれ以上急かさなかった。ようやく離れると、彼女はすぐに横を向いて顔を隠した。だが派手にすすり上げ、それからはなをかんだ。

「じゃあね」と彼女は息をついた。「もう行って」

アンリは身ぶりでまた来るよと伝え、マティルドはいいの、無理しないでと身ぶりで返した。それからようやくアンリを正面から見た。

二人は見つめ合い、彼女の目から涙があふれた。

アンリは踵《きびす》を返し、テラスを下り、振り返ることなく門を出て車のほうへと急いだ。ひどく疲れていた。

ああ、また来てくれないだろうか。もし来てくれたらどんなにいいだろう。

マティルドは二人分のコーヒーカップとスプーンを洗いながらずっとそんなことを考えつづけた。

また今日みたいに不意に訪ねてきてくれますように。

ちょっとした小言を携えて、それを口実に来てくれるかもしれない。小さな問題ならいつでもあるし、最初から最後まで予定どおりにいく任務などないのだから。お説教をしにきたように見せて、じつはわたしと話をするため、二人の再会のためだったらどんなにいいだろう。

マティルドは皿洗いを終え、そろそろ食事の時間かしらと思った。何時？　もう午後一時！

アンリのことばかり考えていてなにも用意していなかった。

だが彼女はどっかりと椅子に座り込んでしまう。料理をする気にもなれない。

リュドのバスケットがまだキッチンの隅に置かれたままだ。それにしてもかわいそうに。あんな死に方をするなんて。

アンリとの夢がまた膨らんだせいで力を奪われたのか、マティルドは疲れていた。時間がゆっくりと流れていくなか、深い孤独を感じた。

午後三時ごろ、マティルドは犬を買いに行くと決めた。

＊　＊　＊

＊＊＊

ルネは渋滞に巻き込まれた。郊外族が一日の仕事を終えて帰宅する時間と重なったせいで、うんざりするほど時間がかかり、ようやく着いたときには午後六時半になっていた。〈ラ・クステル〉の場所はわかりにくかった。

一度その前を通り過ぎ、数百メートル離れたところに覆面パトカーを駐めた。そこから歩いて〈ラ・クステル〉の門まで戻り、郵便受けをさりげなくのぞき、誰にも見られていないことを確認してからボールペンを使って郵便物を取り出した。そのなかにその日の朝投函されたムラン警察からの呼び出し状があった。彼はそれだけをポケットに入れ、ほかの郵便物を郵便受けに戻すと、まずは家の周辺をぐるりと回ってみることにした。

通りの角まで来たところでクリーム色のルノー25とすれ違った。ナンバーはＨＨ７７。大きな眼鏡をかけた太めのシニア女性が慎重に運転していた。ルネはそしらぬ顔で歩きつづけ、少し行ってから立ち止まって振り返ると、その女性が砂利の小道に乗り入れてから車を降り、伸びをし、うしろに回ってトランクを開けるのが見えた。マティルド・ペランに間違いない。ルネはもう少し歩いて隣の家に近づいた。すると刈込みばさみの音が聞こえてきて、住人らしき男の姿が見えたので足を止めた。

「これは梨ですか?」と声をかけた。菜園の一角に何本かの果樹が植えられていた。

男は話し好きらしく、ルネに満面の笑みを向けた。

そしてもちろん、梨についての講義が始まった。種類の違いと、それぞれにどういう特徴があるかについて。男はルポワトヴァンと名乗った。

「味見してみますか？」とルポワトヴァンが言う。

「それはお断りできませんねえ」とルネは答え、一瞬でルポワトヴァンのお気に入りの座を獲得した。

ルネが梨の味に驚いてみせただけではなく、こちらは絶賛するが、あちらはうなずく程度にするなど、味の違いに敏感に反応してみせたことは言うまでもない。

「ところでペラン夫人のお住まいはあのお宅ですか？」とようやく訊いた。

「え？　あのおかしな人を訪ねてきたんですか？」

ルネはどういうことかと眉をひそめた。ルポワトヴァンは少し身を引き、改めてまじまじとルネを観察してからこう言った。

「もしや警察の方？」

そしてルネの答えも待たずに続けた。

「警察官はひと目でわかるんです。競売人だったものですから」

警察官と競売人がどう関係するのかよくわからなかったが、それよりも〝おかしな人〟というところが気になった。

「おかしな人と言われましたが、どういうことです？」

「ああ、犬のことがあったもので。あの人は飼い犬を首のない状態で埋めたんです」

ルネは意味がわからず、ますます眉をひそめた。

「ええとですね」とルポワトヴァンが長い説明を始めた。「あの人が飼っていた犬が死んだんですが、どうして死んだかまでは知りませんが、とにかく、死んだ犬だって首はつながっているものでしょう？　ところがその犬は違うんです。生け垣の隙間から見たら、あの人が首のない犬を埋めていて、首は数メートル離れたところに転がっていました。いまでもそのままかもしれません。おかしいでしょう？　ダルメシアンで、頭の悪い犬でしたよ。それでもあんな無邪気な犬がなぜ首を切られなきゃいけないんです？」

「ご本人に訊かなかったんですか？」

「いやあ、近所付き合いはあいさつ程度にしています。それ以上のことに首を突っ込んでいたらきりがありませんから」

「でも生け垣の隙間から見ていたんですよね」

「それはあの人が息を切らしてうめいていたからです。手伝いが必要なのかと思いましてね。ダルメシアンを埋める穴を掘るとなるとけっこうな力仕事ですから。でも首が切り離されているのを見て、おっと、これはかかわらないほうがいいと」

「なるほど。犬の首が切り落とされていたというのは確かなんですね？」

「そのことで調べにこられたんでしょ？」

「違います。呼び出し状を届けにきただけで、特別なことではありません」

「呼び出し状？　犬の件で？」

どうやらルポワトヴァンは首なしの犬に取りつかれているようだ。

「いや、違いますが、話をうかがったからにはちょっと訊いてみますよ。梨をありがとうございました」

ルポワトヴァンはルネが立ち去るのをずっと見送っていた。どうせ頼りない警官だと思っているのだろう。

隣家のほうを見やると、先ほどすれ違った車は砂利道に駐められたままで、ペラン夫人はテラスにいた。足元のほうにかがみ込み、なにやら独り言をつぶやいているように見えるが、ルネのところからは遠くて聞こえない。

じつはこのときマティルドはペットショップから帰ってきたところで、買ったばかりの犬に話しかけていたのだ。

「きっとここが気に入るわ、おちびちゃん」

犬はやはり子犬のときがいちばんだとマティルドは思う。クッションの上でおしっこしたり、車のなかでひっきりなしに鳴いたりするけれど、温かくて、ふにゃふにゃで、かわいいから。今回はコッカースパニエルにした。ペットショップの販売員はこつを心得ていて、毛玉のような子犬をいきなりマティルドに抱かせた。それで結局マティルドは、その子犬、バスケット、首輪、リード、一か月分のドッグフード、犬の健康手帳、ペットに関する法令をまとめた九ページのパンフレットを抱えて店を出ることになった。約一年前にパリのマレシェルブ通りのペットショップでリュドを買ったときとほぼ同じものを、また一式買ったわけだ。子犬の名前はクッキーだと言われたが、それでいいことにしようと思う。とりあえず、クッキーはバスケットのなかで丸まっている。

人差し指でふわふわの毛並みをそっとなでる。一人暮らしの女にはこういう相棒が必要だと、マティルドはつくづく思う。リュドが死んであれだけ泣いたんだから、そろそろ次の犬を飼ったっていいじゃない。リュドはおばかさんだったから、今度はもう少し賢いといいけれど。

そのとき人の気配を感じて顔を上げると、門のところに背の高い男が立っていた。どこかのセールスマン？　男は鎖を引いて呼び鈴を鳴らした。

セールストークなどごめんだし、門まで行ってけっこうですときっぱり断ってやろうと思ったが、なにかが違うなという気もした。そもそもかばんのたぐいを持っていないし、遠目でもどんくさそうで、セールスマンのように機転がききそうにない。

マティルドの足元で子犬がバスケットから出ようとした。

「出ちゃだめよ、そこにいなさい」

バスケットのなかに戻すと、子犬は丸くなった。またなでてやり、綿毛にも絹にも近い手触りにうっとりする。

マティルドはもう一度砂利道のほうを見て、気が進まないまま曖昧なしぐさで招き入れた。男は遠慮がちに門を押し開けて砂利道に入ってきた。歩いてくる様子を見ると猫背なので、実際の身長はもっとあるのだろう。猫背の男は嫌いだ。アンリなど背筋がぴんと伸びているし、それでいてふんぞり返ってもいない。この男ったら服装まで冴えない。趣味が悪すぎる。

そんなふうに思われていることなどつゆ知らず、ルネはテラスの前まで来ると自己紹介し、身分証を見せた。するとペラン夫人は大いに驚いたようで、目を見開いた。

「えっ、司法警察！」

「あ、いや、そんな大したことじゃありません」

「大したことないって、どういうことです？　司法警察が大したことないわけないじゃありませんか！」

「いやいや、そういう意味ではなくて」

「じゃあどういう意味？」

という調子で、ルネはこの太った女性に質問をしにきたのに、逆にいきなり質問攻めにあった。だがその間にルネは相手を観察した。若いころは美貌の持ち主だったとわかる。女性を見つめることに慣れていないルネのような男でも、それくらいはわかる。

「とにかくテラスにどうぞ」

なにが〝とにかく〟なのかわからないが、遠慮なくテラスに上がった。

ペラン夫人は長袖のプリント柄のワンピースの上から、庭師のように前に大きなポケットがついたエプロンをつけていた。ルネは先ほどのルポワトヴァンとのやりとりを思い出し、思わず振り向いて生け垣のほうを見た。あのおかしな話は本当だろうか。

「こちらに伺ったのは……」

「お座りください」

と言ってペラン夫人がロッキングチェアにどっかり座ったので、ルネは鉄製のガーデンチェアに腰掛けた。

「それで、なんのご用でしょう」

ルネはなんとかして初対面のハンディキャップを返上しようと思った。この女性は自信満々で、このままではこちらが押されてしまう。テラスの手すりの近くにバスケットが置かれていて、見ると子犬が頭だけ出している。

「新しい犬ですね」

ルネは立ち上がり、バスケットのそばに膝をついた。指でそっとなでてやると、子犬は前足のあいだに頭を引っ込めた。

「なぜご存じなんです?」

「コッカースパニエルですよね」とルネは立ち上がりながら言った。

「そんなこと言われなくてもわかっています」

その声でいら立っているのがわかる。ルネには背が高いという武器があるが、ペラン夫人には頭の回転が速いという武器があるようだ。

「なぜ新しい犬だとおわかりなの?　子犬だから?」

「いえ、隣の家の男性から聞いたもので。あなたはダルメシアンを飼っていらしたと」

「ええ、今度はコッカースパニエルにしました。犬なしではいられません。なにしろ女の一人暮らしなので」

「ですが、コッカースパニエルは番犬には……」

「いえ、パートナーですから。それで、警視殿、なんのご用です?」

「警部です」

「警視でも警部でも、訪ねていらした理由は同じですよね?」

「そうですね」

ルネは言葉を探す。ペラン夫人は彼のほうをじっと見ている。辛抱してあげているといった態度だ。

「パリ十五区の駐車場で発生した殺人事件のことで伺いました」

「殺人事件?」

「あなたもそこに駐車していましたね?　二人の女性が大口径の銃で撃ち殺された駐車場のことです」

「わたしじゃないわ!」

ルネは思わず笑ってしまった。

「ええ、そうでしょうね。お訪ねしたのはあなたを疑っているからじゃありません。目撃者全員に話をうかがっているんです」

「なにも見ていません」

「音はどうです?　なにも聞こえませんでしたか?」

「ああ音なら、もちろん、ほかの人と同じように聞きましたよ。年取っているから聞こえないとても？」

「とんでもない。ただ……」

「犬をこっちへください」

ルネはうしろを向いてバスケットから犬を抱き上げ、そのぬくもりに驚いた。ペラン夫人に渡すと、彼女は自分の膝の上、つまりたっぷりした腹の先に乗せた。

「爆発音が聞こえました」

奇妙な場面だとルネは思った。いつもと同じ世界とは思えない。いま自分は二つの殺人事件の容疑者を洗い出そうとしていて、おそらくどちらもプロの殺し屋によるものだが、その自分がいま向き合っているのは六十代の女性で、資料によれば子供もいる家庭の主婦であり、パリに近いとはいえ田舎町に住んでいて、子犬を膝に乗せていて、こちらの質問に動じる気配もない。

「それが銃声だったわけですね」とルネは修正した。

「わたしには違いがわかりません」

「いいんです。それで、何回聞こえましたか？」

「三回」

「ベアトリス・ラヴェルニュという名に聞き覚えはありませんか？」

「いいえ。有名な人なんですか？」

「モーリス・カンタンは？」

「知りません」

「おかしいですね」

「なにがです？」

「モーリス・カンタンを知らないという人には一度も出会ったことがありません。有名な実業家で、この五月にパリで殺害された人物で、事件のことは盛んに報道されましたが」

「ああ、あのカンタンさん？　それならもちろん聞いたことがあります。でもだいぶ前の事件ですよね。それをなぜ？」

「いや、べつに」

「べつにって？　わたしは意味もない質問に答えさせられているんですか？」

「そういう意味ではありません」

「じゃあどういう意味なんです？」

「ショッピングセンターの駐車場でなにを見たか教えてください」

「駐車場じゃなくて、あのときは店のなかにいました」

「ショッピングフロアからも銃声が聞こえたんですか？」

「いえ、それは駐車場で」

ルネはわけがわからずちょっと顔をしかめた。

「店を出て、地下駐車場に向かおうとしたところで爆発音がしたんです。でもなにも見ていません。わかります？」

「まあ、少しは」

「よかった」

「あなたの車は地下何階に？」

「二階か、三階。よく覚えていません。駐車場ってどの階も同じだから、いつもどこにいるのかわからなくなってしまう」

ペラン夫人は、この刑事はなんてものわかりが悪いんだろうと思っているようだった。

「ところで今日は旅行からお戻りに？」と唐突に質問を変えた。

「いいえ、なぜです？」

「車を降りてから伸びをしておられたので、遠くから戻ってこられたのかと」

「まあ、シャーロック・ホームズみたい！　でも、運転が長距離でも短距離でも、わたしは伸びをするんです。関節症になったら二分以上同じ姿勢でいただけでもう伸ばしたくなります。あなたも……背が高くていらっしゃるから遅かれ早かれそうなりますよ」

「そうですか」

「ほかにご質問は？」

「ありません。あ、あの、犬についてちょっとうかがいたいことが」

ペラン夫人は両膝のあいだで眠ってしまった子犬を指さした。

「この子が一緒にいたかどうかですか？　三回の爆発音を聞いたかどうか？」

「いいえ、もう一匹のほうです。あなたのダルメシアンの首はなぜ切り離されていたのかが気になりまして」

その言葉に驚いたのか、ペラン夫人はルネをじっと見た。

「隣の方から聞きました。あなたが犬を埋めたとき、首がなかったようだと」

その瞬間、マティルドのほうはこう思っていた。もしいま一人だったら、すぐさま立ち上がり、キッチンの引き出しからルガーを取ってきて、その足で生け垣まで行って、あのろくでもないルポワトヴァンの股間に三発撃ち込んでやるのに！

いや、いまは無理でも、あとでそうすればいい。このののっぽのまぬけ刑事が帰っていったらすぐに！

そんなことを考えていたのでマティルドは仏頂面になり、それを見たルネは、この人は孫が思いどおりにならないと、きっとこんな顔をするのだろうなと思った。もっとも捜査資料によれば孫はいないようだ。だがそこで突然ペラン夫人の表情が変わり、いまにも泣きそうな顔になった。これでは高齢の女性をいじめているようなものだと、ルネは気が引けた。

「見つけたときはもうそういう状態でした。リュドったら、かわいそうに」と彼女は消え入りそうな声で言う。「首を切り落とされるなんて、なんて恐ろしい」

ペラン夫人は今度は憤懣《ふんまん》やるかたないという顔をしたが、どうにか落ち着きを保った。

「警察は犬の捜査もするのですか？」

「いえ、そういうわけではなく、ちょっと気になって」

「なにが気になるんです？」

「ダルメシアンの亡骸《なきがら》はどこに？」

ペラン夫人はうつむき、膝のあいだの毛玉をなでつづけながら、嗚咽《おえつ》に近い途切れ途切れの声で答えた。

「わたしがこの手で埋葬しました。ひどい話です」

「ご立派ですよ」

「いえ埋葬じゃなくて、犬の身に起きたことがひどすぎます」

「ああ、そうですね。それでそのとき、首は一緒に埋葬しなかったのですね？」

「気が動転していたんです。考えてもみてください！　美しい犬でしたし」

ルネはうなずいた。ダルメシアンならきっとそうだろう。ついでに大きくて、重い。埋めるのは大変だったはずだ。

「しかしいったい誰がそんなことを？　心当たりはありませんか？」

「田舎町ですから、そういうことも起こります」

「わたしはオーベルヴィリエに住んでいて、犬もけっこういますが、庭に首のない犬が置かれていたなんてことはありませんよ」

「ですからここは田舎町だからと言っているんです！　嫉妬とか、そういったことです。でも犬のことで警察の手をわずらわせるようなことはしたくなかったので」

「なるほど」

ルネはしばらく考え込んでから、独り言のようにつぶやいた。

「犬や猫に毒が盛られたという話は聞いたことがあるし、銃で撃たれたという例もある。でも首を切るというのは……」

「わたしだって聞いたことがありません。リュドが初めてです。いつか思い知らせてやります」

「誰に?」

ペラン夫人は隣を指さし、声を落とした。

「やったのはあの男に違いありません。そうだ、訴えればいいんですよね。この場で訴えを受理していただけます?」

「それはできません。訴えるならご自身で警察署へ行っていただく必要があります」

「まあ、わざわざ? やだ、わたしったら、長話なのにお茶もお出ししないで」

だがそう言いながらもペラン夫人は微動だにしなかった。言葉とは裏腹の本音をほのめかすためなのは明らかだった。実際このとき彼女は、ルポワトヴァンに思い知らせてやるために、早くこの刑事を追い払いたくてたまらなかった。まったくこの刑事ときたら、泥棒や殺人犯を追いかけもせずに、犬のことを根掘り葉掘り聞くなんてと焦《じ》れていた。

ルネは腰を上げかけた。

「いいえ、もうおいとましますから。ありがとうございました」

「聴取は終わりですか?」

「というわけでもないんですが……」

ルネは上げかけた腰を下ろし、下を向いて少し考えた。こういうところに頑固な性格が出る。

そして不意に顔を上げた。

「すみません、もう一つ。十一日の水曜日、駐車場で事件があった日ですが、あなたはなぜ十五区にいらしたんです？　買い物にしては、ここからかなり遠いですよね」

「ストラップパンプスを買いに行ったんです。前のが壊れてしまって」

「セーヌ＝エ＝マルヌ県では売られていないんですか？」

「前のとまったく同じものが欲しくて」

と言って彼女はルネの履き古した靴をちらりと見た。

「自分に合う靴を探すのがどんなに大変か、ご存じかどうか知りませんけど、前のと同じものが欲しければ、同じ店に行くのがいちばん確実なんです」

ルネはうなずいてみせた。

「レシートはとってありますか？」

「同じ靴は製造中止になっていて、手ぶらで戻ることになりました」

なるほど。そこでルネは膝をたたき、さて、もうこれ以上お邪魔はしませんと言うが、そこでまた気が変わる。

「犬を埋葬されたのはどこですか？」

ペラン夫人はあちらと手ぶりで示す。

「首なしで？」としつこく訊く。

彼女はしぶしぶ身ぶりで認める。

「でもあとで一緒に埋めてあげるんですよね？」

「ええ、そのつもりです。全部そろっているほうがいいでしょうから」

「おっしゃるとおりです。それで……首はいまどこに？」

「生け垣の下です、すぐ右手の。というか、そのあたりにあるはずです。お隣さんがリュドの亡骸を置いていったのがそこでしたから」

どういうわけか、ルネは犬の首を見たくなった。冗談ではなく、本気で。

そこで立ち上がり、許可も求めず、彼女が言った場所に向かった。

マティルドのほうは少々驚いて、刑事が歩いていくうしろ姿をずっと目で追った。子犬が鳴いた。自分でも気づかないうちに抱きしめる手に力が入りすぎていた。

ルネが草むらを探すと、犬の首なし死体が置かれていたと思われる跡は確かにあった。だが首の痕跡がなかったので、テラスのほうに戻った。ペラン夫人はまばたきもせずに子犬をなでつづけている。

「ありませんね」

「そんなばかな」

夫人は眉間にしわを寄せて勢いよく立ち上がると、子犬をロッキングチェアに下ろし、テラスの四段を大儀そうに下りて歩きだした。ルネはそのあとに続き、二人は浜辺でどちらかが腕時計をなくした老夫婦のように、庭の隅や生け垣のあたりを探し回った。だがダルメシアンの首は見つからない。

代わりにルネは、家の角まで来たところで、掘り返した土が少し盛り上がっているところを見つけた。

「埋葬したのはあそこですか？」

「そうです」と追いついてきたペラン夫人が言う。

二人はそこに並んで立ち、遺跡の発掘現場を見学する観光客のように、少し離れたところから犬の墓を眺めた。

「もう戻ります」とペラン夫人。「凍えそう」

だがこの日は天気がよくてさほど寒くない。ルネはそのまま、彼女が大きなお尻を揺すりながら戻っていくのを目で追った。

そのとき、とうとう見つけた。

犬の首があったのだ。二メートルほど先の家の壁際に、マリーゴールドの花壇に半ば埋もれるようにして転がっていた。ルネは近くに寄ってひざまずいた。

職業柄、醜悪なものならいやというほど目にしてきたが、そんなルネでも目の前の光景にぞっとした。エキゾチックという言葉が浮かんだのは、あまりにも異質な光景だったからだろう。アリが群がり、ほかの虫たちもごちそうにありついている。穴のあいた白目が見え、頸椎がまだついていて、気管が見え、血が固まり、ハエがたかっている。ルネは膝をついたまま振り返ってもう一度墓を見た。それからようやく立ち上がり、テラスに戻った。

「あっちにありましたよ。首」

ペラン夫人はもうテラスにはおらず、ルネがのぞくと、家に入ってすぐのキッチンにいた。調理台に寄りかかり、両手をエプロンの大きなポケットに入れている（すでに引き出しからルガーを出してポケットに忍ばせていたのだ）。

「家の角です」とルネは言い添えた。

ペラン夫人はうなずいてから、こう言った。

「それだけ？」

「ええ。あの首は埋めたほうがいいですね、あるいは捨てるか。あのままじゃいろんな虫が家のなかにまで入ってきますよ」

「ご忠告どうも」

ルネは帰ろうとしたが、また振り向いた。

「いずれにしても供述書が必要です。犬ではなく駐車場の件で。ムラン警察のほうにお越しください」

そして先ほど郵便受けから取り出した呼び出し状をポケットから出し、あたふたとしわを伸ばして夫人に渡した。

「いつもこうして家まで届けるんですか？」

「いいえ、通りかかったので、直接お渡ししようかと……」

夫人は納得したようには見えない。いや、絶対に納得していない。

ルネはこれで失礼と手を上げ、言葉も添えた。

「失礼します。ありがとうございました」

「こちらこそ、えっと」

「ヴァシリエフ警部です」

「ヴァシフィエフ?」

「いえ、ヴァシリエフ」

名刺を出してフォーマイカのテーブルに置き、軽く会釈してから扉を押してテラスに出た。

長い砂利道の途中で振り向くと、夫人はポケットに両手を入れたままこちらを見ていた。

帰りの車のなかで、捜査とは無関係の首なしの犬になぜあんなに気をとられたのか考えてみたが、よくわからなかった。事件の日の駐車場の様子について、ペラン夫人から大した話を聞けなかったので、その穴埋めをしたかったのかもしれない。

きっとそうだと思ったが、それでもまだすっきりしない。隣人との関係の悪さにも驚いた。田舎町だからと夫人は言っていたし、そういうものなのかもしれない。都会暮らししか知らないルネには、そのあたりのことはわからなかった。

＊　＊　＊

マティルドはしばらく動けなかった。警部が帰っていった砂利道をぼんやり眺めながら考え込んだ。

傍《かたわ》らでは子犬が鳴きつづけている。落ち着きがなく、神経質になっているようだ。もしかしたら先ほどのちょっとした緊張、空気の重さ、妙な雰囲気を感じ取ったのかもしれない。

だがマティルドが考え込んでいたのはコッカースパニエルのことではなく、ダルメシアンのほうだ。特に、あのまぬけな刑事が生け垣のところまで探しに行ったダルメシアンの首のことだ。なぜあそこまで気にしていたのかが解《げ》せない。駐車場の惨劇より犬の首のほうが重大事件だとでもいうのだろうか。まさかそんな。

ルポワトゥヴァンについては、文句を言いに行き、きっちり話をつけるとすでに決意していたが（そう思いながらポケットのなかのルガーをなでさする）、刑事の来訪がどうにも不愉快だったので、まずはそれについて考えることにした。

そもそもあの刑事は犬の首のことが気になって来たのだろうか？　それともわたしの頭のほう？

そういえばこちらの顔をじろじろ見ていた。それにしつこく犬のことを訊いてきた……。マティルドはテラスを大股で行ったり来たりしながら、それに驚いて見上げている子犬も無視して、先ほどのやりとりをもう一度最初からたどってみた。

刑事はあの事件のときに駐車場にいた人間に話を訊くためにやってきた。だがまずはルポワトゥヴァンのところに寄った。そこでリュドの話を耳にし、ここに来てからはリュドの首の話ばかりしていた。

もしやルポワトゥヴァンもあの刑事も、わたしのことを頭のおかしい老人だと思っているんじゃないだろうか？　冗談じゃない！

目にもの見せてくれる！　まずはルポワトヴァン？　いや、刑事のほうが危険だ。ルポワトヴァンはいつでもつかまえられる。

マティルドは意を決して家に入った。

途中、バスケットから迷い出ていた子犬を蹴り飛ばし、犬は扉にぶつかってぐったりしたが、そんなことはおかまいなしだ。そしてテーブルに置かれていた名刺を取って電話台に向かった。

オーベルヴィリエのヴァシリエフを見つけることなど難しくもなんともない。

白黒つけてやるから見ていなさいよ。

九月十四日

アンリは時間にシビアで、約束に遅れたことがない。だが今日は出遅れた。慌ててコートをはおって車まで走った。得意のはずの感情制御ができず、ひどく動揺していた。マティルドはいまや糸の切れた凧だ。「メッサンの若い女」の話が実際どういう事件なのかなど、もうどうでもいい。マティルドが壊れた機械のように勝手に動き回っていることはすでに明らかなのだから。これ以上危険な状況があるだろうか？　こうなったら方法は一つしか……。電話ボックスに走り寄るとすでに電話が鳴っていた。アンリは受話器に飛びついた。

「はい、その件はすでに対応中です。早急に片をつけますので」

数秒で電話を終えた。だが実際にはまだなにもしていない。対応はこれからだ。

こうした小村に長居は無用であることをアンリは知っている。早朝だからといって油断はできない。どこから村人が見ているかわからない。彼らがテレビを観る以外にすることといったら外をのぞくことしかないし、しかもそのほうが彼らにとってはテレビより有益な情報が得られるのだから。車が一台止まっただけで、すぐ全員に伝わる。だからこの電話ボックスは二度と使わない。次は五、六年前に使ったことがある電話ボックスに向かう。使い回す場合は順序も時間間隔もランダムを旨とすること。

アンリは田舎道を飛ばした。カーラジオのスイッチを入れる気にもなれない。運転に集中することさえ難しい。現実の記憶が次々と頭に浮かんでは消えていくうちに、どれも夢のなかのことのように思えてくる。それで少し気持ちが楽になるのは一種の催眠効果だろうか。とにかく、これから自分がしようとしていることについて考えなくてすむならなんでもいい。

考えておいた電話ボックスに入り、覚えている番号を押した。短いメッセージを残し、いったんボックスを出て二、三歩離れ、たばこを吸おうかと迷っていると早くも電話が鳴った。よく通る声がビュイッソンですと言った。去年仕事を頼んだときはメイヤーと名乗っていた男だ。話は四分で終わった。

車に戻り、今度は三十キロ以上走って、ようやくこれはと思う電話ボックスを見つけた。こちらは一度も使ったことのないボックスだが、目立たないのがいい。工場を囲む壁の一角にあり、近くに店はなく、時折人が行き交うだけの小さい十字路に面している。アンリは先ほどとは違う番号にかけ、折り返しの電話を求めた。

一時間近く待たされた。最初は車内にいたが、なかなかかかってこないので歩道に出てたばこを吸い、二本目を吸いながら行ったり来たりし、すっかり冷えて震えが来たころようやく電話が鳴った。ドイツ語でのやりとりで、先ほどの電話より長くなり、厳しい交渉になり、こちらからの説明も詳細に及んだ。最終的にアンリは、通常なら受け入れることのない条件をのむことにした。時間がないからだ。

「それで、トゥールーズにはいつ来られる？」

仕事を頼んだ相手はディーター・フライといい、ドイツ南部のフロイデンシュタットから来る。それでも明日のいまごろまでには来られそうだ。

長い電話を終え、アンリは受話器を置いた。今朝のこの二時間で一年分に相当する経費を使うことになった。しかも今回は自腹を切るしかない。

だが怒りが込み上げてくるのはそのせいではなく、自分の人生の一部が終わったと感じるからだ。

やり場のない悲しみで胸が痛くなった。

＊　＊　＊

マティルドは夜中に二度目を覚ました。子犬のクッキーがおもらししないかと気になって熟睡できなかった。昨夜はわけもわからずベッドにぬくもりが欲しくて、クッキーを二階に連れて上がって一緒に眠ったのだ。そして今朝、クッキーが一声鳴いたので飛び起き、子犬を抱えて走り、間一髪で洗面台に乗せた。セーフ！　ほら、ママの反射神経がまだ鈍っていなくてよかったでしょ？　そうじゃなかったらシーツがびしょびしょ。

子犬を抱いてキッチンに下り、ドッグフードをやる。それからテラスに出て、いつものロッキングチェアでコーヒーをすすりながら、庭を探検するクッキーを目で追った。

そのあいだに考えたのはルポワトヴァンのことだ。今日中に始末したほうがいいとマティルドは思う。リュドに続いてクッキーまでやられちゃたまらない。けりをつけなければ。そうだ、今日中なんて言っていないで、いますぐ行けばいいじゃない。そうしよう。

マティルドは立ちあがってキッチンに戻り、マグカップを洗おうとして、長い吸殻が載った客用のソーサーが置きっぱなしになっているのを見つけた。やあね、もったいない、と彼女は嘆息する。アンリがたばこを吸うのは気に入らないけれど、でもどうせ吸うなら最後まで吸えばいいのに。これなんかほとんど吸ってないじゃない。マティルドは吸殻をごみ箱に捨て、ソーサーを洗った。

もう少し時間があったらアンリとレストランに行けたのに、残念。でも来てくれただけでもありがたい。違う用事だったらもっとよかったけれど。わざわざトゥールーズから来たのが小言をいうためだったとは。それでもうれしかったし、これでよかったのだと思っている。彼には説明が必要で、こちらはちゃんと説明できたから。彼が納得できる説明を提供できた。どんな仕事でも不測の事態が起こりうることを、アンリはよくわかっているから心配ない。今回も〈人事〉がなにか言ってきたときのために具体的な反論材料が必要だっただけだし、それも取り越し苦労だろう。仕事が一つ終わったら、〈人事〉だってもう次の仕事のことしか頭にないに決まっているんだから。

着替えのために二階に上がろうとしたところで、電話のそばに置かれたメモと名刺に目が留まった。すっかり忘れていた！　名刺を手に取る。ルネ・ヴァシリエフ。そうだ、番号案内にかけて住所を聞き出したんだった。オーベルヴィリエのジャン＝ジョレス通り二十一番地。どうしよう、ルポワトヴァンから？　それともヴァシリエフが先？　仕事が山積みだ。

やはり刑事が先だろう。マティルドは二階に上がりながらそう思った。あの刑事はうさんくさい。意味もないことをしつこく訊いてくるし、相手を不愉快にして喜ぶようないやなタイプ。ルポワトヴァンなら今夜でも明日でもつかまえられる。つかまえるもなにも、いつも菜園にいるんだし。

でもあの刑事は話が別。

＊　＊　＊

少々手こずりそうだとは思っていた。ルネ・ヴァシリエフという刑事にはこちらの顔も車も知られているので尾行が難しい。しかも相手は地下鉄通勤だとわかったので、ますますややこしい。それでもなんとか行動を把握したい。マティルドが見張っていると、司法警察の出入口からヴァシリエフが出てきた。ひょろりと背が高くて猫背という、マティルドが嫌いな体形なので見間違えようがない。パトカーには乗らなかったが、仕事上の外出には違いないだろう。長い足を持て余すような重い足取りが不愉快だし（わたしが上司なら尻を蹴飛ばしてやるのに！）、性格もしぶとそうだ。マティルドは職場周辺の下見を途中で切り上げ、オーベルヴィリエの住所に向かった。

以前ジュネーブでの仕事で、標的の住居に侵入して待ち伏せするという手を使ったことがある。あれは楽な仕事だった。標的の男はドア枠の上に鍵を置いているとわかっていたので、簡単に侵入できた。マティルドは肘掛け椅子に座って男の帰宅を待ち、男が明かりをつけたと同時に腹部に二発撃ち込んだ。もちろんこういう場合、マンションでも一軒家でもサイレンサーが必須だ。

マティルドはジャン＝ジョレス通りの住所に着くと、まずはヴァシリエフのアパートに潜り込む方法はないかと調べたが、見つからなかった。アパートの建物自体にはまず入れない。一方、敷地への入り口の門は、かつては木製の扉があったのだろうがすでに取り払われていて、自由に出入りできる。入った先に細長い中庭があり、その片側に数棟のアパート、反対側に住民用の扉付きガレージの列がある。この門は狭く、車がぎりぎり通れるくらいの幅しかない。住民がどうやって車を入れるのか見ていると、誰もが最徐行で、ボディをこするまいと窓から首を伸ばして間隔を見ながら慎重に通っていた。ということは、あののっぽが自動車通勤だったらなんの問題もなかったわけだ。中庭に入ってすぐのところで、ヴァシリエフが車でのろのろと入ってくるのを待てばいい。窓を下げているはずだから、そこから頭を狙って撃ち、そのまま外に出て立ち去ればいい。誰の目にも留まらないだろう。なんの工夫もいらない。

だが残念ながら、あのロシア人は地下鉄通勤だ。

とはいえその門は、徒歩で帰宅する相手を待ち伏せするのにも使えそうだった。マティルドはさっそく徒歩の場合の戦略を考えた。住民がこの門から車で外に出る場合、歩道を横切ってから車道に入ることになる。そこでドライバーが通行人の有無を確認できるように、門の外側に大きなカーブミラーが設置されている。これが役に立つ。午後の人気《ひとけ》のない時間帯だったので、マティルドは中庭に入ってみた。すると左手の建物の一階から張り出したように小さい工房があり、なかでは二人の男がアイルーペをつけて腕時計の修理をしていた。夜になって工房が閉まればここは暗がりになるだろうし、小さいガラス窓の下枠のコンクリートの部分がちょうど椅子代わりになるので、待つのに都合がいい。しかもカーブミラーのおかげでそこから歩道が見えるので、ヴァシリエフが歩いてくるのも見える。姿が見えたら立ち上がって二メートルも前に出れば、ちょうど中庭に入ってきたヴァシリエフを撃てる。あっと叫ぶ暇もないだろう。唯一の問題は、マティルドがヴァシリエフの行動習慣を知らないことだ。帰宅時は一人だろうか？　そこまで気が回らず、結婚指輪をしているかどうかを見なかった。だが勘でいえば、結婚しているようにも子供がいるようにも思えない。どちらかというと四十近くなっても童貞というタイプではないだろうか。では帰宅時間は？　職業柄、遅いと考えるべきだろう。

ほかの作戦も考えてみたが、やはりこの方法が最も確実かつ安全だと思えた。拳銃は中型の三十二口径のブローニングを持ってきている。靴箱から出てきたのだが、いつどこで使ったのかまったく記憶にないのでかなり前のものだろう。

時計の修理工房は午後六時ちょうどに閉まった。午後八時ごろにはあたりはすっかり暗くなり、工房はもとより敷地の門も闇に沈んだ。それを待ってマティルドは車を出た。入り口をずっと見張っていたので、ヴァシリエフがまだ帰宅していないことはわかっている。

中庭に入り、工房の前で待ち伏せを始めた。

お出迎えの準備は完了。

＊　＊　＊

ルネ・ヴァシリエフは署に戻り、日報を作成してから、二人の同僚がまとめた駐車場利用者の聴取報告書に目を通した。案の定、二人とも捜査に役立つ情報を聞き出せていなかった。オッキピンティの機嫌が最悪だと聞いたが、それも当然だろう。ラヴェルニュ事件はカンタン事件と関係があるといまでは誰もが思っているが、今回の捜査もカンタン事件同様、大きく深い泥沼にはまりそうだ。

ルネは昨日はヌイイに行かなかった。一昨日のテヴィとのやりとりで、ムッシューの見舞いとは関係なく彼女と会える可能性が生まれただけに、すぐまた訪ねるのはまずいような気がしたのだ。約束したからには早く実行しろと迫るさもしい男のように見えはしまいかと心配だった。

だが一日あけてヌイイに行ってみたら、今度はわけがわからなくなった。一昨日「もちろんです」と言ったテヴィの気持ちは、今日行ったら彼女の表情にも読み取れるものと思っていたのに、テヴィはあんなやりとりなどなかったかのように、以前と変わらぬ笑顔と言葉でルネを迎えただけだった。会話が通じていなかったのだろうか、自分の勝手な思い込みだったのだろうかと不安になる。

一方、ムッシューは今日は少しは元気がありそうだった。

「やあ、ルネ、会えてうれしいよ」

だがそう言ったきり、ルネに関心を向けない。

ムッシューは早々に寝室に戻っていき、なにやらぶつぶつ言いはじめた。

「はい、いま行きますから、心配しないで！」とテヴィが慌てて追いかける。

テヴィがムッシューに声をかけながら、テレビの前の肘掛け椅子に座らせる様子が聞こえた。

「VHSのビデオテープをデッキにセットするのが、ムッシューには少し難しいんです」と居間に戻ってきたテヴィが座りしなに言う。

なんのビデオだろうとルネが耳を澄ますと、聞き覚えのある映画音楽が流れてきた。

「これは、『影の軍隊』？」（一九六九年のジャン＝ピエール・メルヴィル監督作品。レジスタンスもの）

テヴィはうなずいた。

「ムッシューは観たことがあると思うけどな」

「今週もう四回目です。でも毎回、初めて観るみたいに夢中になるんです」

ムッシューはこのところ散発的に記憶をなくす。前触れもなく、突然そうなる。

「ムッシューは急になにもわからなくなるんですけど、一時間か二時間すると回復して、あとは夜まで大丈夫だったりするんです」

「あなたはずっと前から気がついていたんですよね？」とルネは言った。

するとテヴィが顔を赤らめたので、慌てて言い添える。

「いや、責めてるんじゃありません！」

ルネはテヴィの手を取り、自分の行動に驚きながらも握りしめた。だがどちらもどうしたらいいのかわからず、ただ沈黙が流れた。二人はしばらくそうしていた。やがてテヴィが立ち上がり、ムッシューの様子を見に行き、すぐに戻ってきた。

「ルネ、手伝ってもらえますか？　ムッシューが椅子で眠ってしまって」

二人でムッシューをベッドに寝かせ、明かりを消し、また居間に戻った。

「スープとフルーツがありますよ」とテヴィが言う。

＊　＊　＊

短気なマティルドがこれほど辛抱強く待つことができるというのは、やはりこの仕事に向いているからだろうか？　彼女はもう三時間以上も工房のガラス窓のコンクリートの下枠に腰掛けているが、いらついたのは靴のなかにアリが入ったときだけだった。ただ寒いので、ポケットから手を出してコートの襟元をかき合わせ、またポケットに戻して拳銃を握るというのを繰り返している。そしてそのたびにちょっと首をほぐして顔をしゃんと上げ、改めてカーブミラーをじっと見る。この時間のジャン＝ジョレス通りは人影もまばらだった。

中庭にもほとんど動きがない。車が何台か最徐行で入ってきて、乗っていた人が車を降り、ガレージの扉を開けて車を入れ、扉を閉めて建物のほうに消えていっただけだ。午後十時ごろからばらばらと、中庭の反対側のごみ置き場にごみを置きに来る人が続いた。きっと明日の朝、ごみ収集時間の前に、管理人がまとめて歩道に出すのだろう。

マティルドは誰に邪魔されることもなかったが、寒さだけは防ぎようがない。夜が更けるとともに気温が下がって凍えそうになったので、足音を立てないように歩いたり、両手で体をこすったりしなければならなかった。もちろんカーブミラーが見える位置から長く離れることはできないので、数歩行ってはすぐ戻り、決して見逃すまいと……。

来た！

あの背格好は見間違えようがない。マティルドはポケットから拳銃を取り出した。すでに何人もの通行人が通ったので、カーブミラーに映ってから一、二と数え、ちょうど九でその通行人が門の正面に来ることは確認済みだ。

ヴァシリエフの姿がカーブミラーから消えた。マティルドはすでに数えている。

六で三歩前に出る。

九で標的が門を通る。

十一で標的が目の前に来る。

十二で標的は死ぬ。

五まで数えたときに左手で人声がした。マティルドはすばやく下がって拳銃を構えた。

「早くしろよ」と一人が言う。

若い声。三、四メートルのところに二人いるようだ。

マティルドは無意識のうちに数えつづける。八で門の近くが照らし出された。マッチの火だ。

十二、三歳の少年が二人、一本のたばこを奪い合うようにして吸いはじめた。

「ほらそこ！」

と声をかけたのは門を入ってきたヴァシリエフだった。

二人の隠れたばこを見つけるのはこれが初めてではないようで、ヴァシリエフはむしろ面白がっている。そして二人にばつの悪い思いをさせまいと、わざとそっぽを向いてやりすごした。

「ごめん、もうしないから」と一人が言う。

「早く！」ともう一人。「もう戻らないと」

そしてたばこを地面に落として踏み消した。

二人は走りだし、すでに建物のほうに向かっていたヴァシリエフを追い越してエントランスに消えていった。

なんてこと！

マティルドは地団太を踏んだ。

早々にやり直しのチャンスを作らなければ。さもないと、今夜ここで三人まとめて始末すればよかったと後悔することになる。

九月十五日

フランソワ・ビュイッソンは夜明けとともにメルセデスのサービスバンL309Dに乗り込み、ブリュッセル郊外を離れた。九時ごろまでにムランに着かなければならない。急ぎの仕事は性に合わないので、いつもなら断るのだが、今回は司令官の説得に応じることにした。殺し屋稼業で説得といえば、金だ。それなりの金額を積まれたので引き受けた。この稼業も普通の商売と同じで、急ぎの仕事ほどもうかる。

サービスバンは郊外の扉付きガレージに置いていたもので、車体には実在しないベルギーの清掃会社のロゴが入っている。めったに使わないが、メンテナンスは日ごろからまめにやっているので、いつでもキーを差すだけで発車できる。

ビュイッソンはこれまで対処不能な事態に陥ったことはないが、それでもいったん仕事でハンドルを握ったら警戒を怠らない。行きに問題が起こることはまずないが、帰りは細心の注意が必要だ。

司令官はカーラジオが嫌いだと聞いたことがあるが、ビュイッソンはラジオを聴きながら運転するのが好きで、目的地に近づくまでかけっぱなしにする。だが運転そのものは慎重で、交通ルールを遵守《じゅんしゅ》する。こんなふうにあらゆる面で抜かりがないからこそ、この稼業を続けてこられた。

五十四歳。見た目は短身肥満の四文字で表現できるが、補足すると、M字にはげた頭、栗色の目、低い声、短いがよく動く脚（つまり足が速い）の持ち主だ。肥満といっても腹が垂れていたりはしない。体重八十五キロ。十年ほど警察にいたことがあり、優秀な警察官だった。日常的に危険にさらされる職務についていたわけではないが、射撃訓練では常に最高点をマークし、腕利きの射撃手と見なされていた。視力が抜群にいいのも強みで、眼鏡を必要としない。

だが離婚をきっかけに重度の鬱病を患った。アルコールに依存するようになり、症状がひどくなる前に警察を辞めざるをえず、すべての付き合いを断って家にひきこもった。そのころは何度も自殺を考えた。どん底から這い上がることができたのはいまの仕事のおかげだ。最初はたまたま、ある偶然から任務を託されたのだが、久しぶりに仕事らしい仕事をしたのがなによりの薬になった。ビュイッソンは細心の注意を払ったし、極めて手際よく任務を遂行したので、これなら次の仕事も来るだろうと思った。だからなかなか連絡が来なくて驚いたが、そんなある日、誰かに尾行されていると気づいた。彼を正式に雇おうと考えた誰かによる身辺調査だった。そのことがわかってビュイッソンは生きる気力を取り戻した。もちろん抜かりなく規律正しい生活を送り、信頼に値する男を演じてみせた。

こうしてビュイッソンは正式にこの稼業に足を踏み入れた。最初のうちは簡単な任務だったが、次第に難しいものになり、ついには売り込みやトラブル発生時の後始末までこなすベテランになって、一財産を築いた。いまでは年に三件までしか引き受けないし、できれば二件にとどめたいと思っている。

彼はこの仕事でピンチを脱し、鬱病からも依存症からも回復し、幸せにやっている。

この日の彼の服装は清掃会社の作業員そのものの地味で機能的なものだった。それこそが彼の表向きの職業であり、身分証明書にも納税申告書にもそう記載されている。

遠出の仕事でも大きな旅行鞄など持っていかない。着替えの下着と洗面道具、アタッシェケースがあればいい。今回の任務は一日で片づくはずだし、手間がかかったとしても二日で終わる。

ビュイッソンは計算にも強く、読みを誤ることはめったにない。

ブリ＝コント＝ロベール方面の最初の出口案内標識が見えたところでラジオを消した。ムラン方面の出口はまだ何キロも先だが、出口車線に入って高速を降り、途中で右に折れて交通量の少ない道をしばらく走る。道はセメントの粉で路面が白っぽくなっていたので、地図で確認するまでもなく正しい道だとわかった。

案の定、八キロほど行くとセメント工場があり、駐車場には工員などの従業員の車が三十台ほど駐まっていた。ビュイッソンは空きスペースに停め、そこから工場全体をじっくり観察した。まずは鉄格子の正門。単純な工業用南京錠で施錠されているだけなので、こじ開けるのも元に戻すのも難しくなさそうだ。次にコールタールやコンクリートのタンク。あのどれかに死体を投げ入れるには肩に担いで上がるしかないが、死体なら何度も担いだことがあるから心配ない。続いて照明の配置。夜間はこれらの照明で工場のあちこちが照らし出される。タンクまで行って戻るには、二か所だけ明るいところを通らねばならないだろうが、どちらも距離は短くてすむだろう。それ以外に大きな問題はなさそうだし、やれるだろう。

以上を確かめたうえで、ビュイッソンは高速道路へ引き返した。

その瞬間から彼は集中し、道路と任務のこと以外は一切考えなかった。

＊　＊　＊

マティルドはやり直しのための方法を考えたが、代替案は見つからなかった。結局のところあの門の内側で待ち伏せするしかない。そこで翌日も午後七時に近くに車を駐め、あたりが暗くなって門の内側に身を隠せるようになるのを待った。退屈なので、やたらとブローニングをいじりながら、これを〈調達〉から受け取ったのはどの任務のときだったか思い出そうとしてみた。だが思い出せない。まあ、どんな職業でも長年やっていればこうなるだろう。記憶のなかであれもこれも一緒くたになってしまうし、と考えたときにヴァシリエフが現れた！　早すぎる！　まだ暗くないので門の内側に移動できていない。彼はいつもの大股の重い足取りで歩いてくる。帰宅が早すぎて待ち伏せ計画がおじゃんになったので、マティルドは猛烈に腹が立った。なんて憎たらしい刑事。こんなに早く帰宅してどうするの？　いくら公務員だからって！　おかげでまたしても失敗！　マティルドはハンドルを拳でたたき、大きく息を吐いた。

でも、また出かけるかもしれない。ありえないことじゃない。もっとも地下鉄に乗られてしまったら追跡できないし、そうなったら今日もアウトだ。でも仕事にそういう無駄はつきもの。映画俳優の仕事だって待ち時間がすごく長いというし。

マティルドはもう少し待ってみることにした。一時間待っても出てこなければ、今日はこのまま帰ろう。クッキーは毛布にくるんでテラスに置いてきた。キッチンのタイルの上で粗相する癖などついてほしくない、とキッチンのことを考えたらまたアンリの来訪を思い出した。アンリは気になることがあって確認しに来たと言ったけれど、それほど多くの質問はしなかった。あれでトゥールーズからわざわざ来た意味があったのだろうか？

やはり、なによりもまずわたしに会うためだったに違いない。

それなのに、結局わたしたちは個人的な話をしなかった。仕事の話だけして、アンリは安心したと言って帰っていった。もう少しこちらの暮らしぶりに関心を示してくれてもいいはずなのに。元気なのかとか、うまくやっているのかとか。ところがすぐに仕事の話になって、どんどん質問してきて、細かいことまで訊かれて、もう、うんざり！　でも相変わらずすてきだった。マティルドは優雅にたばこを吸うアンリの姿を思い浮かべた。わたしにはあの人のいい思い出がたくさんある。毎日のように行動を共にしていたあのころの思い出が。遠い昔になってしまったけれど、わたしにとってあのころが人生最良の時だった。いいえ、若かったからというだけじゃない。誰かの役に立てていると思えたから。そしてアンリがそばにいたからだ。マティルドはいまさらながら、話をはぐらかし、彼を手玉にとるような振る舞いをしたことを悔いた。彼が距離を縮めようとするたびに、マティルドは距離をとり、胸に飛び込もうとしなかった。それは自ら幸運を取り逃がしたということではないだろうか？　しかも一昨日も同じことを……。めったにない機会だったのだから、胸の内をさらけ出すべきだったのでは？　たとえば、「ねえアンリ、わたしたちって、二人で先のことを考えるには年を取りすぎていると思う？」とか、「ほかに誰か意中の人がいるの？」とか訊いてみればよかった。そうしたらアンリは、「いるよ、生涯をかけた女性がいる」と答えただろうか？　いいえ、とマティルドはほほ笑む。それはありえない。アンリ、女はみんなそういうことには敏感なのよ。あの人は孤独だ。誰よりも孤独な男。だからこそ仕事のトラブルを口実にしてわたしに会いに来た。それこそが真実！　でも結局のところあの人は一歩を踏み出さなかったし、わたしもそうしなかった。こちらが向こうを訪ねていたらどうなっていただろう？　あの人の家をわたしが訪ねていたら……。あそこには二回しか行ったことがないけれど、あの広い平屋の家とイギリス式庭園は忘れられない。あの人らしい家だった。またあそこを訪ねて、今度こそはっきり気持ちを伝えたい。マティルドの胸はそんな思いでいっぱいになり……。

来た！　ヴァシリエフ！　門を出た！　ブルーのスーツなんか着て、葬式にでも行くのだろうか。マティルドはいつでも発進できるようにハンドルを握ったが、ヴァシリエフが地下鉄のほうに向かったので悪態をつきかけた。だがなんと、途中でタクシーを止めて乗り込んだではないか！　マティルドはすぐに車を出した。望みが出てきた。

あの男がほんのわずかでも隙を見せたら、その機会を逃しはしない。

ルノー25はタクシーのあとを追った。

後部座席のヴァシリエフのうなじを見ているだけで、一昨日の腹立ちが戻ってくる。あの間延びした声まで聞こえてきそうだ。「犬を埋葬されたのはどこですか?」

マティルドのなかでまた新たになにかが煮え立ちはじめていた。そして彼女がレインコートの下で温めていたのが拳銃だったことは、言うまでもない。

＊　＊　＊

ルネ・ヴァシリエフは今夜ヌイイに行くのが少し怖かった。

ムッシューがどんな状態でいるのかわからないし、テヴィの骨折りへの感謝を十分伝えられていないことも気になっていた。つらいときが何度もあっただろうに。彼女は笑顔を絶やさないが、無理をしているに違いない。だから今夜こそ言わなければ。そもそもありがとうと言うのはそれほど難しいことじゃないんだし！　いや、怖い理由はもう一つある。テヴィとの関係が中途半端になっていることだ。二人はずいぶん話をしてきたのに、肝心なことは一つも話せていない。「あなたとは会えますよね?」とは訊いたが、いつ、どこで会うんだ？　あきれたグズ、それがおれの正体というわけだ。もっとほかにやりようがあるだろうに。少しは積極的に。積極的？　そんなことができるなら悩みはしない。

といろいろ考えたにもかかわらず、ルネは結局いつものようにしか振る舞えなかった。花束でも持ってくるんだったと玄関まで来てから気づいた。

「ルネ、いらっしゃい。いつもより早いですね」

いつものほほ笑みだ。でもルネがもごもごと言いかけたときには、テヴィはもう歩きだしていた。仕方なくそのあとを追って居間に向かう。ムッシューの寝室の明かりは消えていた。

「起こすのはもう少しあとにします。今日はお疲れのようなので」

テヴィはテーブルの椅子に腰掛けた。そういえばテヴィは肘掛け椅子にゆったり座ったことがないなと、このときルネは初めて気づいた。そうか、彼女はあくまでもムッシューの看護師としてここにいるということか。

ルネも向かいの席に腰掛けた。テヴィは黙ったままこちらをじっと見ている。

伝えるべきことを伝えるならいまだろう。だが口から出たのはこれだけだった。

「ムッシューは今日はどんな様子でした？」

＊　＊　＊

すっかり暗くなった。マティルドはレインコートの前を少し開けて腕を組み、身頃の内側に手を入れて温めていた。ヴァシリエフはたったいま建物に入っていったところだ。歩道に立ったマティルドは建物を正面から見て、各階の窓に目を走らせる。明かりがついている住戸はいくつもある。どうしよう……。それにしても、小物にすぎない警察官が高級住宅街にやってくるなんて、どういうことだろう。愛人？　マティルドは笑いをかみ殺す。あの男に？　こんな高級住宅街に？　まさか、これから街へ出てディナーとか？　そこまで考えたときに明かりが一つともった。三階の左の窓。いやもちろん偶然かもしれないが、続いてもう一つ明かりが。同じ階だ。さらに数秒待つ。だがもうなにも起こらず、建物正面のどこにも動きは見られない。マティルドはコートの前を閉め、右手で拳銃を握った。

建物に入った。左手が管理人室だが、管理人はもう寝ているだろう。パネルに居住者の名前が並んでいたので見ると、三階の左の住戸は「ド・ラ・オスレ」となっている。旧貴族？　ますますおかしい。あののっぽと関係があるとは思えない。ほかの名前も順に見ていく。だがぴんとくる名前は一つもなかったので、ここは自分の勘を信じるしかないと思った。すると不思議なことに、エレベーターが三階に着くまでに「ド・ラ・オスレ」がそれらしい名前に思えてきた。これに違いない。マティルドはエレベーターの手動のドアを静かに開け、足音を忍ばせて出ると、ドアのあいだにバッグを置いて閉まらないようにした。

玄関ドアに近づいたところで深呼吸。いよいよだ。力がわいてくる。マティルドの脳裏には血まみれのリュドの首とヴァシリエフの顔が浮かんでいる。とうとう追い詰めてやった。

これ以上つきまとわれちゃたまらないもの！　上がっていた心拍数が徐々に戻り、呼吸もゆっくりになる。右手で拳銃をしっかり握り、左手でチャイムを鳴らす。

ディンディンと二回鳴った。

＊　＊　＊

テヴィは首をかしげた。こんな時間に誰？　お隣さん？

「わたしが出ます」とテヴィが言う。

ルネも立とうとしたが、そのときにはテヴィはもう廊下に出ていた。

テヴィはドアスコープで確認したりしない。チャイムが鳴ったら、ドアを開ける。運命とかくれんぼしたりしない。

高齢の女性が立っていた。レインコートを着ていて、化粧が濃く、すてきなヘアスタイル。身だしなみにお金をかける人だなと思う時間はあったが、「どちらさま?」と口を開けかけたときには拳銃がこちらを向いていた。

マティルドは家政婦が出てくるとは思いもしなかったので驚いた。しかもアジア系だ。だが伸ばした右腕を下げることはせず、すぐさま女の額に撃ち込んだ。女は倒れた。

テヴィには神聖なタトゥーで銃弾から身を守ることはできないと知る暇もなかったし、二度と知ることはないだろう。

マティルドは倒れた女をよけて廊下に入った。

ルネは一瞬動けなかった。

いまのは銃声?

ようやく立ち上がって部屋を飛び出したが、銃を携帯していない!

廊下の角を曲がると二メートル先にあの女がいた。ムランで話を訊いた女だ。

あのときおかしいと思ったのに、なぜ自分の直観を信じなかった?

ルネがそう思ったとき一発目が胸に当たった。心臓に。マティルドは数歩進み、二発目を頭に撃ち込み、引き返した。

マティルドは挟んでおいたバッグを取り、エレベーターに乗って一階のボタンを押した。晴れ晴れとした気分だった。これでもうつきまとわれずにすむ。

まだマンション内に銃声が反響しているような状態だったが、誰かが勇気を出してドアから顔を出すまでには時間がかかる。そのあいだにマティルドはエントランスを出て、人気のない通りを渡って車に戻った。

運転席に座る前にもう一度だけ三階の窓を見上げた。

すると先ほどは暗かった窓から老人が顔を出していた。タータンチェックのガウンを着たひどくやせた高齢の男性で、取り乱した様子で通りを見下ろし、なにかを探すように首を左右に動かしている。しわだらけの疲弊した顔にうつろな目。少し遠くてよくわからないが、唇が震えているようだ。

見るに堪えない。苦しみから解放してあげられたらいいんだけど。でもなにもかも引き受けるわけにはいかないしと思いながら、マティルドは車を出した。

急いで戻ろう。

クッキーがテラスで風邪をひいてなきゃいいけど。

獣医への往復で明日一日つぶれるなんてまっぴらだから。

＊　＊　＊

ムッシューは電話できちんと話すことができなかったが、言いたいことは十分に伝わったようで、隣人たちが金切り声を上げはじめたころにはもう二人の制服警官が駆けつけていた。その後警官の人数はどんどん増え、立錐《りっすい》の余地もなくなった。

ムッシューは廊下の遺体が目に入るとつらすぎて耐えられないので、居間に逃げ込んだ。そして肘掛け椅子に座り込んだまま動けなくなった。鑑識官が作業の邪魔にならないようにと居間の隅に移してくれた肘掛け椅子だ。ムッシューは泣けなかった。これほどの悲しみに胸をえぐられていながら、それを表すことができないというのが、どうにも不思議だった。「なにがあったか、本当にわかってるのかな」と誰かがつぶやいた。若くてきれいな女性警官が近づいてきて、「ご家族はいらっしゃいますか？　連絡先は？」と何度も訊いた。ムッシューは震える手で廊下を指そうとした。家族はあそこ、みんなあそこに倒れている、血の海のなかに。

鑑識官、制服警官、私服警官、投光器、そのどれもがムッシューには耐えがたかった。しかも殺害されたのが警察官なので、異様な緊張感が現場を支配している。司法警察全体が打ちのめされていた。

オッキピンティにとっても部下を失ったのはひどい痛手だった。ヴァシリエフの死とともにストレスの捌《は》け口がなくなったからだが、じつはヴァシリエフのことを優秀な捜査官と認めていたからでもある。

現場で血の海に横たわるルネは、オッキピンティの目には生きていたときよりも背が高く見えた。しかもまだ若い。鑑識班がせわしなく動き回るなか、オッキピンティはポケットに手を突っ込んだまま立ち尽くし、なんという損失だと首を振った。それから移動してもう一人の被害者を見に行くと、意外なことにアジア人女性だった。

「タン兄弟の姉ですよ」とうしろで部下の一人が言う。

オッキピンティが驚いて振り向くと、部下が被害者のハンドバッグから出てきた身分証明書を差し出した。タン兄弟のことならここにいる全員が知っている。粗暴な小悪党で、路上での違法薬物密売や場末の売春宿の運営で稼いでいる。

「姉のほうは看護師でした。あの人の……世話をしていたんです」

部下が親指で示した先を見ると、生気のない老人が肘掛け椅子に沈み込むように座っていた。オッキピンティは、犯人の狙いは悪党を弟に持つ女性のほうで、ヴァシリエフは巻き添えを食った可能性が高いと踏んだ。読みが鋭いというのがオッキピンティの自慢で、「おれの嗅覚」と名づけて切れ者を気取っている。とはいえ捜査は女性とヴァシリエフの二方向で進めるつもりだ。もしも彼の勘が当たっていれば、タン兄弟が殺人事件に絡む初のケースということになる。

現場で集めた情報によれば、いまや肘掛け椅子と一体化している生気のない老人は元県知事だという。上級公務員の抜け殻のような老人を前にして、オッキピンティはどうしたらいいんだと愕然とし、ピーナッツをひとつかみ口に放り込んだ。それからなんとか話を聞こうとしたのだが、相手は質問がよく理解できないようだった。そこで女性警官のほうを振り返り、「この人こっちの言うことちゃんとわかってるのかな……ほんとに？」と小声で訊いた（ムッシューの耳にはその声も届いていた）。オッキピンティはまた老人に向き合った。

「では、あなたはなにも見ていないんですね？　銃声が聞こえただけなんですね？」

ムッシューは警視の顔をぼうっと見つめながらも、頭のなかではこのままではいけないと感じていた。感情を出さなければ。怒りでもなんでもいい。とにかくこんなふうにぼうっと見ているだけではだめだ。この太ったピーナッツくさい警視は壊れたレコードみたいに同じ質問ばかりしているじゃないか。このままだと社会福祉センターに連絡が行くことになってしまう。そう思ったムッシューは余力を振り絞って答えた。

「そうです、そのとおり。聞きました。なにも見ませんでした」

この答えはそれほど悪くなかったようで、警視はようやく膝をたたいて立ちあがった。

そこへ判事もやってきた。判事は現場を見て回り、長々と説明を聞いたうえで、オッキピンティの見立てに同意した。オッキピンティは捜査班を二手に分け、片方にタン兄弟をすぐしょっぴいてこいと命じた。もう片方にはヴァシリエフ警部がこれまでに担当した事件を洗い直すように命じた。かなりさかのぼる必要がある。かつてヴァシリエフに逮捕された人間が最近になって出所してきて、長年の恨みを晴らそうとした可能性もあるからだ。もっともその可能性は高くはない。ヴァシリエフが主に担当していたのは性犯罪事件で、その種の事件の犯人が拳銃で恨みを晴らすとは思えない。

ヴァシリエフはそれ以外にも、あの厄介なカンタン事件とラヴェルニュ事件を追っていた。だがそれでなにか手掛かりを見つけていたのなら報告があるはずだし、なにもないのにいきなり殺されたとは考えにくい。

とりあえずはタン兄弟の線がいちばん見込みがありそうだ。

オッキピンティはこの事件を一刻も早く解決したかった。カンタン事件とラヴェルニュ事件で手いっぱいで、これ以上殺人事件を、それも被害者の一人が自分の部下という事件を、未解決のまま抱え込むはめになりたくない。そんなことになったらますます昇進が遠のいてしまう。

一方ムッシューは、相変わらず肘掛け椅子で身をこわばらせていた。判事が立ち去ったあと、警視が女性警官を呼び、こちらを見ながら耳元になにかささやいた。女性警官がうなずくと、警視も判事のあとを追うようにマンションを出ていった。その後ほかの警官や鑑識官も少しずつ出ていき、やがて女性警官と同僚二人だけになった。そこからは女性警官が主導権を握り、あちこちの部屋を引っかき回しはじめた。途中で居間に戻ってきて、スーツケースかボストンバッグのようなものをお持ちじゃありませんかと訊いてきた。

「あなたにはわたしを連れ出す権利はありません」とムッシューは言った。

女性警官のほうはようやくボストンバッグを見つけたものの、その先のことを考えたら気が重くなってきた。つまり、自分のこともよくわからなくなっている高齢の男性のために、必要な身の回りのものを探し出して荷物にまとめなければならない。そういうのは……社会福祉センターのプロに任せたほうがいいのでは?

「わたしはこの家にいたいのです。あなたにはわたしを連れ出す権利はない」とムッシューは繰り返した。

三人の警官は小声で相談した。それからマンションのほかの住戸を訪ねて助けを求めたが、誰もが冗談じゃないと断った。それでなくてもここでの暮らしには金がかかってるのに、高齢者の面倒まで見ろなんて、勘弁してくださいよ！

とうとう警官たちはあきらめ、老人を放っておくことにした。女性警官は電話のそばに自分の名刺を置き、電話番号のところを囲んで、なにか困ったことがあったらここにかけてくださいと言って出ていった。

警察がいなくなり、マンションに静けさが戻った。ムッシューはテヴィが遺したものを眺めた。置物や龍の絵を。

そしてお守りを。

九月十六日

いつもなら、アンリが目を覚ますのは六時二十分だ。それが生まれた時刻ではないかと思うほど、いつも六時二十分きっかりに目が覚める。ところがこの日は例外中の例外で、一晩中ほとんど眠れなかった。戦時中以来初めてのことかもしれない。少しうとうとしたと思ったらぞっとする悪夢に引きずり込まれ、もがくようにして目を開けるというのを何度か繰り返した。そのせいか頭が重く、口がねばついていた。これまで夢などまず覚えていたことがないし、自分の超自我は無意識や夢を超越するくらい強固だと自負していたのだが、とんでもない思い違いだったようだ。この夜、忘れたと思っていた記憶が次々とよみがえり、そのいたるところにマティルドがいた。悪夢から這い出る最後の瞬間に見えていたのもマティルドの姿だった。まぶしい笑顔。純白のウェディングドレス。だがそのドレスには肉屋の前掛けのように血の染みがある。

まだ日も出ていなかったが、アンリは片づけを始めることにした。「遺物」と呼んでいる古い書類のたぐいを整理したいのだ。もっともアンリは用意周到で抜け目がないので、身を危うくするような書類は手元に残していない。彼は三十年前に将来の逃亡の可能性に備えて迷宮を作り上げた。足跡と偽の足跡、複数の偽名、連絡員と偽の連絡員、実体のない住所などを組み合わせた迷宮で、これがあればいつか離反するしかなくなったとき、逃げるための時間が稼げると考えてのことだった。追っ手がかかっても追跡は困難を極めるだろうから、そのあいだに姿をくらませばいい。匿名口座も三つ用意してある。またいざというとき〈人事〉との交渉に使えるように、例外的にいくつかの重要書類を残してあって、それは自分しかアクセスできない複数の場所に分散保管してある。

この交渉の可能性について、夜のあいだに何度も考えた。

マティルドが制御不能になったことで、アンリの人生は乱気流に巻き込まれた。こうなったからにはプランBを発動させるべきではないだろうか。つまり「勇者の平和」を勝ち取る。ありていにいえば、黙っててやるから放っておいてくれと〈人事〉と交渉する。

だが朝までに、プランBは実質的に意味がないという結論に達した。

そもそも手のこんだ逃亡計画を早々に練っておいたのは、〈人事〉がたとえ交渉に応じても、それは表向きで、実際には追っ手を放つに決まっているからだ。追跡に数週間あるいは数か月かかるとしても、早晩ビュイッソンやディーター・フライのようなエージェントが背後から迫ってきて対決を強いられる。そこで自分のキャリアも終わる。

アンリが自宅に置いている古い書類というのは、いまの仕事とは関係のない表の人生に関する公的文書と、あえて残してある古い書き物や手紙、請求書、各種郵便物、そして写真だ。どれもないと困るようなものではないが、一人暮らしの年金生活者の家にはこうしたものがあるのが普通だから残してある。家宅捜索されてもごく普通の一般人で通せるようにするために。だがそのような心配も、マティルドの暴走で状況が一変しなければまず不要だったのだが……。アンリが三十年前に〝迷宮〟を作り上げたとき、マティルドはまだエージェントではなかった。だがかつてのレジスタンスの同志としての、その後は亡きペラン医師の未亡人、すなわち敬愛する友人としてのマティルドの手紙や写真は残っている。マティルドをいまの仕事に誘ったとき、これらを処分しようかと思ったが、なにか問題が生じた場合、そうしたものが家に一切ないほうが不自然で疑われると考え、そのままにした。

午前五時。

ビュイッソンはちょうど昨日のいまごろブリュッセルを出たはずだから、そろそろムランに着くか、あるいはもう着いているだろう。アンリはもう一度、今後の展開をシミュレーションしようとした。だがどうしてもあるところから先を考えることができない。マティルドが絡むと、彼のなかのなにかが現実を受け入れまいとする。

アンリは熱い紅茶を淹れ、カップを持ってキッチンのロールトップデスクに座ると、紙文箱を引き寄せてマティルドから送られてきた郵便物を全部出した。五〇年代、六〇年代の手紙やはがきだ。読みやすい筆跡で、いつも〈親愛なるアンリへ〉と始まる。夫とバカンスを過ごしたというスペインからのはがきには、〈レイモンはこの暑さがいいと言うけれど、わたしには耐えられない〉とあり、ルーズベルト・ホテルのレターヘッド入り便箋でニューヨークから送ってきた手紙には、〈せっかくのニューヨークなのに、彼の仕事がらみの用事のせいで街に出ることもできない〉とある。そういえばいつも夫への不満ばかりだったが、ペラン医師は最善を尽くしていたように思えるし、気の毒なことだ。それからバースデーカード。これはすべて残してあるわけではない。マティルドは毎年欠かさず送ってきたが、アンリはそれに気づいた時点で多くを捨てた。カードの山を見て少々げんなりしたからだ。長く会っていなかった時期には、〈きっとあなたは変わらず若いままよね〉と書いてきた。もっとあとになると、〈あなたは老人ホームでいちばんのかっこいい百歳になるわ〉に変わった。そしてこれ、一九五五年の手紙。アンリが自分で白黒写真をクリップ留めしておいたものだ。二人が直立不動で並んでいる写真。フーコー将軍がマティルドにレジスタンス記念章を授与した瞬間を撮ったもので、将軍の頭と儀式用のケピ帽でマティルドの顔が半分隠れている。アンリのほうはその横で、授与されたばかりの記念章を胸につけ、少々こわばった笑顔を浮かべている。マティルドの手紙はその式典の数日後に届いたのだが、読んだときには気分が沈んだ。懐かしさとともに苦い思い出もよみがえったからだ。〈ねえ、アンリ、戦時中のあの活動のすべてに対して、わたしたちはいま国民から感謝されているのよね。戦後また軍隊に戻った人たちの気持ちがわかる気がする。わたしもあのころが懐かしい。それはもちろん若かったからだけど、それ以上に、なすべきことがあったからだと思う〉
もっと古い写真も一枚紛《まぎ》れ込んでいた。プリント柄のワンピースを着たマティルドの写真で、裏に一九四三年と手書きのメモがある。彼女はシトロエンの11CVの横でポーズをとっている。

アンリはその写真に久しぶりに見入り、美貌が放つ性的魅力と、アンリが知る残忍性が放つ魔性の魅力の両方をかつてないほど強く感じた。その両者のパラドックスこそが、アンリを引きつけてやまないマティルドの魅力なのだ。

それから一九六〇年のメッセージカード。レイモン・ペランの葬儀のあとの礼状だ。〈参列してくださってありがとう。あなたが（ちょっとでも）顔を出してくれて、本当にうれしかった。今度はいつ来てくださる？　まさか、わたしの葬儀まで来ないつもり？〉

ほかにもまだ残っていないかと文箱をよく確認した。それから取り出したすべての郵便物を暖炉に投げ入れ、冷めた紅茶を飲んだ。炎を見つめていたら催眠術でもかけられたようにぼうっとしかけ、思わず身震いして意識を戻した。炎は精神を溶かしてしまう。

人生の大事な部分が燃えていくのを見ながら、アンリは自分自身のことを振り返った。

自分が歩んできた道はいつでもはっきりしていたと思う。これまで一貫してただ一つのことに情熱を注いできた。この世の出来事を自分の手で動かすことだ。アンリに成功と権威をもたらしたのは彼の管理能力でも統率力でもなく、内に秘めたこの情熱だった。事を起こしているのは自分だというくらくらするような感覚。神とまでは言わないが、神の使者ではあるという自負。アンリは自分が葬ったすべての死者と、自分が運命を変えたはずの直接は知りもしない生者たちのことを考える。すると頭のなかに次々と枝分かれしていく巨大な樹形図が現れる。そこにはすべての死者と生者、彼がもたらした死によって生じたありとあらゆる変化——結婚、再婚、相続、任命、自殺、誕生、出発、逃亡、再会等々——が記されている。壮大な人間喜劇。

この樹形図の幹に位置しているのが自分だと言えないだろうか。なぜなら、死のみならず（誰もが遅かれ早かれ死ぬのだから、死そのものは大したことはない）、その死が生者にもたらした突然の、時には望外の影響のすべてがこの自分から生じたのだから。では、いま待っている知らせは自分にどんな変化をもたらすだろうか？　そう考えながらアンリは立ち上がった。今回は自分がもたらす死によって、自分自身が影響を受けもする。つまり彼が待っているのは契約が履行されたという知らせ、マティルドがもういないという知らせだった。

＊　＊　＊

ディーター・フライの見た目はビュイッソンの真反対《まはんたい》だ。背が高くていかついが、どこか品があり、髪は直毛で、腹が締まっている。フロイデンシュタットからストラスブールまで一時間弱。そこからトゥールーズへは直行便があるが、それには乗らず、まずパリに向かう。もちろん偽名での移動だ。

パリに短時間とどまり、連絡役からスーツケースを受け取って現金で支払ってから、トゥールーズまでのんびり列車に乗る。司令官は、仕事にかかる日数はまだわからないと言っていた。まあ一日から四日、それ以上ということはないだろうと。

ディーターは三日と踏み、きっちり三日分の着替えを用意してきた。

トゥールーズに着き、いちばんよく使う偽名で車を借りた。ここまで二十四時間を予定していたが、きっちり二十二時間で来たので、二時間ゆっくりできる。スーツケースにはスコープ付きのスナイパーライフルが入っている。さて、あとはどこから監視するかを考えるだけだ。

少しもたつきながらも、マティルドはコーヒーを淹れた。胃がむかついて、口のなかが苦い。薬をのもうかとも思ったが、やはり薬箱を開けるのはやめた。医者の夫を持つと薬を避けるようになるものだ。マティルドはなぜかわからないが不安で、コーヒーに口をつけずにぼんやりした。

＊　＊　＊

コッカースパニエルがえさを待っている。マティルドは立ち上がって扉を開けてやり、えさ皿にドッグフードを入れ、それから鏡を見に行った。なんて顔！　ひどすぎる！　まぶたが腫れて見られたもんじゃない！　と一瞬思ったが、実際には朝はいつもこんなものだったと思い出した。この年齢になったら、朝起きたときの顔はむくんでいて、誰の顔かしらと思う日があっても不思議ではない。現に年を重ねるにつれて、人前に出られる顔にするのに時間がかかるようになっている。マティルドはさっそく化粧に集中し、そのあいだに太陽が顔を出した。七時半。できた、これがわたしの顔、と鏡をじっと見る。正確にはほぼわたしの顔。これ以上よくはできない。マティルドは手を止めた。どこかで壁をたたくような音がした。

「リュド？」

だがリュドは来ない。もう庭に出してやったんだっけ？　コッカースパニエルが首をかしげて彼女のほうを見ている。

「静かにして」と子犬にささやく。だがコッカースパニエルは物音一つ立てていない。違う、犬が立てた音じゃない。

マティルドはキッチンの流し台まで行き、無意識に包丁をつかんで窓から外をのぞくが、なにも見えない。そのときまた音がした。今度は外の音だとはっきりわかった。

コッカースパニエルが鳴きはじめた。マティルドの不安が犬にも伝わったのだ。

「静かに！」

子犬は座って前足をマティルドの足にのせた。彼女はかがんで子犬を抱き上げ、調理台の上に置いた。「リュド、静かにして」。子犬は彼女の顔をなめようとするが、彼女のほうは耳をそばだて、音がどこから来るのか突き止めようとする。

子犬はしつこい。「リュド、やめなさい」と言って子犬を抱きしめる。力が入りすぎたのか、子犬が急に鳴く。「ちょっと、うるさい、ママは音を聴いてるんだから」

子犬は鳴きやんだが、まだ怯えている。

マティルドは子犬を床に下ろし、忍び足で振り子時計のところまで行くと、庭に面した両開きの扉とキッチンの窓に交互に目を配りながらそっと時計の扉を開けた。手探りで油染みたぼろきれに包んだスミス&ウェッソンをつかむ。装塡済みで、いつでも使えるようにしてある。そばに置かれた弾倉も一つ取ってポケットに入れると、子犬をそのままにして両開きの扉に忍び寄った。心臓の音が耳に響く。壁に張りついたまま腕だけ伸ばしてドアノブをつかみ、ゆっくり回す。司令官アンリの冷静さは、現実に振り回されないある種の超越だが、マティルドの場合はその逆で、現実に対する意識が異常なまでに覚醒する。その状態になると、ささいなことつひとつに全神経が向かうので、体力気力ともに消耗する。脳でさえ動きを止め、全身がただ一本の針になり、その先端が対象物に向かっているような感覚で、対象物が現実のものなのか想像上のものなのかもわからなくなる。

マティルドは扉をそっと開けた。そして一歩前に出たとき、上から音が聞こえた。

顔を上げると、寝室の雨戸の留め具が外れて風で少し動いていた。

一気に緊張が解けたからだろうか、また例のめまいがして手足の力が抜け、拳銃を落としそうになった。マティルドはよろよろと歩いて椅子にへたり込んだ。息を整えようとしていると、子犬が寄ってきたので膝に乗せた。そのまま十五分ほど過ぎた。

わたし、どうしたんだろう。

なにがあんなに怖かったんだろう。

さあ立って、動くのよ。もう化粧もしたんだから、買い物に行って、やるべきことをやらなきゃ。マティルドは立ち上がり、スミス&ウェッソンを油染みたぼろきれに包み直して振り子時計のなかに戻し、車のキーを取った。だが彼女をとらえた不安の芯の部分はまだ消えていなかった。口のなかに妙な後味が残っているような、滑りやすい道をこわごわ歩くようないやな感じがする。彼女を不安にするなにかがまだそこにある。

買い物のあいだクッキーをどうしよう。庭に出しておいたら殺されるかもしれないし。ルポワトヴァンならやりかねない。さっさと隣に行ってけりをつけてしまえばいいのだけれど、いまはその元気がない。まだ動揺しているのだろうか？　脈が上がったままだし、しかも不規則だ。

犬のバスケットと毛布をテラスに出した。えさ皿も水入れもいっぱいにした。それから車に向かおうとしたが、足元がまだふらつく。運転中にめまいが再発しないといいんだけど……。

＊　＊　＊

ビュイッソンの読みは正確だった。目的地に続く細い通りに入ったのが九時数分前という見事さだ。このあたりは家同士がかなり離れていて、手入れの行き届いた広い庭に囲まれている。どれも田舎家風で、それぞれに風変わりな名がつけられている。ビュイッソンの目当ての家は〈ラ・クステル〉。鉄格子の門扉と、庭に延びた砂利道が目印だ。速度を落として進むと、道が直角に折れていて、そこを曲がってすぐにその家が見え、ついでに、なんと住人まで確認できた。というのもちょうど彼がその家の前を通りかかったときに、その女性がルノー25のハンドルを握って車道に出てきたからだ。

まちがいない。六十代で、太っていて、化粧が濃い。ビュイッソンはさりげなく目をそらし、そのまま車を走らせ、目立たずに引き返せる場所を探した。百メートル先にちょうどいい場所があったのでUターンして来た道を戻り、その家の前を徐行して、〈ラ・クステル〉とあるのを確認してから加速した。時間はたっぷりあるので、家と庭と周囲を調べるのは暗くなってからでいい。いまはこれ以上人目を引かないようにここを離れよう。まずは標的を尾行して、動きや歩き方を観察し、行動様式を把握することにしよう。途中で見失ったとしても問題はない。いずれ帰宅するはずだから、ここに戻ればいいだけだ。

＊　＊　＊

マティルドは急に気分がよくなった。

門を出てムランの街中に向かう車道に入ったら力がわいてきた。先ほどまでの不安が薄れ、呼吸が楽になった。助かった。通り雨のあとでワイパーをかけたときみたいに視界が晴れ、生きる意欲が戻ってきた。よし、靴を買おう。それからティーサロンでお茶。これぞ人生。

ムランの街中にはマティルドが定期的にのぞく店が四軒ある。女性の行きつけの店というのは、人によってブティックだったりキッチン用品店だったりといろいろだが、マティルドは靴屋だ。いいじゃない、好きなんだから！　靴に目がない自分のことを考えると楽しくなってきて、マティルドはくすりと笑う。そう、家にはせっかく買ったのに一度も履いていない靴がある。それは認めるけど、だからなに？　人生は一度きりなんだから楽しまなくちゃ。午前中いっぱいかけてたくさんの靴を試し、そのうち二足を購入。気分は上々。昼にはレストランではなくティーサロンに入り、特大のパリブレストをほおばった。体重には悪影響だけど、かまやしない！

マティルドは午後五時ごろに帰宅した。

クッキーはとてもおとなしくしていて、ママが戻ってきたのがうれしそうだった。マティルドはベイビーと声をかけ、子犬を抱きかかえる。それから家に入って白ワインの栓を抜き、クラッカーの包みを開けた。そう、塩味の効いたクラッカー、これもほんとはいけないんだけど……。

彼女は全部テラスに運び、あまり寒くならないうちに楽しむことにした。

ロッキングチェアに背を預け、隣家との仕切りの生け垣を眺める。

今夜はもうルポワトヴァンに会いに行く気分じゃない。もしかしたら明日。あるいはもっとあとでもいい。でもこれは勝負の延期にすぎない。リュドを失ったショックが癒えることはないし、ルポワトヴァンとは必ず話をつけてやる。でももうちょっとあとで。そうよ、マティルド、いまはこの幸せに浸りなさい。犬をなでていいし、白ワインを飲んでいいし、クラッカーを好きなだけ食べていい。だってあなたはそれだけのことをしたんだから！

＊　＊　＊

ビュイッソンはマティルドの尾行を早々に切り上げた。標的がどういう人間かもうわかったからだ。靴屋をはしごし、革製品の店をウィンドーショッピングし、ティーサロンに入ったところでこれ以上は時間の無駄だと判断した。そしてその判断は賢明だった。というのも、〈ラ・クステル〉を含む住宅街を囲む森のなかの、ある地点にたどり着くのに予想以上の時間がかかったからだ。それは狩猟小屋のある場所で、事前に地図を細かく見ておいたので問題なく行けると思っていたのだが、途中で日が傾きはじめ、一時は小屋の代わりに高い木に登るしかないかと思った。幸い、暗くなる前に見つけることができたものの、そこからがまたひと苦労だった。小屋は木組みの土台の上にあるのだが、長く使われていない古いもので、登る途中で桟が二本折れた。小屋の床も傷んでいて、踏み抜かないようにするには壁にへばりつくしかない。しかもさらに屋根に上る必要があり、屋根材も虫に食われて崩壊寸前だった。それでもビュイッソンはやり遂げた。屋根の上からなら高倍率の双眼鏡を使えば〈ラ・クステル〉を監視できる。見えるのは家の南側だけだが、そこがいちばん重要だとにらんでいた。午後七時ごろテラスの明かりが消えた。それからしばらく、一階と二階のあちこちの明かりがついたり消えたりしたが、そのうち二階の二部屋の明かりを残してほかは消えたままになった。浴室と寝室だろう。やがてその片方が消えた。残ったのが寝室だ。ビュイッソンは頭のなかで家の図面を引いた。それほど狂いはないはずだ。

午後九時四十五分、最後の明かりも消えた。ビュイッソンは三十分待ち、細心の注意を払って小屋から下り、清掃会社のロゴが入ったサービスバンに乗って森を出た。村の電話ボックスまで行って短い電話をかけ、また引き返したが、小屋までは戻らずに森のなかに車を駐めた。リアシートに移動し、寝袋にもぐり込んで眠った。

＊　＊　＊

夜中の二時ごろ、仮眠で疲れをとったビュイッソンは〈ラ・クステル〉に舞い戻っていた。門の呼び鈴が鳴らないように手で押さえ、門扉がきしまないようにそっと持ち上げて開ける。

足音を立てないように砂利道を避け、芝生を通って家に近づくと、まず周囲を回った。入り口はありふれた両開きの扉で、ガラスの窓がはまっている。錠前も特別なものではなく、すぐにこじ開けられた。なかに入ってしばらく足を止め、闇に目が慣れるのを待った。

室内の様子が見えるようになると、バスケットのなかで子犬が寝ていたのでそっとなでてやり、それから靴を脱ぎ、ジャンパーのポケットからサイレンサー付きのワルサーＰＰＫを取り出した。

一歩一歩、音がしないのを確かめながら階段を上がったので、二階に着くまで六分近くかかった。

寝室に続く廊下も同様にゆっくりと、慎重に進んだ。

寝室のドアは大きく開いていた。ドアを開けるときに音が出ないかと心配する必要がないので好都合だ。

羽毛布団が大きく盛り上がっていて、標的のずんぐりした体形が見て取れる。ビュイッソンは慎重にもう一歩前に出た。部屋の敷居のところで足の下に凹凸を感じた。ベッドカバーが落ちていて、その下にラグもあるようだ。敷居の上で集中したまま腕を前に伸ばし、二発連射した。

だが、サイレンサーで消音された銃声は二発ではなく、四発聞こえた。

最初の二発はビュイッソンがベッドに向けて撃ったもの。

続く二発はビュイッソンが受けたもので、三十二口径弾がまず首に、続いて腰に当たった。

消音された銃声は、シャンペンのコルクをしっかり押さえながら開けたときのプシュッという音にかなり似ている。

マティルドは明かりをつけた。

彼女はコートを着ていた。こんなまぬけを待つために風邪など引きたくなかったからだ。

おもてなしは無事にすんだから、おいしいコーヒーを淹れよう。何時だろう？　もう三時！

また一晩無駄にした。

九月十七日

アンリ、言ったはずよ。わたしは年取ったけどまだやれるって！

マティルドはキッチンに立っていた。室内なのでそれほど寒いわけではないが、コートを着たまま湯気の立つコーヒーをすすっている。

確かに運も味方したと思うけど、でもあなただってナポレオンの言葉を忘れちゃいないでしょ？「ひとたび戦いを決意したら……」っていう名言。数日前に来てくれたときにわたし言ったじゃない。え、言わなかった？　思っただけ？　どっちだったかしら。

午前四時。とりあえず危険は去ったけど、ここからが大仕事。こんな面倒なことになるなんて。

「なんなの、こいつ！」寝室に戻っての第一声はこれだった。

アンリがよこした刺客の血で部屋が汚れないように、事前にカーペットの上にラグと古いベッドカバーを広げておいたのだが、その甲斐もなく、血がカーペットに流れ出ていたのだ。それも少々ではない。カーペットがたっぷり血を吸って大きな染みになっている。それでなくても染みは我慢ならないのに！　マティルドの頭に血が上った。すぐに洗わなきゃ、血はインクと同じで時間が経つと落ちにくくなるんだから！

いや、落ち着こう。すんだことは仕方がないし、泣き言を並べている暇はない。

考えたとおりに進めよう。死体をベッドカバーとラグでぐるぐる巻きにして、階段を転がして一階まで下ろす。途中で引っかかったりしたら厄介だが、手足がはみ出さないようにしっかり巻いておけば大丈夫だろう。死後硬直が始まると巻きにくいからぐずぐずできない。始まってしまったらピークを越えて硬直が解けるまで長時間待たなければならないし、そんなのはごめんだ。しかもこの出血量だからさっさと片づけないと。今度来る家政婦がこういう染みの抜き方を知っているとも思えないし。紹介所の話では新米のようだった。ところでいつから来てくれるんだっけ？　メモしておけばよかった。あとで確認しないと。

マティルドはまず男の所持品を調べた。

身元がわかるようなものはない。当然だ。

履いているのはゴム底の靴で、使った拳銃はワルサーＰＰＫ。男が乗っていたあのバンの鍵もあった。マティルドはワルサーと車の鍵を自分の手元に置く。アンリ、もちろんあなたはいいエージェントを使ってる。わたしのことはさておき、とにかくこの男は優秀なプロだった。でもそれは当然のことで、このわたしのところに素人なんか送り込んできたら承知しないし、そんなの屈辱だもの。

さてと、バンを探しに行かなきゃ。でもその前に死体をくるんでテープで巻いてしまおう。

こんなことまでさせるなんて、アンリ、わたしのことまだ若いとでも思ってる？

梱包用の粘着テープを用意しておいたのは正解だったが、男が倒れた方向は想定外だった。ラグの上にほぼ斜めに倒れていて、だから血がカーペットに流れ出たのだ。そしてもう一つ想定外だったのは、男が重いこと。とんでもなく重くて動かせない。

マティルドは途方に暮れ、一瞬、ルポワトヴァンに手伝わせようかとさえ思った。

同時にかわいそうなリュドのことを思い出し、あのまぬけな隣人と早々に話をつけること、と頭のなかにメモしてから目の前の問題に戻った。

仕方がない。死体を無理やり持ち上げて、一センチずつでもずらしていくしかない。だがちょっとやってみただけですぐに膝をつき、あえいだ。それでもまた立ち上がり、かがんで男の肩を持ち上げてちょっとずらし、ジャンパーを引っ張ってちょっとずらし、足を持ち上げてちょっとずらす。とんでもない重労働。死体の位置を変えるだけでどれほどの時間がかかったことか！　次はベッドカバーとラグでくるむ。このほうがまだ楽だけれど、ほぼ力を使い切っているのでやはり大変だ。くるんだら全体を粘着テープで巻いていく。それにはラグごと死体をあっちに転がし、こっちに転がしというのを繰り返さなければならないが、困ったことにベッドがある。いや、寝室だからもちろんベッドがあるけれど、ラグにくるんだ殺し屋の死体を転がそうとするとこれが邪魔なのだ。

マティルドはナイトテーブルのほうを振り返り、目覚まし時計を見た。なんと、テープを巻くだけで一時間近くもかかっている！

次は階段の上から転がして一気に一階まで下ろしたい。でもこの重いのを踊り場まで引きずっていって、まっすぐ転がるように配置するのがこれまた重労働だ。

マティルドは息切れしていたが、ここが肝心と気合を入れた。階段の途中で引っかかったり斜めになったりして止まってしまったら、修正するのにまた体力と気力が必要になる。一度で成功させなければ。とにかく、アンリ、わたしもうくたくたなんだから。

力を振り絞ってどうにか踊り場の端まで動かしたが、そこで力尽きた。ラグでくるんだ死体はいま階段のすぐ上に置かれている。

続きは少し休んで、体力が戻ってからにしよう。マティルドは死体と手すりのあいだを通り抜け、疲れた足取りで階段を下りてキッチンに入った。子犬が足元にすり寄ってきたので拾い上げて椅子に座り、膝に置く。それからテーブルに突っ伏し、すぐ眠りに落ちた。

不意に呼び鈴が鳴った。マティルドは熟睡状態からもがくように這い出たが、頭がぼうっとしてしばらく自分がどこにいるのかわからなかった。頭を上げ、ようやく目の焦点が合ったと思ったら、子犬のおもらしのあとが目に入った。キッチンでおもらしだなんて！　マティルドはまたかっとなった。

「なんてことすんの！」

腹立たしいったらない。子犬は部屋の隅で身を丸めていたので、マティルドは立ち上がってそちらへ行こうとした。おしおきしてやるから、このまぬけ犬！　そのときまた呼び鈴が鳴った。マティルドは足を止めて振り返り、そこでようやくはっきり目が覚めた。門のところに男が二人立っていた。スーツ姿だが、この距離でも刑事だとわかる。二人はガラス窓越しにこちらを見ていた。

なんの用だろう?

二階の踊り場にはラグにくるんだ死体があり、下から見上げたら目に入る状態だ。

寝室の入り口には大きな血の染みがある……。

マティルドは少し乱れた髪を片手でなでつけると、ガラス窓付きの扉まで行って少し開け、テラスには出ずに言った。

「どうぞ、お入りください!」

キッチンに取って返して引き出しを開け、ルガーを取ってすばやく装塡し、そっと戻した。引き出しは少し開けておく。すぐにルガーを取り出せるように。

それからまた庭のほうに向き、二人の男が砂利道をまっすぐ歩いてくる様子を観察した。

右側の、背の低いほうが上役だ。左側の、半歩下がってついてくるのは若手。どちらも身なりは貧弱で、上役はなにか嚙んでいる。チューインガムだろうか。

マティルドは流しで雑巾をぬらして絞った。そのあいだに二人はテラスに着き、マティルドが少し開けておいて扉の前で立ち止まった。

「ペランさんのお宅でしょうか?」上役が尋ねた。

「はい、そうです。ちょっとそこでお待ちください。犬が粗相をしてしまって滑りそうなので。すぐすみます」

二人のほうは門のところでいきなり「お入りください」と言われたので少々面食らっていたが、今度は扉のなかをのぞいたら年取った女性が疲れた顔で、つらそうにため息をつきながら、身をかがめて床を拭いていたのでまた面食らった。女性は手を動かしながら犬に話しかけている。

「そろそろ覚えないとね、おちびちゃん。毎朝これじゃママは困るのよ……。あ、テラスの椅子におかけください。すぐに参ります」

オッキピンティ警視は名刺を出して自己紹介するつもりでいたのだが、名乗る必要もないようなので戸惑い、部下のほうを振り向いた。ペラン夫人はためらいもせずに自分たちを庭に入れたが、今度は誰なのか確認もせずに椅子を勧めた。かなり変わった女性のようだ。

マティルドは拭き掃除で息切れしたので、少し息を整えてからテラスに出た。

「コーヒーはいかが?」

「どうも」と若いほうが答えた。

二十五歳にもなっていないだろう。中学を出たばかりみたいに初々しい。

「奥さん」と年上のほうが口を開いた。「われわれは……」

「わかっています」とマティルドは遮った。「あら、お気に障ったらごめんなさい。皆さんなんとなく雰囲気が似ていらっしゃるからわかるんです。警察の方ですよね? ではお二人ともコーヒー?」

若いほうは笑ったが、年上のほうは気分を害したようで、ポケットから豆のようなものをひとつかみ取り出して口に放り込んだ。

「それは?」とマティルドは訊いた。「なにを召し上がっているの?」

「カシューナッツです」

「まあ、それじゃ長生きできませんよ。さ、コーヒーにしましょう」

マティルドはキッチンでフィルターにコーヒーの粉を入れながら、肩越しに尋ねた。

「あなた方も駐車場の事件のことでいらしたの?」

「もちろんそれもありますが……」とオッキピンティは答えた。

するとペラン夫人が振り向き、ほほ笑んだ。いいことを聞いたというように。

「あら、ほかにもなにか?」

どうやらこの女性は退屈していて、刑事が来たことを喜んでいるようだとオッキピンティは思った。この調子では午前中ずっとおしゃべりに付き合わされるはめになり、昼になったら勝手に三人分の食事を出してくるかもしれない。

コーヒーメーカーが音を立てはじめ、少しするとペラン夫人がコーヒーの入ったカップとスプーン、砂糖入れを運んできた。

「同僚の方に全部お話ししましたけど。えっと、なんとおっしゃいましたっけ? 背が高くてロシア風のお名前の……」

「ヴァシリエフ」

「それそれ!」

夫人はまた家のなかに引っ込んだが、すぐに子犬を抱えて戻ってきて、倒れ込むように座り、またため息をついた。

「では、もう一度最初からお話ししましょうか？　あそこへ行ったのは靴のためだったんです。そんなことどうでもいい？　そうですよね。でもそれが始まりだったんです。気に入っていた靴が……」

「けっこうです」と上役が遮った。「そのあたりのことは報告書にすべて書かれています。じつは……」

マティルドはちょっと顔をしかめた。駐車場の件じゃないとするとなんだろう？

「われわれの同僚が一昨日亡くなりまして、それで……」

「そんな！」

その叫びは本物だった。マティルドは思わずこぶしで口を押さえていた。

「ここにいらしたあのお若い、背の高い方が？　亡くなった？」

「そうです。一昨日です」

「でもお元気そうで、靴はくたびれていましたけど、とにかく刑事さんにしてはとても感じがいい方で……その、つまり……なぜ亡くなったんです？」

「殺害されました。ニュースをご覧になりませんでしたか？」

「テレビは見ませんから。なんてお気の毒な！　わたしったらなんにも知らなくて。でも殺されたって、いったい誰に？　なぜ？」

「われわれはまさにその答えを探しているところです」

オッキピンティはわれながらいいセリフが言えたとうれしくなり、またカシューナッツをひとつかみ口に放り込んだ。彼ははたからは自信があるように見えるが、じつは迷ってばかりで行き当たりばったりの人間だ。タン兄弟の線を洗いはじめて二十四時間以上経つのに、ヴァシリエフ殺害との関係はまだなにもわかっていない。最初は彼自身が陣頭指揮を執っていたが、途中でうんざりして部下の一人に任せた。犯人の目的はタン兄弟の姉の殺害だったという説と、ヴァシリエフの殺害だったという説のあいだで、彼はずっと揺れ、途方に暮れている。またしてもまずい事件に当たったと思っているし、こんなふうに方向性の定まらない捜査がいやでたまらない。そんななか、ある班が駐車場の事件の証言者をもう一度洗うことになり、ヴァシリエフが話を聞いた相手を回りはじめたので、オッキピンティは自分も加わると言って、そのなかの一人のムラン在住の未亡人というのを引き受けたのだった。だがここに着いてペラン夫人をひと目見たとたん、引き受けるんじゃなかったと思った。年金生活者の事情聴取よりもっと重要な仕事があったんじゃないのか？　これこそまさに捜査が的外れで、なにかがうまく行っていない証拠だ。自分からしてしくじっているのだから。

一方マティルドは、ずっと黙っている若いほうの刑事に声をかけてみた。

「コーヒーはキッチンにまだあるから、あなた、好きなだけお代わりなさってね。わたしは今朝は腰が痛いので」

若い刑事のほうは、このご婦人はおばあちゃんみたいだなと思っていた。彼の祖母もまたこんなふうにずけずけと物を言うのだった。

「それで、警部さん、わたしになにかできることでも？」

「警視です」

「あら」

この上役は自尊心が強そうだとマティルドは思った。

「ヴァシリエフ警部がこちらに伺ったとき、なにがあったか教えていただけませんか？　なにか変わったことはありませんでしたか？　われわれは彼のこの数日の足跡を追っているんです」

マティルドはさあと首をかしげてみせた。

「あの駐車場にいたときのことを訊かれて、お答えしました。警部さんはコーヒーも召し上がらず、すぐにお帰りになったので、特になにもありませんでしたけど」

若い刑事がコーヒーポットを持って戻ってきた。

「階段の上にあるのはラグですか？」

「ラグ？」オッキピンティが訊いた。「ラグがどこにあるって？」

「二階ですよ」若い刑事はコーヒーを注ぎながら言った。「丸めたラグが階段の上の踊り場に」

「古道具屋に出すんです」マティルドはすかさず言った。「午前中に引き取りにくる予定で」

「ぼくが下に降ろしましょうか？」

若い刑事は好意で言ってくれたのだが、マティルドは少しいら立った。

「ご親切に。でも古道具屋の仕事ですから彼らに任せます。運ぶだけでいいようにしてありますし」

　そのあいだに上役のほうがスーツの折り襟で手のひらをぬぐい、ポケットからしわくちゃの紙を取り出した。そこには細かい字でなにか書かれていた。

「ヴァシリエフ警部の報告書のほうには書かれていなかったのですが、この彼のメモに……あ、ここです、〈犬の首〉と書かれているんです。なんのことかわかりますか？」

　マティルドの頭には二つの考えが浮かんでいた。

　一つ、どうやって時間を稼ぐか。

　二つ、どうやって怪しまれないように席を立ち、キッチンの調理台まで行くか。というのもあのまぬけな警部に感じたのと同じ怒りがわき上がってきたからだ。この二人にも同じ道をたどってもらおうか？

「この子のことでしょう」

　マティルドは膝の上で丸まったままの子犬を指した。

　とっさに思いついた答えだった。コインを投げるようなものだ。でも表が出ても裏が出ても、この二人にとっていいことはない。二人は子犬を見て怪訝《けげん》そうな顔をしている。

「あの警部さんも子供のころコッカースパニエルを飼っていたそうで」

「しかし〝首〟というのは？」と警視が食い下がる。

「自分が飼っていた犬もこんな顔だったと言っていました。それを〝首〟と書いたのでは？　でもコッカースパニエルって、どれも同じ顔でしょう？　失礼な言い方かもしれないけど、あの方、少しおめでたいところがありませんでした？」

警視はなんの反応も見せなかった。

マティルドは急に雰囲気が悪くなった気がした。二人はなにやらいたたまれないという顔をしている。それから警視がまた紙を見て、

「〈隣人〉とも書かれているんですよ。それから〈生け垣〉とも」と言った。

「さあ、なんのことだかわたしにもさっぱり」

「しかしあなたと話をした直後のメモでして」

「そう言われても。警部さんだってすぐに別のことを考えたかもしれないでしょう？」

これでは埒《らち》が明かないと思ったのか、二人の刑事は口をつぐんだが、納得したようには見えなかった。

「あるいは、お隣さんと話をしたのかもしれませんよね」マティルドは言った。「理由はわかりませんけど」

「ありえますね。大いにありうる」

そう言って警視は紙をポケットに押し込み、部下に声をかけた。

「さっそく話を聞きにいこう」

まさかこういう展開になるとは。腹が立ったらない。マティルドは二人の顔を交互に見ながら、ルポワトヴァンに会いに行かなくてもすむようにしてやろうと思った。あののっぽのまぬけ刑事を追ってわざわざオーベルヴィリエまで行ったのは、つきまとわれるのがいやだから

だ。それなのにまた二人も家に押しかけてくるなんて。

マティルドは立ち上がった。

「薬を飲む時間だわ、ちゃんと飲まないと」

「取ってきましょうか?」と若いほうが言う。

「いえ、場所がわかりにくいですから」

マティルドは家に入りしなに扉を大きく開け、キッチンに向かった。キッチンから直接狙えるようにするためだ。装塡しておいてよかった。取り出して振り向くだけで撃てる。頭のなかでターゲットの位置を確認する。二人がいる方向と距離、そして二人の間隔。順番はまず警視、それから若手。マティルドは引き出しを開けてルガーをつかんだ。

そのとき電話が鳴った。

マティルドは手を止めた。誰? こんなときに誰?

ルガーをそっと戻して引き出しを閉め、電話台まで行って受話器を取った。それから警視のほうを振り向いた。

「あなたにです」

警視が立ち上がる。

「これは失礼。お宅の電話番号を部下に伝えておいたんです」

「かまいませんよ。どうぞご遠慮なく」とマティルドは答えた。

オッキピンティはタン兄弟の最初の尋問が終わったら報告しろと部下に命じておいたのだ。

その部下が休憩時間にかけてきたようだ。

マティルドはこの警視は厄介だと思いながら受話器を渡した。

「おお、どうだった」

マティルドは引き出しの前に戻った。先ほどより状況がややこしい。いま警視はマティルドがやや苦手とする左手にいる。若いほうはそこから四メートル離れた右手にいる。若いから動きは速いだろうが、不意打ちならこちらが有利に立てるはず。

と思ったらまた配置が変わった。

若いほうが先手を打つかのように近づいてきて、ささやくような小声でマティルドに言ったのだ。

「電話のあいだに、ラグを下ろしてしまいますね」

そして答えも待たずに階段に向かった。マティルドはルガーを握った。若いほうがそのまま進めば、二人が同一線上に並ぶ瞬間があるからだ。その一瞬を狙うしかない！　だがそこでまたしても邪魔が入った。

「ペランさん、これで失礼します」警視が受話器を置くやいなや言った。「急用ができまして」

急用とは判事からの呼び出しのことだった。捜査状況について直接聞きたいと言っているという。なにも進展がないので絞られるだろう。タン兄弟の尋問も進んでいない。部下によれば兄弟は時間稼ぎに徹しているという。黙秘を通して勾留期限が来るのを待つ作戦のようだ。

「ちくしょうめ」とオッキピンティはつぶやいた。

「え？」マティルドは聞き逃さない。

「いや、これは失礼」

「悪態をつくような公務員のために税金を払うのはごめんですよ」

若い刑事は階段の二段目で足を止めていたが、状況を見て下りてきた。

マティルドは二人を順にじっと見た。

「じゃあお隣さんへは？　行かないんですね？」

「またにします」

そしてマティルドが胸をなでおろす間もないうちに、警視は「さあ行くぞ。ぐずぐずするな」と部下を急き立てて出ていった。

「コーヒーをごちそうさまでした」若いほうが慌てて上司の分まで礼を言う。

「いいえ」とマティルドが言ったときには、二人はもう庭を走っていた。

＊　＊　＊

とんだ邪魔が入った。ずいぶん時間を無駄にしてしまった。

マティルドはまずコーヒーカップを洗い、子犬にえさをやった。それから二階に上がったが、その途中、この階段で死体を転がすのは難しいと気づいた。それより階段に垂直にして引きずり下ろすほうがよさそうだ。

そこでまた、体力温存を図りながらも、丸めたラグの向きを少しずつ変えていった。そのあいだに先ほどの二人の刑事のことを考えた。あの二人は命拾いをしたのだ。あのままだったら、アンリ、わたしどうしてたと思う？　ええ、そうよね。わたしもそう思ってる。

それにしてもまずいのは予定よりかなり遅れていることだ。もう九時半。居眠りなんかしなければ、あの凸凹コンビの刑事が来る前に全部終わっていたのに。

必死で引きずったので、ラグ巻きの死体は無事一階に下りた。そこからまた全力で転がしてテラスに出し、できる範囲で形を整えた。すでにラグのなかの死体がかなり硬直しているのがわかる。早めに巻いておいて本当によかった。

そこまでできたところでマティルドは腰を下ろし、一休みした。

すると今度はルポワトヴァンのことが気になった。殺し屋がこのあたりのどこかに駐めたはずのバンを探しに行かなければならないが、あのバンでここに戻ったら、ベルギーの清掃会社のロゴにルポワトヴァンが目を留めないわけがない。そうしたらまた質問の嵐になり、うまく切り返したとしても、あの男のことだからそれが本当かどうかしつこく目を光らせるだろうし、こちらは逃げ場を失いかねない。

ルポワトヴァンのことを考えれば考えるほど、体の奥から怒りがじわじわと染み出てくる。よく考えてみたら彼こそ諸悪の根源だ。先日ヴァシリエフの質問攻めにあい、今朝はデュポンとデュボン（『タンタンの冒険』に登場する刑事コンビ）までやって来たのはあの男のせいではないか。あの男が犬の首の話なんかしたばかりに！　そういえば、首はどこ？　クッキーが口にしてお腹を壊したりしたら大変。あとで埋めよう（とマティルドは頭にメモした）。でもまずはルポワトヴァンだ

（と思ったとたんに首のことは忘れた）。要するに、いちばんいいのはいますぐあの男と話をつけること。いっそ始末してしまったほうがいいかもしれない。それならきっちり片がつく。

マティルドはキッチンの引き出しからルガーを取ってくると、決然とした足取りで生け垣へ向かった。あの男は土の手入れとか草むしりとか、その手のことをやっているに違いない。声をかけてやれば大喜びで寄ってくるはずだから、そこで眉間に一発お見舞いすれば、もう余計なおしゃべりはしなくなる。

「ルポワトヴァンさん？」

マティルドはニオイヒバの枝をかき分けようとしたが、密集していて片手では無理なので、ルガーをベルトに挟んで両手を使った。

「ルポワトヴァンさん？」

少々引っかき傷ができたが、どうにか生け垣のなかを進んで、隣家が見えるところまで来た。マティルドは最後の枝を左手で押さえたまま、右手にルガーを握った。

「ルポワトヴァンさん？」

だが見えたのはガレージのシャッターが閉まりつつあるところと、車が家から離れていくところだった。なんと、お隣さんのガレージシャッターは電動だ。うちの門もそろそろ電動にしたほうがいいかも……。テールランプが消え、車は通りに出た。

残念。片をつけるのはちょっと先延ばし。

でもこれで少し時間が稼げる（ルポワトヴァンにとっても）。先にあの役立たずの殺し屋のバンを探してこよう。こちらの仕事の最中にルポワトヴァンが戻ってきたら、すぐに始末してやる。二発で口封じ。

必要なものをかき集めるあいだも、マティルドの口からは次々と言葉が漏れる。クッキーにドッグフードをやらなきゃ。ほらクッキー、ここに三日分置いておくわよ。でもママはもっと早く帰ってくるから心配しないで。さてと、まずボストンバッグ。下着を少し。それからコスメポーチ。やれやれ、二階に上がったり下りたり、これじゃわたしが心臓発作で倒れそう！振り子時計のなかのスミス&ウェッソンに、ルガー、デザートイーグル。弾丸も忘れずに。

必要なものをすべてキッチンのテーブルに並べると（ほらどいて、クッキー、だめ、ラグをなめちゃだめだったら、病気になるよ！）、マティルドは子犬をキッチンに閉じ込めた（あとで開けてあげるから、いい子にしててね）。そして靴を履きかえる。今日は本当に寒い。さあ行こう。マティルドは砂利道を歩いて門を出た。

そうそう、まさにここ、とマティルドは昨日のことを思い出した。車で家を出るときに、のろのろ走るバンに出くわしたのはここだ。その後の展開を思うと、いままたここに立つのは妙な気分だった。昨日は雨戸の音にびくびくしたせいでしばらく気分が悪かった。すぐには立ち直れず、緊張と不安が尾を引いていた。そのときあのバンが目の前を通った。ドライバーの顔を見る余裕はなかったが、車体の清掃会社のロゴはしっかり見えた。所在地はベルギー……。それでぴんときて、急に元気が出た。自分を標的とする刺客に違いないとわかったからだ。即座に相手の計画を想像した。今夜来るだろう、ほかに考えられない。そこで大いにショッピングを楽しんでみせた。靴屋も、ウィンドーショッピングも。その間、尾行してきている相手のほうを見たりはしなかったが、存在は感じた。仕事を百パーセントこなしてきた凄腕のベテランだと思った。ということは、こちらもミスは一切許されない。そしてマティルドはもちろんミスなくやり遂げた。アンリ、ああいう手合いの問題はね、標的を過小評価しがちなところなのよ。わたしみたいなおばあちゃんを見ると楽勝だなって思う。あの男もそう思ったはず。よくあるミス。あなたたちは女について妙な思い込みをしている。特に年取った女について。このところをよく考えてほしいんだけど、残念ながらあの男はもう考えることもできないし、だからアンリ、せめてあなたが教訓を得てくれたらね。

　そんなことを思いながら、マティルドはバンを探して家の周辺をうろうろした。いったいどこに駐めたんだろう。あまり時間はなかったはずだから、それほど遠くに駐めたとは思えない。かなり歩かされるはめになり、また腹が立ってきた。

　アンリ、つまりわたしが言いたいのはこういうこと。あなたは鬼ごっこが好きだけど、鬼ごっこって効率が悪いのよ。わたしはあなたを愛していて、あなたはそのことを知っている。だからあなたはわたしになんでも要求できるし、そのこともあなたは知っている。それなのになぜ刺客を送り込んだりしたの？　なんでもわたしたち二人だけで、あなたとわたしで解決できるのに。昔はそうしてたでしょ？　あなたは昔の話を嫌うけど、でも誰だって年を取るのよ。いい？　誰でも年を取る。わたしよりあなたのほうが先にね。そう、あなたが先。あなたは拳銃を処分しなかったことでわたしを責めたけど、あれがどれほど見当違いな言いざまだったか少しは考えてみてよ。もし全部処分してたら、今ごろわたしがどうなってたか！　ベッドカバーとラグでぐるぐる巻きにされてたのはわたしだったかもしれないのよ？　ついでに自分のことも少しは考えてみたらいい。今ごろわたしの死を知って、あなたのマティルドがここで息絶えて、横たわっていると知って、あなたがどんなふうになっていたか。前もってそういうことを考えてみた？　あ、そう、もう聞きたくもないのね。マティルドなんかもう役立たずで、勝手なことしかしない醜女《しこめ》だとでも思ってるんでしょ。だからあんな、バンをまともな場所に駐めることさえできない木偶の坊を送ってきたってわけよね。

あ、あった！

バンが駐めてあったのは、数軒の建築中の家があるだけの小さい通りだった。ドアを開けると、車内は隅々まできっちり整頓されていた。アンリの使いっ走りはずいぶん几帳面な男だったようだ。女については思い込みが激しかったけれど、仕事の準備については一流と認めざるをえない。

幸いその通りは人目につかないので、マティルドはそのまま車内を物色した。家に戻ったらじっくり見ている暇などない。ルポワトヴァンについては、たとえバンを見られたとしても二発で片がつくのでどうということはないが（ルポワトヴァンにとってはおおごとでも）、それ以外にやるべきことがたくさんあるのだから。

車内には両サイドに木製の整理棚や引き出しがずらりと並んでいて、そつなく仕事をこなすために必要なありとあらゆるものがしまわれていた。各種のロープ、工具類、化学薬品。薬品はおそらく指紋を消したり、顔をわからなくしたりするためのものだろう。アンリ、わたしもこういうのを使ってみたかったのよね。あと二十歳若かったら新しいテクニックを身につけられたのに。この仕事もずいぶんやり方が変わってきているし、わたしはもともと流行を追うのが嫌いじゃないから。

整理棚にはマティルドのお目当てのものも置いてあった。遺体収納袋だ。なんと十枚以上ある。あの男はよほど多くの件数をこなしていたか、あるいは度を過ぎた完璧主義者だったのだろう。

マティルドは袋を広げたりひっくり返したりしてみたが、どうやって使うのかよくわからない。

これどうなってるの？　アンリ、教えてよ。

ああ、なるほど！　マティルドは自転車用の携帯空気入れみたいな小さいポンプの先端を収納袋に差し込んでみた。すると空気が吸い出されることがわかった。よくできている。死体を入れて袋の口を閉じれば密閉され、水も通さない。それからポンプで空気を抜き、真空にする。完全な真空にはならないだろうが、腐敗の進行を遅らせることはできる。すごいわ、アンリ！あなたの使いっ走りは本当に一流だったのね。これ気に入った。早く試してみたい！

マティルドは運転席に回り、エンジンをかけた。業務用の大きなバンには慣れていないから注意が必要だ。慎重に運転し、家の前まで来ると降りて門を開け、また乗って砂利道に少し乗り入れ、また降りて門を閉めた。

特に理由があるわけではないが、マティルドは電動の門を好ましいと思ったことがない。もっとも最近は、これまで楽しい儀式だったちょっとした動作でも息切れすることがあり、そういうときだけは電動化を考えなくもない。そして考えて、そうだ、そうしようとそのときは決意するのだが、結局はそうしない。だからいつまでもこのままだろう。マティルドはバンをテラスの前につけた。どっと疲れが出てきた。

とにかくこの事態はなにもかもがいら立たしい。わたしの心は繊細で、いら立ちがひどくこたえるということをアンリはよく知っているはずなのに、なぜこんな目に遭わせるのだろう。ねえ、アンリ、どうして？　あなたの指示に従わないことがあったから？　でもわたしにはわたしのやり方がある。それがあなたのやり方に少々そぐわないとしても、仕事で大事なのは結果でしょ？　わたしが出した結果には、あなたもいつも満足していたはず。それがいまになって些細なことを理由にわたしにいやがらせをするなんて。

バンのうしろに電動の昇降装置がついていたのは幸いだった（スイッチを見つけるのに五分かかったが）。あとはあのぐるぐる巻きの死体をバンのうしろまで転がしてきて、昇降装置にのせて、上げて、なかに入れて……ちょっと、アンリ、もうへとへとで無理よ！　でもここでやめちゃだめ。この状況を誰かに見られたら完全にアウト。マティルドはありったけの力を振り絞って奮闘し、十五分かけてようやく死体を車内に入れ、ビニール製の袋に収めた。そしてバンの後部に取りつけられた折りたたみ椅子に腰掛け、ポンプで空気を抜いた。遺体収納袋はみるみるしぼみ、中身の形状がくっきりと浮かび上がった。これ最高！

マティルドはキッチンのテーブルに並べておいたものをすべてバンに運んだ。くたくたで汗びっしょり。膝が痛いし、腕もパンパン。

言っとくけど、アンリ、あなたを本気で恨んでるわけじゃないのよ。もちろん腹が立ったけど、あなたに対する怒りなんて長続きしないもの。ただあの男がこの不気味なバンで家の前を通り過ぎるのを見たとき、少し怖い思いをしたってことだけは言わせて。でももう忘れた。すべて水に流してもう一度やり直せばいい。だってあなたはわたしが好き。マティルドが大好き。いいの、ごまかさなくていいの。もちろん昔の話だけど、あなたはわたしを求めていたし、わたしもそうだった。ばかみたいよね。その時々の事情とか世間体とか理由はいろいろあったけど、でもばかみたい。

マティルドは子犬をテラスのバスケットに入れておいて、家のあちこちの戸締りをして回った。ただし両開きの扉だけは少し開けておき、子犬がキッチンと庭を行き来できるようにした。それからバンを静かに発進させ、門の手前で車を降り、門を開け、また車に乗り、門を出てまた車を降り、門を閉め……。やっぱり電動にする。帰ってきたらすぐに。かなりの出費だけどしょうがない！

さあ出発だ。マティルドはシートを前にずらして自分が運転しやすいようにした。

わたしたちは間違いなく恋人同士だったけど、互いにだまし合いをしてきた。覚えてる？当時すでにあなたはわたしを警戒してたでしょ？　否定しなくていい。でも当時のわたしはいまのわたしと同じで、なにも変わってないのにね。なにもかも遠い昔のことだけど……。昨夜の件はわたしをちょっと脅かそうとしただけなんでしょ？　でもあれはよくない。恋人同士であんなことはしないものよ。

おっと、あいつが戻ってきた！

マティルドはルポワトゥヴァンの車とすれ違った。買い物からの戻りのようだ。

お隣さん、またあとでお邪魔するから。

心のなかでそう言って、マティルドは幹線道路に向かった。午前十一時。行くわよ！

だってそうするしかないもの。アンリ、二人でじっくり話しましょう。

＊　＊　＊

アンリはいつもと同じように昼食を平らげた。子供のころからずっと一人で生きてきたので、自分で生活のリズムを整えるのは得意だ。一人で考えるのも得意だ。

何度も計算をやり直し、仮説を検証したうえで、間違いないと判断した。ビュイッソンはやりそこなったのだ。

ビュイッソンが最初の電話をかけてきたのは昨日の昼、十二時三十四分だった。

「標的を直接確認しました。順調です」

「接触はいつの予定だ？」

「正確には夜にもう一度連絡しますが、明日の朝までには片づくはずです」

二度目の電話は午後十時四十分にかかってきた。

「標的はカーテンを閉めました。順調です」

「それで接触は？」アンリはしつこく訊いた。

「三時間後を予定しています。遅くとも四時間後には」

そしてアンリが訊く前に言い足した。

「明日早朝には接触の結果をご報告できると思います。おそらく六時ごろ。遅くとも九時までにはご連絡します」

それなのにもう十二時半だ。ビュイッソンから電話がくることはもうないだろう。

ということは、マティルドがここを訪ねてくる。

彼女のことだから飛行機は使うまい。

トゥールーズに着くのは明日だろう。あとは、彼女が決心するまでにどれくらい時間がかかるかだ。

アンリは一人分の食器を丹念に洗い、濃いめのコーヒーを立て続けに三杯飲んだ。それから庭に出て、特別な時のための特別な楽しみである葉巻を燻《くゆ》らせた。秋の彩りの花壇、その横のガレージ、数年前に補強工事をした納屋、さらに敷地の周囲も眺めながら、じっくり考え、複数の可能性を分析する。

これから起こることはもはや避けようがない。

腕利きのビュイッソンがやられたとなれば、こちらも万全の警戒態勢をとらなければならない。だがアンリは焦りはしない。これまでの人生で、ものごとが予想どおりになることはまずないと学んだからだ。とはいえこの家で身を守るのはかなり難しい。アンリは葉巻を吸いおわると、達観した口調で「運頼みの部分もあるな」と言った。それでもやれることはやろうとガレージに行き、必要なものを集め、普段の日曜大工に使っている作業台の上に並べていった。

＊　＊　＊

オッキピンティのいら立ちは止まらなかった。判事のところから戻ってきたときにはポケットというポケットが脂質の多いナッツの紙袋で膨れていたが、それが二時間で空《から》になり、補充が必要になったほどのいら立ちだ。先が思いやられる。判事の前に立ったとき、彼は不安と怒りですっかり落ち着きをなくしていた。それでもどうにか自説を主張し、部下を失った今回の事件の真相はあの〝アジア人女性〟の死を追うことで明るみに出るはずだと述べた（そう、彼にとってはカンボジア人もベトナム人もラオス人も一緒くたなのだ）。だがその主張に反して、タン兄弟からは何一つ聞き出せていなかったし、なんの手掛かりも得られていなかった。判事はその線は弱いと見て、ヌイイの事件への関与を示す証拠がないなら（もちろん、ない）、兄弟を釈放するべきではないかと言った。

タン兄弟は粗暴で野心的な小悪党で、姉の死を知って怒り狂っていた。まずは怒りが先で、悲しみは後回しのようだ。二人は切れ者というわけではなく、裏の稼業で稼いでいるといっても大したことはない、彼らがなにかを手に入れたとすれば、それは情緒の欠如と暴力によってであって、決して戦略によってではない。戦略を立てるような脳みそは持ち合わせていないのだ。オッキピンティは並んで座っているタン兄弟を観察した。この兄弟の商売敵が犯人だろうと彼はにらんでいる。動機は縄張り争いか、薬物の引き渡しの際のトラブルだろう。いずれにせよ当事者にとっては重大な理由があるはずで、そうでなければ見せしめに妹を殺したりはしない。しかし、麻薬取締班はもちろん、兄弟の縄張りを管轄する警察やたれ込み屋にも訊いてみたが、その種の抗争の情報もなければ、最近兄弟に商売敵を激怒させるような失態があったという情報もなかった。

「釈放してください」判事はそう締めくくった。

命令には従うしかない。

オッキピンティはまずい状況に陥っていた。今回の警察留置（フランスの身柄拘束の制度。原則二十四時間）は好ましくない結果を生む可能性が高く、その点を判事は見逃さなかった。警察が商売敵の関与を疑ったことで、タン兄弟の単純な頭には復讐の二文字が浮かんだに違いないからだ。まともな頭の持ち主なら心配ないが、困ったことにあの二人は白か黒かでしか考えられない。ということは、オッキピンティはパンドラの箱を開け、おそらくは裏社会の抗争劇のスイッチを入れてしまったことになる。小悪党同士の暴力沙汰は、それが底辺レベルのものであればなおさらのこと、すぐに飛び火する。そうなると何週間にもわたってあちこちで発砲騒ぎが起こり、死には死をの悪循環が尾を引くだろう。

「釈放だ」とオッキピンティは部下に指示した。

警察を出ていくタン兄弟は、狩猟解禁日の二匹のフェレットのようだった（フェレットはかつてヨーロッパでは狩猟用に飼育されていた）。

　こうしてオッキピンティはヴァシリエフの線に戻るしかなくなり、部下が洗い直した彼の担当事件に関するメモに目を通していった。それは期せずして、自分がヴァシリエフに押しつけた数々の事件を逆時系列でたどる作業になった。つまりレイプ殺人事件である。被害者は若い女性、年配の女性、少女とさまざまで、異常殺人も含まれていたが、とにかく全部レイプ殺人だ。そしていまオッキピンティは、こうした事件ばかりを彼に押しつけた理由を自分で理解した気になっている。それは次のような思考回路を経てのことだった。ヴァシリエフは死んだことで、オッキピンティの嫌悪の対象ではなく賞賛の対象となった。そして「あいつはまともなやつだった。性差別など一切しなかった」となり、そこから、「だからこそこうした事件を任せたのだ。これほど合理的な判断があるだろうか」となったのだ。ヴァシリエフを嫌っていたことなど都合よく忘れている（嫌いな人間が多すぎて覚えていられない）。だが確かに、ヴァシリエフが性的な冗談を口にしたり、耳にして笑ったりするのを見た者はいない。はるか昔から、警察や軍隊ではそうした冗談が飛び交ってきたものだが、ヴァシリエフは決して口にしなかった。

　メモに目を通しおえたとき、オッキピンティはヴァシリエフのメンタルの強さに舌を巻いていた。なぜなら、こうした事件は記録を見るだけで気が滅入るし、なかには頭にこびりついて眠れなくなるほどひどいものもあるからだ。結局この夜オッキピンティは眠れず、ベッドの上で身を起こしたまま、眠っている妻の隣でカシューナッツを次々と口に放り込むはめになった。

＊　＊　＊

長距離運転はマティルドにはこたえた。業務用のバンはいくら最新型でもやはり疲れる。飛行機のほうがずっと楽だが、足がつきやすい。搭乗の際に身分証明書の提示が必要だし、手荷物検査もある。

もっとも偽のパスポートがあるから、それでごまかす手もなくはないのだが。

あらやだ、あのパスポートのこともアンリに話していなかった。四、五年前のスウェーデンのマルメでの仕事の際に〈調達〉から支給されたものだ。かなりややこしい骨の折れる仕事だったから、報酬を上げてほしかったが、そうはならなかった（それもアンリに言っておかなければ。ずいぶん前から報酬の基準が改定されていない。金額にこだわるつもりはないけれど、一応相場を考慮してもらわないと）。そうしたパスポートはもちろん拳銃と同じく処分する決まりなのだが、こっそり取っておいたのだ。用心のために。いまとなっては、あのときの偽名で出国できるかどうか定かではないし、〈調達〉が無効にした可能性もなくはない。だがマティルドは直感的に大丈夫だろうと思っている。誰もそんな細かいことまで気にしないし、事後処理など忘れているはずだ。だから大丈夫。あのときの偽名はなんだっけ？　そうそう、ジャクリーヌ・フォレスティエ！　ジャクリーヌなんていやな名前だ。その名前で四日間も過ごすことが、仕事そのものよりつらかったのを覚えている。

とにかくマティルドはトゥールーズまで車で行くことにした。それも一般道のみで。料金所で人目につく恐れがないとは言えないので、高速道路は避けたい。この業務用のバンはそれなりに目立つので、見かけた人の記憶に残る可能性がある。だが一般道を通り過ぎるだけならまず危険はない。毎日さまざまなロゴをつけた業務用バンが無数に走っているのだから、誰も気にかけちゃいない。そもそもこの車を使っていたのはアンリが信頼するプロ、つまり慎重な人間だ。ということは、この車とその男を結びつけることは難しく、ましてやマティルド・ペランと結びつけることなどほぼ不可能と言っていい。マティルド自身がへまさえしなければ。疑いをかけられる可能性はまずないのだから、今回もきっとうまくやれる。ただし驕《おご》りは禁物だ。なにごとにも注意を払い、慎重であること。

退屈なのでカーラジオをつけてみたが、得るものはなにもないし、うるさいのですぐに切った。ヒッチハイカーでも拾う？　いや、どんな人間が乗ってくるかわからないから危険だ。そもそも自分は業務用バンには似つかわしくないから、目立たないのがいちばんだし、必要がないかぎり姿を見せてはいけない。

マティルドはひたすら我慢して車を走らせつづけた。道のりが長いので、そのあいだに景色とともに思い出も次々と浮かんでは消えていった。だがいまのマティルドにとってはアンリがすべての中心なので、亡き夫レイモン・ペランの思い出さえアンリとの対比になってしまう。アンリ、あなたは戦後すぐのことなど覚えていないふりをするけれど、それはうそよね。戦争終結後の最初の数か月が幻滅以外のなにものでもなかったことを、あなたも否定できないでしょ。戦時中にわたしたちが経験し、愛していたあの張り詰めた空気、あの激しさはどこかへ消えてしまっていた。わたしたちを近づけた互いの魅力もまた、戦争という背景を失って色あせ、幻と化した。でも本当に幻滅させられたのは、期待に応えてくれない人生、その名に値しない人生だった。おののきも、不安も、興奮も、恐怖も、驚異もなくなり、他に類のない崇高な死の恐怖もどこかへ行ってしまった。アンリ、あなたは変わらず美男子だったけれど、でもそれだけになっていた。わたしたちは常態に戻ること、社会規範を守ることを求められた。父は医者だったから、娘が医者と結婚することを望んだし、母は医者の妻として、娘が同じ道を歩むことを喜んだし、わたしはなにもかもどうでもよかったので、言われたことに従った。アンリ、どんなにあなたのことが恋しかったか。でもそれは花やチョコレートを持って訪ねてくるアンリじゃなくて、レジスタンスの司令官のアンリだったのよ。判断し、決断し、チームを動かすアンリ。常に冷静で、ぶれないアンリ。

ところで、ドクター・ペラン（彼女は夫のことを生前からこう呼んでいた）、あなたはどうしてほしかったの？　あなたが望む妻になろうと懸命に努力したのよ！　それがどうにもしんどくて……。

レイモンが死んだ理由をわたしが理解したのは、彼の葬儀の日だった。弔問客のなかに、アンリ、あなたの姿を見つけたときだった。

おかしな話だけれど、あのときのことを思い出すと、あなたとわたしが新郎新婦みたいに腕を組んで、棺の置かれた壇のほうへ歩いていく場面が浮かんでしまう。

いつの間にかマティルドの目には涙があふれていて、前がよく見えないので車の速度も落ちていた。耳には鐘の音が聞こえていた。夫の死を悼《いた》む弔鐘《ちょうしょう》だろうか。それとも結婚を祝うカリヨン？　違う、クラクション！　マティルドののろのろ運転でうしろに渋滞の列ができ、複数の車がクラクションを鳴らしていた。これはまずい、どこかで車を駐めなければ。ちょうど大きな駐車場が見えてきたのでそこに入った。駐車場といってもがらがらで、外国ナンバーのセミトレーラーが数台いるだけだ。マティルドは車を停めたが、涙のほうは止まらず、息が詰まりそうだった。はなをかんで、ようやく少し息が吸えた。だがそこでとうとう疲労に負け、体の力が抜けた。何時なのかも、どこにいるのかもわからないが、そんなことどうでもいい。姿を見られたくないので、車から降りずに、運転席から直接後部のカーゴスペースへ行こうとしたが、マティルドの体形では難しい。それでもどうにかこうにか移動し、そのままバンの床に寝転がった。例の真空にした遺体収納袋がすぐ横にあり、隅のほうにはきれいに折り畳まれた寝袋が置いてあった。

マティルドはその寝袋を広げ、服を着たままもぐりこんだ。特に気になるにおいはなかった。男くさかったりしたらいやだし、眠れなくなるところだが、幸い問題なかった。

目を閉じると同時に深い眠りに落ちた。夢も見なかった。

＊　＊　＊

マティルドが運転を再開したのは午後五時ごろだ。

しばらくすると、無意識のうちにハンドルにしがみつくような恰好になった。長時間運転するといつもこうなるのだが、知らない人が見たら奇妙だと思うだろう。車なのに、向かい風のなかでバイクを走らせてでもいるようで。

マティルドはここにリュドがいてくれたらと思った。言うまでもないけれど、犬はやっぱり人間のよきパートナーだ。特に田舎の一人暮らしで庭があるとなったら、犬のいない生活なんて考えられない。犬は庭が大好きだし、〈ラ・クステル〉には界隈でも指折りの美しい庭があるのだから。そしてクッキーのことも考えた。あの子はリュドより賢くなるだろうか? おそらくなるだろう。リュドは性格がよくて甘えん坊だったが、頭は悪くて、なにかを覚えさせるなんて無理な話だった。だからクッキーがリュドより賢くなるのはむしろ当然で、もしならなかったら自分はよほど運がないことになる。二頭も続けてダメ犬に当たるなんて。

用事があって娘のところに行くときは、いつも犬が問題になった。娘は犬が嫌いだ。いや、犬も嫌いだ。なにもかも嫌いなのだ。マティルドのほうも、結局のところ娘を愛しているとはいいがたく、むしろ娘には失望していた。娘を見ていると、これが自分の子供だなんてと驚いてしまう。遺伝上の事故、いやもう文字どおりの事故だとしか思えない。そもそもマティルドは子供好きとは言えず、犬のほうがましだと思っている。若いころからそうだった。夫は子供を欲しがらないマティルドを責めた。子供がいてこそ女は幸せになれるし、夫婦も円満でいられるのだと言い張った。そういう陳腐な考えの持ち主だったのだ、レイモンは。マティルドは娘を産んだが、母になった喜びなどあまり感じなかったと、いま思い返しても思う。母親としての愛情があったとしても、娘が一歳を迎えるまでに使い尽くして枯渇した。それでもとにかく義務を果たした。マティルドは責められることを好まないので、そこが大事だ。

ゆっくりと日が暮れてきた。昼寝をしたとはいえ、すでにかなり走ったし、ここで無理をするほど急いでいるわけでもないとマティルドは考えた。アンリにはなにも伝えていないから、向こうは来るとは思っていない。だからなんの心配もしていないだろう。マティルドはとにかくアンリを驚かせたかった。でもね、あなたが不意の訪問でわたしを驚かせたときとは違うのよ。あなたはふらりと来て、文句だけ言って帰っていったけど、わたしはそんなことはしない。わたしはあなたと本気で話をする。もちろんちょっとしたサプライズも用意してるけどね。なにかって？　訊かないでよ。サプライズだって言ってるでしょ。

マティルドは宿の看板を見つけ、とある村の近くでスピードを落とした。だが宿があったのは看板の近くではなく、そこから田舎道をさらに数キロ行ったところだった。でもちょうどいい。目立たず、静かで、清潔な宿。マティルドに必要なのはまさにそれだった。

客はセールスマンが一人と、退職して旅行を楽しんでいる老夫婦だけで、話し好きの宿の主人はこれ幸いと夕食後に話しかけてきた。

「お客さんはベルギーからお越しに？」

マティルドはなんの話かと眉をひそめたが、すぐに思い出した。バンのロゴだ。

「ええ、一気に走りました」

「ロゴを見ましたよ。清掃会社をやっておられるのですか？」

「はい」とマティルドは答えた。「清掃関係の仕事です」

主人はマティルドのことをさほど話し好きではないと思ったようで、すぐに老夫婦のテーブルへ移っていった。

部屋はきれいだった。窓は玄関と砂利敷きの駐車場に面していて、バンも見えた。ふとガソリンのことが気になった。そういえば燃料計を確認するのを忘れていた。ちゃんと見ておかないと。だがマティルドはもう一度バンを見やっただけで、疲れのあまりすぐに眠りに落ちた。

トゥールーズに向かう体力と気力を取り戻すにはぐっすり眠るしかない。

九月十八日

マティルドがガソリンのことを思い出したのは翌日の朝すぐではなく、少し時間が進んでからだった。燃料計を見たらまだ少し残っていたが、ガソリンスタンドがすぐに見つかるとはかぎらないし、もしかしたら気づくのが遅かったかもしれないと不安になった。マティルドはスピードを落とし、ハンドルをしっかり握った。ガス欠になったら最悪だ。バンを原っぱにでも置いて歩いて探すしかないが、こんな道路沿いを延々と歩くなんて考えたくもない。五キロ？　十キロ？　夕方になったらもっと悲惨だし……。そんな最悪の事態で頭がいっぱいになっていたので、車が道路沿いの集落、ペラック村に入り、その外れにガソリンスタンドがあるのを見つけたときは奇跡だと思った。よくぞここで営業していてくれましたと、スタンドの店員に抱きつきたいくらいだった。

マティルドは車を寄せて止め、エンジンを切った。靴を脱ぎ、つま先を広げる。なんて気持ちがいいんだろう。

このごたごたにけりがついたらのんびり暮らそう。娘が言う幸せでも、レイモンが言っていた幸せでもなく、本物の幸せを手に入れよう。どこか海辺の太陽が降りそそぐところで。アンリにはもうそんな気がないなんて誰が言える？　確かにいまのわたしたちはもうべたべたするような年齢じゃないけど、年を取るのは二人とも一緒なんだし、もっと早くこういう話をしていてもおかしくなかった……。

思い切って話を切り出してみようとマティルドは思った。

店員にキーを預けて給油してもらうあいだ、マティルドは靴を履いて車から降り、スタンドのなかをぶらぶらしながら思う存分楽しい夢を思い描いた。冬用の暖炉がある平屋の家がいい。もっとも冬でも青春を謳歌《おうか》するから寒くないだろうけど。村にはしゃれたレストランがあって、時々アンリをつついて二人で外食ということにして、生活に変化をつける。時には思い出を語り合うのもいい。アンリにはレイモンのことも話しておきたい。アンリはわたしの結婚生活が退屈だったと思っているだろうけど、そうじゃないんだとわかってほしい。ドクター・ペランといるのが退屈だったわけじゃない。でも一緒にいるとなにもできなかった。彼はお荷物だった。そしてあの質問の答えも聞かせてもらおう。いつも訊きたかったのに、一度も投げかけられなかった質問――アンリ、なぜずっと独身だったの？　少しの期待と多くの誠意をもって、彼はこう答えるだろう。生涯ただ一人の女はきみだからと。そして穏やかで甘やかな日々がやってくる。テラスで本を読み、二人で飼う犬をなでながら過ごす午後。たまにはカジノに行って、それぞれの勝ち金を（盗んだものではなくて！）最後に全部賭けて、大勝負でスリルを味わう。

満タンにすると、店員はフロントガラスを拭きはじめた。マティルドは売店に向かった。小腹が空いたので、棚のあいだをぶらついて、また太るなと思いながらもビスケットを二箱選んだ。だがそこで考え直して棚に戻した。やはりこれ以上太らないようにしなければ。アンリにはもう色仕掛けなんか通用しないが、それでもずんぐりしているより見映えのする女のほうがいいに決まっている。マティルドは売店の窓ガラスに映った自分を見て、額にかかった髪を直し、アンリにほほ笑みかけた。すると相手も（店員も）笑顔を返した。ところで行き先だけど、外国はいやよ！　戦争中にこの国のためにあんなに必死で戦ったのは、バハマ諸島だのサルディーニャ島だのに行くためじゃないんだから！　でもその代わり、とマティルドはちょっと目を細めてみせ、気分転換に時々旅行に行けばいいのよとちゃっかり言う。週末にフィレンツェとか、ウィーンとか。クルーズでもいい。そういえばクルーズは一度も行ったことがない。アンリはいやがるだろうけど、説得は得意だから。いつだってそうしてきた。彼の扱い方は心得ている。

「ナイル川クルーズがいいわ」

「なんですか？」

よく見たらそれは店員だった。

「いえ、なんでも」

神秘に満ちたエジプト。それってオーソドックスすぎる？　どうかしら。

その瞬間マティルドの前には店員ではなくアンリが立っていた（この人、ほんとほれぼれしちゃう。ドクター・ペランと違って病気もしないし。そう、幸いなことにアンリはタフなのよ。病人食を作らなくていいし、看病もしなくていい。一人で寂しく食事することも、夜、二階を歩き回る音に悩まされることもない。レイモンは痛みをまぎらすために夜中に書斎を歩き回っていた）。そう、これがアンリ。いつものように清潔なシャツの襟もとにスカーフをのぞかせている。あ、そうだ、オーソドックスって言うなら、あなたのスカーフだってそうじゃない！お客様、海、太陽、暖炉、ピラミッド、犬、音楽を少し……以上で二百三十フランになります。

マティルドはバッグから札を出し、おつりを受け取って売店を出た。

午前中にトゥールーズに着けるかもしれないが、あまり早く着いてもすることがないから、途中で休んだほうがいい。少し走ったら、どこか場所を探してひと眠りしよう。今夜は言葉を尽くしてアンリを説得しなくちゃならないから、元気を取り戻さないと。マティルドはバンに戻り、これ以上しわにならないようにスカートを少したくし上げて運転席に座り、バッグを助手席に置いて車を出した。

だが少し行ってからふと気になった。

片手で運転しながらバッグをつかんで口を開け、おつりを入れた内ポケットを探った。そしてつかみ出したものをすべてスカートの上にぶちまけ、道路を見ながらちらちらと下も見て数えた。五十フラン足りない。五十フラン札があるはずなのに、ない。金銭にそれほど執着はないので、いつもならあきらめていたところだ。だがマティルドはなにごともきちんとしたい性格だし、しかもこのときは疲労と緊張が重なっていたからだろうか、一気に頭に血が上った。

運転しながらも、もう五十フランのことしか考えられず、頭がおかしくなりそうだった。店員がうっかりしたのか、それとも意図的にごまかしたのか。こちらが少しぼんやりしていたのをいいことにだましたのではないか。

ますます腹が立ってきたので、ガソリンスタンドに戻って文句を言ってやろうとUターンできる場所を探しはじめた。さっきはほかに客がいなかったが、今度はいてほしい。その全員の前で、あの店員が泥棒で、弁解の余地などないことを明らかにしてやる。泣き寝入りなんかしてたまるか。

だが道は右も左も畑で、路肩にも余裕がなく、Uターンできない。このままではどんどん遠ざかり、スタンドまで戻るのに時間がかかってしまう。アンリが首を長くして待っているときにこんなタイムロスはしていられない。やはり五十フランはあきらめよう。なんならパリに戻るときにあそこに寄って、びしっと言ってやることもできるんだから。高齢の女性をカモにするなんて下衆《げす》の極みだと。

そこまで考えたとき、畑のなかを抜けていく未舗装の農道が目に入った。戻れというお告げだ！　マティルドは農道に頭を突っ込んでからバックし、バンの向きを変えた。引き返すと決まったら、疲れた体の奥でふたたび怒りが渦を巻きはじめたので、それを熱エネルギーに変換して、マティルドは顔をほてらせながら車の速度を上げた。そして高速から一気にブレーキを踏んでガソリンスタンドに車を入れたが、残念ながらほかに客はいなかった。仕方がない。一対一でひと騒ぎ起こすとしよう。マティルドは売店の前で車を止め、降り、ドアを勢いよく閉めた。

売店には誰もいないので、外に目を向けた。

「忘れ物ですか?」

あの店員がいた。整備スペースで、キャスター付きの担架のような寝板にあおむけになって、整備中の車の下から頭だけ出している。まだ若い青年だったが、マティルドはそんなことは気にもかけない。彼女の目にはその男の顔が、老女と見れば五十フランをだましとることしか考えない人間の顔に見えていたのだ。マティルドはつかつかと歩み寄った。店員はなんだろうと思いながら、応対するために頭上のバンパーに手をかけて寝板を転がし、車の下から出た。そして立ち上がろうとしたのだが、できなかった。マティルドが歩み寄る途中でドラム缶の上に置いてあったタイヤレバーをつかんでいて、それをまだあおむけに寝そべっていた男の股間めがけて全力で振り下ろしたからだ。スタンドに絶叫が響きわたった。

マティルドはタイヤレバーをもう一度持ち上げると、今度は頭めがけて振り下ろした。頭蓋骨が割れ、レバーの先端が少なくとも十センチめり込んだ。おしまい。

これでこちらが言いたいことはわかったかしら。マティルドは男のポケットを探り、札を引っ張りだすと、五十フラン札を一枚抜き取って残りを戻した。正直者なのだ。

そしてバンまで戻ってから振り向いた。頭蓋骨が割れたところから脳みそがはみ出ていて、ぞっとする光景だ。幸いマティルドのほうに飛び散ったりはしなかったので、服も手足も汚れていない。汚い染みだけは我慢できないので、よかったと胸をなでおろす。

運転席に戻り、まだ大きさに慣れていないこのバンを慎重にバックで動かして、整備スペースの前まで移動させた。そしてバックドアを開け、電動の昇降装置を静かに下ろすと、男が横たわったままの寝板を引っ張ってきて、それごと昇降装置にのせた。これ担架にいいじゃない、とマティルドは思った。男をのせた寝板は、ラグでくるんだ死体入りの収納袋の隣にうまく収まった。そこで仲良くしててね。

車を降りて寝板を運んだあとを見てみると、血だまりがあり、脳みそも落ちていた。だが幸いおがくずを入れたドラム缶もあった。このままじゃ誰かが滑ってけがをするかもしれないと、マティルドはおがくずをまいた。それからまたハンドルを握ってガソリンスタンドを出た。

車を走らせながらダッシュボードの時計を見る。次にすべきことは、どこか人の来ない場所に車を駐め、スタンドの店員を遺体収納袋に入れることだ。

二十分後、マティルドは森外れの小道で車を停めた。男を収納袋に移してから袋を真空にするのに三十分とかからなかった。

寝板は茂みに捨てた。

いまやバンのカーゴスペースには遺体収納袋が仲良く二つ並んでいる。

この袋はほんとに役に立つ。アンリに教えてあげなきゃ。

＊　＊　＊

トゥールーズに着いたら雨だった。ショッピングを楽しもうと思っていたのに、雨はやむどころか本降りになった。こんなときに街をうろついたらずぶぬれになってしまう。

マティルドは市内の駐車場にバンを置き、最初に見つけたまずまずのホテルで二泊分の予約をした。

雨なので徒歩と公共交通機関でうろうろする気になれず、かといってタクシーは足がつくので論外だ。バンを使うしかない。

マティルドは着がえた（といっても大したものは持ってきていない。滞在が長引くはずもないのだから）。

夕方までの残りの時間はトゥールーズ郊外をバンで見て回った。午後六時ごろに、探していた静かな場所が見つかった。よく考えてここが最適だと判断し、ホテルに戻って文具店で買った地図を広げ、検討を重ねた。

アンリの家はいかにも彼らしく、トゥールーズ近郊の村から少し離れたところにぽつんと建っている。なにしろ俗世間とは交わらない孤高の人だから、とマティルドはほほ笑む。地図上で重要地点に印をつけ、持っていくものを確認する。といってもバッグに武器を入れて持っていくだけだ。でも重いのよね、とマティルドはにんまりする。まるで武器見本市に行く人みたい。

また外に出るのもおっくうなので、ホテル内のレストランで夕食にし、部屋に戻ってシャワーを浴び、着ていく服を並べてからベッドに入った。

目覚ましを午前零時にセット。

マティルドはベルの音で夢から引きずり出された。重苦しくて混沌とした、犬がたくさん出てくる夢だった。犬といえば、そう、ルポワトヴァン！　けりをつけようと思うたびになにかがあって先延ばしにしてきたけれど、向こうはどれほど自分が運がいいか気づいていないだろう。マティルドは例の田舎町ならではの問題について思い返し、理解し合うのは難しいことではないのに、残念だと思った。

一階ロビーにホットドリンクと焼き菓子の販売機があったので、コーヒーとマドレーヌを口に入れた。

ホテルの駐車場の先は広大な闇で、ただ半月だけがオーロラのように青白い光を放っていた。マティルドは完全に目覚めていた。いよいよアンリを訪ねる時がきた。

＊　＊　＊

あらかじめ考えておいたとおり、アンリは午後九時にすべての明かりを消した。唯一の例外は、リビングから延びた細い廊下の小さい電灯だ。その廊下はバスルームに通じていて、さらにその奥には四平方メートル足らずの部屋があり、家の北側に面した小さいドアがある。以前は閉めきりだったが、アンリはシャワーのあとで庭に出るのが好きなので、また開けられるようにしてあった。廊下の電灯はわずかにリビングの一隅に届いているだけで、あとは闇に包まれた。アンリはリビングの暗闇のなかで、テラスに面したガラス窓付きの両開きの扉のほうを向いて肘掛け椅子に座っていた。足を投げ出し、両手を肘掛けにのせ、静寂のなかで耳を澄まし、どんなかすかな物音も聞き逃すまいとしていた。どこかでミシリとかカサリとかいうたびに全神経を尖らせ、どの方向から来た音か分析し、音源を推測する。日が暮れてからずっとこれを続けているが、昔のようには集中できない。集中力を維持するには全身で疲労に耐える必要があるが、この歳でそんな状態を一晩中保つことなど不可能だ。だからいつの間にか気が緩み、音が聞こえてからはっとする。うとうとしかかったときに潜在意識が警告を発するのに似ている。もちろん司令官たるもの居眠りなどしない。少し疲れているだけだ。もっと明るい夜なら、この肘掛け椅子からは庭のポプラの木が揺れるのが見えるのだが、今夜は半月なので、ぼんやりした景色しか見えない。アンリは焦れてはいなかった。ただじ《じ》っと一つの音を、マティルドの来訪を告げる音を待っていた。彼女がここまで来るとすればの話だが。

まさかとは思う。だがマティルドのことだから……。

アンリは静かに待っている。彼女が来てくれたらと願う瞬間もあり、そういうときは自分が焦れているような気もする。

＊　＊　＊

アンリの敷地の入り口の、錬鉄製の高い門の前をマティルドが通り過ぎたとき、ダッシュボードの時計は一時十五分を指していた。門から左右に延びているのは石を空積みにした塀で、建てられてから百年は経つという。あちこち崩れてきているから補強する必要があるとアンリが言っていたのが二十年ほど前のことだ。それが本当だったのなら、アンリのことだからすでに対処しただろう。こういう問題を放置する人じゃない。

マティルドはそこから二百メートル先の小道にバンを駐めた。降りるときになってなにを持っていこうかと考えたが、これといって決め手がなくて迷った。結局デザートイーグルにした。用意した弾丸の数がいちばん多いのがこれだから。もっとも経験からいえば弾丸は数発でいい。たくさん必要になるのは状況が悪いときで、そうなったらこの歳では対応できない。体が重くて敏捷に動けないからだ。要するに、数発で仕留められなかったら、その時点で終わりだと思ったほうがいい。

マティルドは車を降りてドアをロックすると、そこから気長に歩いて石積みの塀沿いにぐるりと一周した。

思ったとおり、アンリは塀を補強していた。数か所で石積みが取り払われ、高さのあるフェンスに換えられていた。かなり頑丈なフェンスで、手で隙間を広げられるような代物ではない。塀を手探りしながら回ったので、一周するのに一時間近くかかった。雲が出ているわけでもないのに辺りはかなり暗く、手元がほとんど見えないし、足元には低木が密生していて大変だった。途中で一か所、石が崩れているところを見つけたが、残念ながら越えられる状態ではなかった。塀のてっぺんがわずかに崩れていただけで、元気な子供ならともかく、マティルドにはとうてい乗り越えられない。なにしろ太っているし、体がバオバブの木の中身のようにぶよぶよなのだから。

しかしマティルドの驚くべきところは、いったんこうと思ったら疑わないことで、このときも暗闇のなか、なんと、もう一度塀沿いに回りはじめた。低木の棘《とげ》のある小枝を両手でかき分けて、息を切らせながらもブルドーザーのように進む。そして石塀に触れたりフェンスを押したりして、どこかに綻《ほころ》びがないかを探していく。これでも見つからなかったら作戦を変えるしかないとマティルドは思った。いったん引き揚げ、別の作戦で明日再トライしよう。

だが幸い、執念は時には報われることが見事に証明された。二周目に（もう二時半に近かったが）、フェンスの設置個所の一つで、端のほうにイチジクの枝の先が食い込んでいるのに気づいたのだ。その部分を両手で押したら、石が一つ外れて反対側に落ちた。反対側には丈の高い草が密集していて音はしなかった。だがそれだけでは抜け穴にならない。そこでマティルドは硬い枝を拾ってきて、それをテコにして周囲の石を押し出すことにした。中途半端な姿勢で力を入れているうちに途中で何度か息が苦しくなり、心臓発作で死ぬかと思ったが、アンリの家はもう目と鼻の先なのに冗談じゃないと思うとそのたびに力がわいた。

二十分ほどでどうにか通り抜けられそうな穴ができた。ただ位置が少し高い。マティルドは石の一つに足をかけ、もう一つにも足をかけて体を持ち上げ、ようやく穴を抜けた。だが当然のことながら反対側でも足が地面に届かないので、穴に腰をのせたまま太い脚をぶらぶらさせるはめになった。どうしようかと考えたが、ほかに方法はない。マティルドはバッグを投げ落とし、体の向きを変え、尻を宙に突き出すようにして足を下に伸ばし、つま先が地面か草に触れないかと探った。だがそれでも届かない！　とうとう手を放すしかなくなり、そのままあおむけに落ちてどしんと大きな音がした。足首もくじいてしまったが、もうこんなばかなことをする歳じゃないんだから当然の結果だろう。

マティルドは立ち上がった。大丈夫。お尻が衝撃を吸収したから大したことない。大きなお尻がこんなところで役に立つなんて。

ワンピースの裾が破れ、足が少し痛くて普通には歩けないが、骨が折れたわけじゃなし、前に進むのに支障はない。さあ、庭を突っ切ってアンリに会いに行こう。

＊　＊　＊

アンリは肘掛け椅子に深く座り、準備に抜かりがないことを頭のなかで再確認していた。ドアノブには油を注した。剥がれかかっていたセメントタイルは貼りつけた。扉を開けるときに砂利が噛んだりしないように入り口を念入りに掃除した。そして三ミリの高さに張ったナイロン糸。何度も考えたが、アンリにはこの糸が機能しないケースなど思い浮かばない。彼女が糸を踏めば、彼女がその位置に来たとわかる。彼女が糸を引っかけても、彼女が来たとわかる。彼女が偶然糸の上をまたぐかもしれないが、テラスの周囲に六本も張ったのだから、そのすべてを偶然またぐことなど考えられない。可能性はゼロではないが、まずありえない。たとえそうなったとしても、次の手が用意してある。だからといって安心しているわけではなかった。この仕事においては安心は墓場への片道切符にほかならない。ただ、万全の策を講じた人間だけがその域に達するという意味で、アンリは落ち着いていた。

彼女は一度ぐるりと回ったあとで、裏口から入ってくるだろうとアンリは踏んでいる。ただしその前に足止めされれば話は別だ。アンリは足止めされるようにと願っている。ここまで来てほしくない。慎重に張り巡らしたナイロン糸が彼女の接近を知らせるようなことになってほしくない。もっと前で足を止めてもらいたい。

＊　＊　＊

それはまさに、アンリはこう考えるだろうとマティルドが想像していることだった。マティルドは庭をゆっくりと歩いていた。疲れていたし、右足を少し引きずっていた。それに闇が深くてよく見えない。でも見えなくても考えることはできる。と思ったところで足を止めた。家まで三十メートル。左手にガレージがあり、右手に納屋。正面のテラスに、いまははっきりとは見えないがガラス窓付きの両開きの扉があり、裏手にはキッチンに通じるドアがある。マティルドはその裏手のドアから入るつもりだ。

そこまでたどり着ければの話だが。

なぜなら邪魔が入るはずだから。わたしだったら客をそこまで来させない。もっと前で行く手を遮ることを考える。

マティルドは人差し指を口に当てて考えた。さてさて、わたしが彼だったらどうする？　こんなふうにアンリと手の内を読み合うなんてわくわくする。郵便やテレックスで交互に一手を送り合う通信チェスみたい。アンリはどちらにするだろう。ガレージ？　納屋？　おそらくやり直しは利かないから、これは賭けだ。よし、納屋にする。こんなところでいつまでも考えてたら朝になっちゃう！

マティルドは少し時間をかけて周囲をぐるりと見渡した。それから確信を得ようとして数メートル前に出たが、これでは相手に丸見えかもしれないとすぐに気づき、一瞬で納屋とその周囲の詳細を頭に入れ、うしろに下がった。見たいものは見た。

＊　＊　＊

ディーターはほんの数秒のあいだ標的を射程内にとらえたが、女はすぐに姿を消した。だがまた現れるはずだ。かなり太った女で、若くもないし、なんの疑いも抱いていないようだった。平気でのこのこと前に出てきたくらいだから。ディーターは納屋の二階の床に伏せ、三脚に据えたスコープ付きのスナイパーライフルを構えて、標的が家に向かうために通るはずの数メートル四方の範囲をじっと見ていた。だが女が遠回りすることもありうると思い、念のために範囲を広げて目を配ることにした。

数秒経っても女は現れない。一分、二分、五分経っても姿が見えない。ディーターは慌てて庭全体をすばやく見渡した。女は引き返したのだろうか？

じつはマティルドは、うしろに下がるとすぐ左手に移動したのだ。足を引きずりながらもできるかぎりの速さで動いた。マティルドはこう考えた。アンリが殺し屋を納屋の二階に潜ませているなら（マティルドがアンリの立場ならそうする）、その男はマティルドが庭の中央を通るのを待っている。そして少ししておかしいと思い、マティルドが現れないということは回り道をしているからではないかと考えるだろう。実際、ディーターはマティルドの推測どおりのことをしたのだが、彼が納屋の右手に目をやったとき、マティルドはぎりぎりでそこを通り過ぎていた。つまりディーターはマティルドを見逃したのだ。

マティルドは納屋の木製の重い扉の前まで来た。

どちらに転ぶかわからない。

扉がきしんだりガタガタいったりするなら、納屋には誰もいないということで、いっぱい食わされたことになる。

扉が音も立てずに開くなら、誰かが油を注したということで、つまり誰かがアンリに命じられてわたしを歓迎しようとここに潜んでいることになる。

扉は滑らかに動き、ささやくような音しか出なかった。

マティルドは扉を少し押し開け、そっとなかに滑り込んだ。そして扉を静かに閉めてからザートイーグルを取り出し、目が闇に慣れるのを待った。耳鳴りが聞こえそうなほど静かだった。

少しずつ古家具や古道具の山が見えてきたが、マティルドがじっと目を向けているのは天井だった。幅広の板を並べたものだが、そのわずかな隙間からところどころかすかに月明かりが漏れていて、空中に漂うほこりの粒子を照らしている。マティルドはその場を動かずに、そっともう片方の手も拳銃に添えると、両肘を胸で支えて銃口を上に向けた。彼女の特殊能力の一つと言ってもいいのだが、マティルドは事前に無理のない姿勢をとることさえできれば、普通の人よりはるかに長い時間その姿勢を保つことができる。さあ、ここからは自分ともう一人（もう一人いるとすれば）との我慢比べだ。二階で、おそらく腹ばいになって、三脚に据えたライフルを構えている誰かとの勝負。じっとしたまま時が流れる。なにも起こらない。なにも動かない。マティルドは頭のなかで数えていた（……六十、六十一、六十二……）。自分の読みが外れている可能性もあるが、それを確かめるには待つしかない。マティルドは足首の痛みも忘れて両脚を踏ん張り、ゆっくり呼吸していた。万事順調。動きがないということは（……百三、百四……）、二階で腹ばいになっている接待役は彼女が納屋に入ったと考えているのだろう。だが確信はないはずだ。だから相手も待っていて、身じろぎ一つするものかと思っている（……百六十、百六十一……）。つまり二人ともまったく同じことをしているわけで、先にミスしたほうの負けになる。たぶん。こうした状況では思いがけないことが次々と起こりうるから、絶対とは言えない。アンリか、別の誰かが不意に現れるかもしれないし、わたしがめまいを起こすかもしれないし、二階の主がくしゃみをするかもしれない。あらゆることが起こりうる。ほら来た！　とマティルドはにやりとした。音を立てないところはさすがだが、天井から落ちてきたほんのわずかなほこりがかすかな光線を浴びて一瞬輝き、二階の主の居場所を知らせた。右手、二メートル先。マティルドは視線を下げ、足元を凝視した。こんなところで転んだら目も当てられない。障害物はないわね？　ほんとに大丈夫？

よし、行こう！

マティルドは迷わず前に二歩出て腕を上げ、天井を狙って四発撃った。木材が飛び散り、虫食いだらけの天井板が割れたかと思うと、マティルドが一歩飛んでよけたその場所に男が一人、洗濯物が詰まった袋のように落ちてきて、その胸には拳が二つ入りそうなほど大きな穴があいていた。続いて落ちてきたのはライフルだ。勝負あった。

マティルドは慎重に拳銃を向けたまま男に近づいた。もちろん死んでいたが、どうしても我慢できず、最後の一発を股間に撃ち込んだ。

男の所持品を調べたが、なにも見つからない。当然よね、とマティルドは笑みを浮かべる。アンリがこちらを軽く見たりせず、慎重に人選してくれたという証拠だからうれしい。

このあとは少し時間がかかるだろう。アンリと話し合い、理解し合う必要があるから。そのあいだこの男をこの状態で放置したら、硬直して扱いにくくなってしまう。そこで血があふれ出ているところを藁で覆い、つま先で男の両手、両脚を動かして体に沿うようにした。少なくともこれならあの優れものの遺体収納袋に入れやすい。この作業に十分かかった。

さあ、今度こそ、アンリのところへ！

マティルドは拳銃を再装塡した。アンリのところへ手ぶらで行くなんて考えられない。

＊　＊　＊

アンリは銃声を数えた。四発。少し遅れて五発目。

一瞬恐怖を感じたが、その後は自分でも感動を抑えられなかった。

あの音で五発となると、撃ったのはディーター・フライではなくマティルドだ。まったくなんて女！　しかもこんなふうに来訪を告げるなんて、いかにも彼女らしいじゃないか。

よく考えてみれば事態が悪化したわけではない。これは結局のところ彼女と自分の勝負なのだから。彼女は裏口から来るだろう。だから自分は正面の扉から出て、彼女の背後に回る。アンリは靴を脱ぎ、床に置いてあった拳銃をつかんだ。年季の入ったベレッタだ（アンリは古い人間だから）。そして薄闇のなかをゆっくりと両開きの扉まで進んだ。すぐに彼女がテラスを忍び足で歩く気配を感じた。あの年なのにやるもんだ……。彼女が家の切妻側に回ったら、扉から出て彼女のうしろから同じように進む。こちらが追う形だから圧倒的に有利だ。

声をかけずに撃つしかないとわかっている。

彼女の背中を見た瞬間に狙いをつけて撃つこと。一瞬でも迷ったらなにが起こるかわからない。

彼女と目を合わせることなくその瞬間を迎えるかと思うと、アンリの胸は張り裂けそうだった。状況が違っていたら、アンリはマティルドと言葉を交わして説明することを望んだだろう。いや説明というより謝罪だ。もはやほかにどうすることもできず、きみを殺すしかないんだと。話し合うことさえできれば、彼女はわかってくれるだろうとアンリは思っている。だがそれができない。人生とはそういうもので、自分には彼女の背中に数発撃ち込む以外に道がない。

合図だ。丸テーブルの上の小さいマッチ箱が震えた。マティルドが家の切妻側に回り込んでナイロン糸に触れた。出よう。アンリはそっと扉を開けた。夜の冷気がほほをなでた。テラスへ一歩出たところで、冷たい銃口がこめかみに押しつけられた。

「こんばんは、アンリ」とマティルドが優しく静かな声で言った。

アンリの数ある長所のなかでも目を引くのは、フェアプレー精神を貫くところだと言えるだろう。なにしろ彼はこのとき謙虚にもこう答えたのだから。

「こんばんは、マティルド」

＊　＊　＊

アンリは先ほどまでと同じようにリビングの肘掛け椅子に座っていた。ただし正面からデザートイーグルで狙われていて、それを握っているのは青白い顔をこわばらせたマティルドだ。向き合う位置を選んだのはマティルドだった。穏やかに語り合う旧友同士のように、二人は火の消えた暖炉の右手と左手に分かれ、少し距離をとって向かい合っている。そして旧友同士だからこそ、すでに声にならない会話が振動となり、部屋の空気を震わせていた。マティルドはレインコートを着たまま安堵のため息とともに肘掛け椅子にへたり込んだ。

マティルドは明かりをつけるように言わなかったが、二人とも室内の暗さに慣れてみるとむしろそのほうが好都合に思えて、あえて明かりを求めなかった。薄闇のほうがいまの二人の対話に、打ち明け話に、死にふさわしいからだ。アンリには、窓から入るかすかな月明かりを背景に、マティルドのシルエットがうっすらと見えているだけだったが、その実在感の薄い人影の年齢を、ほつれた乱れ髪が暴いていた。

マティルドは銃を持つ手を緩めることも銃口をそらすこともしなかったが、それ以外の口調や態度はいつもどおりだった。

「おかげさまで苦労したわよ。見てこれ」

マティルドはそう言ってワンピースの裾を持ち上げたが、アンリにはよく見えず、なんのことやらわからない。

「足首よ、腫れてるでしょ？　落ちたから。あなた塀を直したのね」

「四年前だ。何か所かフェンスに換えた。そこを通ったんだな」

「そう。フェンス脇の石を外したからまた修繕しないと。そこから落ちたのよ」

「それは失礼」

「腫れてるでしょ？　ほら」

「よく見えないが、少しな」

この瞬間の一語一語の価値と重みを二人ともよくわかっていた。アンリにとってはこのやりとりが、ここで稼げる時間が、そのあいだに逃げ道を見つけられるかどうかが生死を分ける。マティルドのほうから雰囲気をほぐしてくれたのはありがたいが、奇妙な声色がアンリを不安にさせた。抑揚のないこもった声、無理やり口を動かしているような発音、そして正気を取り戻して覚醒したかのような口ぶり。

「ねえ、あなた本当に、わたしのことをばかだと思ってるのね」

どう見てもこのやりとりはこちらに分が悪い。そう見て取ったアンリはせめて余裕を見せようと、肘掛け椅子に体を預け、膝の上で手を組み、自分に向けられた四十四口径など見えていないかのように振る舞った。

「本当に、わたしのことをばかだと思ってる」

マティルドは独り言のように繰り返したが、それは古い友を非難すると同時に、運命を糾弾するかのようだった。

最大の障害を乗り越えて無事にアンリと会えたいま、マティルドはある種のめまいに襲われていた。さまざまな出来事や言葉やイメージが頭のなかで渦を巻きはじめていた。

非難も悪口も告白も思い出も秘密も含めて、アンリに言いたかったことが一気にわき上がってきたが、そのどれもが切れ切れで、ごちゃ混ぜで、うまく言葉にならない。結局マティルドの口から飛び出したのはできれば言いたくなかった言葉、怒りといら立ちと疲労の産物でしかない最悪の言葉だったので、すぐ後悔することになった。

「はっきり言うけど、納屋にいたあなたの手下はただのぼんくらだったわよ」

アンリはちょっと顔をしかめた。

「ナイロン糸もそうだし、アンリ、つまりあなたは本当にわたしのことをばかだと思ってるわけよ！」

マティルドはアンリが先日会ったときとは違うような、どこかが変わったような気がしていた。だが変わったのは自分のほうだと気づき、そう思ったら急に嫌気がさしてきた。もうなにをどうしたいとも思わない。というより、なにも起こらなければよかったとしか思えない。なにもかも昔に戻ればいい。男の子の遊びが好きだった子供時代に戻りたい。

いまのアンリはどことなくマティルドの父親に似ていた。ガシェ医師のことだ。同じような社会階層の男性は、ある年齢を過ぎると皆同じようになる。そんなことを思いながら、マティルドは拳銃のことさえ忘れて胸を震わせ、声も震わせて、「アンリ」と言った。

「マティルド、それは違う。きみのことは心から尊敬しているし、きみもそのことはよく知っているだろう?」

アンリは言葉の端々に気を配り、できるだけ穏やかに言った。話しつづけなければならないが、余計なことを言ってはいけない。いまの言葉がマティルドに届いたのかどうかもわからなかった。それもそのはずで、マティルドのほうはもはや心ここにあらずで、アンリと暮らしたかったフランスの美しい片田舎のことを考えていた。だがそのアンリはいまちっとも動かず、大したことも言わず、ただこちらを見ている。娘が謝るか、言い訳するのをじっと待っている父親のように。そう、本当に、見れば見るほど父に似ている。威圧的で、自信家の男。考えてみればアンリもずっとそうだった。威圧的で、鼻持ちならない、哀れな人。このときなぜか一連の連想を経て、マティルドの脳裏にガソリンスタンドの店員の姿が浮かんだ。こいつらは同じだ。大差ない。みんな盗人。いま目の前にいる男、偉そうに肘掛け椅子にふんぞり返っているこの男も盗人だ、人生の盗人。そしてわたしはいまここで、このばかげた世界、不要なものばかりの世界で自分の身を守ろうとしている。

アンリは焦る気持ちを押し殺し、マティルドがなにか別のことを言うのをじっと待っていた。それをきっかけに会話に持ち込んで、言葉の応酬のなかからなんとか希望を見いだしたい。自分の命はそこにかかっている。だがマティルドはなにも言わず、ただこちらを見ている。彼女の表情は陰になっていて見えなかったが、多くのことが脳裏に浮かんでいるのだろうと察しはついた。実際、アンリの想像どおり、彼女の脳裏にはさまざまな思い出が押し寄せてはちきれんばかりになっていた。そのせいでマティルドは、人は死に際に人生がフラッシュバックするのを見るというもっともらしい説を思い出した。そしていま見ている人生の万華鏡がまさにそれだと思ってうろたえ、その瞬間、アンリが自分を殺そうとしている、また彼が自分の運命を決めようとしていると確信した。

アンリのほうは彼女の沈黙が長すぎると思いはじめた。とりあえずは古い友人という立場に置かれていたようだが、このままマティルドが現実から遠のいてしまったら、自分は単なる敵と見なされるだろう。

「マティルド、教えてくれ」

マティルドはぼんやりした目をアンリに向けた。

「教えてくれ」

「え?」

「前から訊きたかったんだが、ドクター・ペランはどうして……なにが原因で命を落としたんだ?」

マティルドはぶしつけな質問だと思った。

「なぜそんなことを?」

「なんでもないさ。ただずっと気になっていてね。なんの病気だったのかと」

「はっきりしなかったのよ。医者の不養生って言うでしょ？」

「診断は？」

「病気とだけ。レイモンは運命論者で、精密検査を受けようとしなかった。どうすればよかったっていうの？　わたしはできるだけのことをした。スープやエッグノッグを作ったり、薬茶を淹れたりしたけどなんの役にも立たなかった。みるみる衰弱して、たった数週間で死んじゃった。でも、どうしてそんなこと訊くの？」

「理由なんかない。気になっただけだ。ドクターはまだ若かったしね」

「年なんか関係ないわよ。納屋にいたあなたの手下だって、まだ五十歳くらいでしょ？　だからって助かりはしなかった」

「そうだな」

アンリは話を続けたかったが、マティルドの心はまたどこかへ行ってしまった。いまの話でマティルドはドクター・ペランとの結婚生活に引き戻され、さらに人生を巻き戻していたのだが、順序はもちろんごちゃごちゃだ。婚約したころのレイモン、夫婦の家、娘、戦争、アンリと父。妙にはっきり思い出したのは、食器棚に置かれていたコインを盗んだと母親に折檻《せっかん》された日のこと。リモージュ駅で軍用列車を爆破したときの赤い炎の炸裂と黒煙。アタンヴィルの森で立ったままサイモンと愛を交わしたときのおかしな姿勢。首のないリュドの死体が穴に転がり込む瞬間。幽霊のように血の気のないドイツ兵を見ながら血のついた手で顔の汗をぬぐったあの日。睾丸を投げ入れたバケツには五本分の指も入っていて、それを見てとても安らいだ、というか、おかしなことに満ち足りた気分になったこと。マティルドはすっかり思い出に浸っていたので、拳銃を握る手が少し下がってきていることに気づかなかった。だがアンリのほうは見逃すはずもない。少ししてマティルドは落ち着きを取り戻したものの、頭のなかにひしめく思い出、生々しい記憶からは抜け出せずにいた。アンリも相変わらず動かない。二人ともこのままで夜明けを迎えるのかと思えるような静止状態。マティルドの脳裏には、今度はレイモンの墓が浮かび、続いてある横柄な若い副知事のオーデコロンの香りがよみがえった。陳腐で聞くに堪えない演説をしていた副知事だったので、仕留めたときには言いようのない解放感と安堵感に包まれたものだ。外套をはおったところは田舎の公証人のようだったが、ナチスと通じていて、彼女の最初の標的となった男。そしてそのあと口座を開設するためにスイスに行った。ジュネーブ中央割引銀行で（そうだ、ジュネーブだった！）、じゅうたんを敷きつめた広い応接間に通されたっけ……。アンリはまだ黙っている。なにも言ってくれない。アンリのほうもマティルドがなにか言うのを待っていた。なんでもいいから口を開いてくれと祈っていた。沈黙はあまりにも重く、マティルドの脳裏の映像はあまりにも目まぐるしい。両親が飼っていたたちびのトラ猫。あの猫は井戸に落ちたのだが、いま落ちていくのはマティルドで、落ちてみたらそこにアンリがいて、そのアンリが、目の前にいるアンリが、彼女のためにまだなにかをなしうる唯一の、最後の一人なので、マティルドは助けを求める……アンリ！……彼の助けにすがりたくて、このまま泣き崩れてしまいそうで、必死になって彼のほうに手を伸ばすが、彼はなにも言わない。

「アンリ、なぜわたしをこんな目に遭わせるの」

ようやく言葉が出た。アンリはほっとした。

だが次の言葉は44マグナム弾という形で発せられ、アンリの体は肘掛け椅子にめり込み、その胸にはランプシェードほどもある穴があいた。

銃声があまりにも大きかったので、マティルドは拳銃を取り落として両手で耳をふさいでいた。肘掛け椅子はアンリとともにうしろにひっくり返り、古い荷物を箱ごと放り投げたようになっている。マティルドは両耳をふさいだままそっと目を開け、この異様な光景を眺めた。椅子の脚が彼女を見つめる二つの目のようにこちらに突き出ていて、アンリの靴の裏が思案でもするように横に傾いている。マティルドは肘掛けをつかんで立ち上がり、ゆっくり二歩前に出た。アンリのほうに首を伸ばすと、胸に開いた穴から黒い血があふれ出ていて、頭は壁のほうを向いていた。

マティルドはがっくり膝をつき、ばかみたいにアンリの靴を両手で握りしめて泣いた。矛盾する感情がわき上がるのと同時にアンリの血のにおいが鼻をつき、いつまでも涙が止まらない。かわいそうなアンリ、そうだ、やはり二人で片田舎で暮らすという話を彼にしよう。結局のところそれが二人にとって最善の道だから。マティルドは二人を待つ穏やかな暮らしを、この年齢ならではのなんの憂いもない幸せを想像して、泣きながら笑った。

そうやって長いこと冷たい床にひざまずいていたので、ようやく立ち上がったときにはふらついた。なんと長い一日だったことか。長時間の運転。いまだに終わりが見えないアンリとの話し合い。続きはまた明日。きっと説得できると信じているが、今夜はもう無理だ。続きは明日にしていまは眠ろう。マティルドは部屋の明かりをつけた。まぶしくて閉じてしまった目を無理やり見開く。まずアンリを寝かせなければ。ゆっくり休んでもらわないと明日の話し合いがこじれてしまう。マティルドはアンリのところに戻ると、肘掛け椅子に引っかかっていた両足を下ろし、両腕と頭を動かして、普通に横たわっているように見えなくもない状態に整えた。明日になればアンリも収納袋のなかで眠れるし、あのバンには仲間もいるから、なんならおしゃべりもできる。それからマティルドは客用寝室に向かった。すでに目の前に小さくて丸い白点がふわふわと舞っていたが、それでもどうにかたどり着いた。アンリが客用寝室をいつでも使えるように整えているのは、いったい誰のためだろう？　もちろんわたしのためだ。ほかにはいないとわかっている。部屋に入るなりマティルドはベッドに倒れ込み、もはやなにも考えることなく瞬時に眠りに落ちた。

＊　＊　＊

案じたとおりの展開になった。ルネ・ヴァシリエフとタン兄弟の姉が殺されてからまだ三日だが、すでに三人の死者が出ていた。

タン兄弟が釈放されたあと、すぐさまサン＝マルタン運河に死体が浮いた。界隈に住むマグレブ人で、ムサウイ一味の子分だった。その報復に、翌日さっそく二人のカンボジア人が頭を撃たれた。オッキピンティは判事に何度も呼び出され、すみやかに事態の収束を図るように言われた。

抗争劇がエスカレートするのを放っておくわけにはいかない。

だがいま始まったばかりの連鎖を早急に止める方法は一つしかない。真犯人を挙げることだ。オッキピンティはこの状況に当てはまるタレーランの名言がないかと二時間も探したが、見つからなかった。なにもかもうまくいかない。

だがそこでひらめいた。オッキピンティはわれながら天才だと思った。二つの仮説のどちらも行き詰まっているのは、第三の仮説があるからではないか？

「どんな？」と判事が訊いた。

オッキピンティは口をすぼめた。

「わかりません。ちょっと思いついただけです」

署に戻ったオッキピンティは大騒ぎをして部下全員を叱り飛ばした。それで少し気が晴れた。

それからヴァシリエフの過去の担当事件との格闘を再開した。答えがあるとしたら、もうここしかないだろ！

九月十九日

家中が冷え切っていたが、客用寝室は北に面した切妻側にあるので余計に寒かった。マティルドが目を覚ましたのも、背筋に長い震えが走ったからだ。だがすぐには自分がどこにいるのかわからず、開けた目をもう一度閉じ、また開けるというのを二回繰り返してようやくわかった。昨日の記憶が戻ったところで、彼女は横になったまま拳を握って腕を伸ばし、胸を張り、腰を反らせ、年老いて太った雌猫のように伸びをした。それからまたぐったり力を抜いて頭を枕に預けた。

ベッドは乱れておらず、マティルドは昨晩寝入ったときと同じ姿勢で寝ていた。口のなかが粘ついている以外はなにも変わっていない。疲労困憊《こんぱい》で倒れ込み、微動だにせず寝ていたようだ。カーテンが開いたままの窓から、木々と、その手前の手入れの行き届いたイギリス式庭園の端が見える。マティルドはもう一度伸びをしてからやっとのことで起き上がった。コーヒーだ、コーヒーがいる。マティルドは寒さしのぎにベッドカバーを引きはがして肩にかけると、キッチンに行き、コーヒーカップ、フィルター、ビスコット、バター、ジャムを探した。だがやはりここは独身男性の家で、どれもこれもあるべきところにないので時間がかかる。ようやくコーヒーをセットすると、腕を組んでキッチンテーブルにもたれ、抽出されるのを待った。それからトレーを探したが見つからないので、リビングまで数往復して一つずつ運ぶことにした。

リビングで最初に目に入ったのはひっくり返った肘掛け椅子で、そのうしろに転がっている形のはっきりしないものが死体だった。外はもっと寒いとわかっていたが、マティルドは両開きの扉を開けにいった。この部屋はにおうから、少し換気したほうがいい。それから二往復してキッチンのものを運んだ。途中でベッドカバーを踏んでコーヒーを床にこぼしたものの、なんとか朝食を運び終え、火のない暖炉の前のテーブルに落ち着いた。空腹だったので朝食はあっという間に終わった。次はシャワーだ。冷たいシャワーは大の苦手だから湯が出ることを切に願った。

熱い湯が出た。

バスルームはシンプルな造りで、必要なものはそろっているが、快適さを追求したものではなかった。アンリは快適さなど求めない。スパルタ式こそが彼の真髄なのだから。浮かれ騒ぐのはもちろん、幸せを求めることさえ彼の主義に反する。マティルドは身づくろいに必要なものをバンに置いてきたことを後悔した。化粧品さえ持ってきていなくてメークができない。それでも新しい歯ブラシとヘアドライアーだけは見つかった。この様子では、この家に多くの女性がやって来たとはとうてい思えない。マティルドはシャワーの下で自分の豊満な胸が揺れるのを見て、ふとアンリの性生活を想像してみた。あの人は女性を追いかけ回したり、売春宿に通ったりするタイプではなく（そもそも早朝から身が凍えるような辺鄙《へんぴ》な田舎に売春宿などあるはずもないが）、性生活においてもスパルタ式だ。だから最小限にとどめていただろうし、もしかしたら自慰だったかもしれない。ばかみたい。もっとも彼がいまいる世界で懐かしく思うのはそんなことじゃないだろうけど。それにしてもばかみたいだし、かわいそう。マティルドは体を拭いて服を着た。落ちていた拳銃を拾ってから、家を出る前にしばらく立ち尽くし、なにか忘れ物はないかと考えた。アンリの死体が目に入った。愛しいアンリ。だが感傷に浸りたくはない。そんなのわたしたちらしくない。そうでしょ？

マティルドはアンリが家政婦や庭師を雇っていたかどうかを知らないし、ルポワトヴァンみたいな隣人がひょっこり現れないともかぎらない。だとすれば少し体を休めることができたいま、さっさと片づけるべきことを片づけて自分の家に帰るのがいちばんだ。マティルドは門の鍵を見つけると（アンリは几帳面で、鍵のたぐいはすべてラベルをつけて扉のそばに掛けてあった）、敷地を抜けて門外のバンを駐車したところまで行き、そこから運転して戻ってきて納屋の前で停めた。そして殺し屋の死体を収納袋に入れ、バンのうしろの昇降装置にのせ、車内の二つの袋の横に並べると、バンを家まで移動させた。

今度はアンリの死体を押したり引いたりして、どうにか収納袋に入れた。

どれも力仕事だったので早くも息が切れた。昨夜は眠れたとはいえ、ベッドの寝心地が悪くて安眠できたわけではない。まったくアンリときたら、もう少しまともなものを用意しておいてくれてもいいのに。いえ、責めてるんじゃないのよ。一人暮らしの男って、そういうことには気が利かないのが普通だもの。それにしても話がうまくいかなかったのはがっかり。二人でどこかに行って暮らすというのはいい考えだったのに。

マティルドは収納袋を閉じると、ポンプの先端を差し込んで空気を抜きはじめた。ほんとに身勝手なんだから。エゴイストの老いぼれなんか死んじまえ！　そうよ、あんな提案は二度としませんからね！　受諾か拒否かの二択だったのに、あなたは拒否した。そりゃあなたの自由だけど、でもはっきり言って、最低。あなたは最低よ。正真正銘のまぬけ！　なんでも手にしていて働く必要なんかないのに、いまだに仕事にしがみついてるのはなぜ？　わたしを見てよ。しがみついてる？　とんでもない！　わたしはもう引退するから。いますぐに。頼み事があればまた電話してくるつもりでしょうけど、そういうのはもうおしまい。いい？　おしまいよ。もう疲れたから。まさかとか言うつもりでしょうけど、ほんとに疲れたの。家に帰ったらなにもかも処分して出発する。どこへなんて訊かないでよね。行き先は自分で見つけるからご心配なく。

それからまた押したり引いたりを繰り返し、ようやく収納袋を昇降装置にのせた。このバンもだいぶ混み合ってきた。それに……少しにおう。マティルドは外で深呼吸してから、改めて車内をかいでみた。誰もが気づくというほどではないけれど、確かににおう。どうやら収納袋の気密性は思ったほど高くないようだ。

でもそのこと自体は問題ない。マティルドはバンを丸ごと、つまり死体ごと川に沈めるつもりだから。そうすれば誰の口にも上らない。たださっさとそうしないとにおいがひどくなる。数時間後には運転もできなくなるだろう。

マティルドは早く列車に乗って大都会パリに戻りたかった。明朝までそれは無理かもしれないが、少なくともいちばん厄介な仕事は今夜のうちに終えてしまいたい。

なにごとも骨が折れる。でもアンリに再会して話ができたことでマティルドは若返り、力がわいてくるのを感じていた。

＊　＊　＊

２６３３ＨＨ７７。

ド・ラ・オスレ氏はついさっきまでこの数字がなんなのかわかっていたのだが……。

最近は頭のなかがひどく混乱し、いま自分が正常なのか異常なのかもわからない。頭は働いているのだが、自由電子のように情報が勝手に動き回るだけで脈絡がない。考えや記憶が次々とあふれ出て、ひしめき合い、入り交じるかと思うと、不意にすべてが停止し、長時間硬直状態になる。そのことに自分で気づいたのは、先日の夜（いや、昼だったか？）テレビのニュース番組の冒頭を見たところで脳がいきなり停止し、また機能しはじめたときにはエンドロールが流れていたからだ。そのあいだになにが放送されたのかまったく覚えていなかった。

だから、まずまず正気だと思えるときにはメモを取るようにしている。もっとも手がひどく震えるので、せっかく書いてもあとで見ると判読不能で、捨てるしかない場合もある。

この数字もそうやって自分が書いたのだろう。封筒に走り書きされたものがこうして目の前にあるのだし、ついさっきまでは意味もわかっていたのだから。だがこうしてわからなくなってみると、他人が書いたような気もしてくる。たとえばテヴィが、あるいはルネが。

二人のことを考えたら、じきに誰かが自分を迎えに来るはずだということも思い出した。社会福祉センターから人が来て自分を老人ホームに連れていくだろうが、それはそれでかまわない。連れていかれてしまえばじきに慣れるだろう。悩ましいのはそのことではなく、数字だ。泡のように浮かんでいるこの数字がどこから来たのかはわからないが、重要なものだという気がする。正常に機能しなくなっている頭のなかにも固定観念は存在する。

それがこの数字だった。

だったら警察に話して調べてもらえばいい。この数字が意味のない想像上の産物だとしたら、彼らには短時間でそうだとわかるだろうし、そのときは老人だから仕方ないと許してくれるだろう。

それがいちばん楽なのだが、ムッシュ―はそうしない。これは信条の問題だ。できるかぎり自分で調べ、警察に委ねるのは目星がついてからにするというのは、ムッシュ―が自分に課している規律のようなものだった。要するに、つまらないことでこの国の行政を頼るべきではないと思っている。

事件の日にここに来た若い女性警官から少し前に電話があった。いや、あの女性警官だと思っただけで、定かではないのだが、とにかくその警官は彼の様子を訊いてきた。なにか必要なものはありませんかとか、どのようにお過ごしですかとか。

ムッシューは答えようとしたのだが、口から飛び出したのはこの問いだった。

「あんなことをしたやつは見つかったか?」

女性はああ、それは、と困ったように言った。とりあえず相手をなだめようと、「捜査を進めています」とか「有力な手掛かりをつかんでいます」と言いたいようだったが、どれも捜査が進んでいないときに口にするセリフだ。ムッシューは知事を務めたことがあるのでそうした事情はよくわかっている。

悩ましいのは一瞬先の自分の状態が予測できないことだ。

急に脳が裏返ったようになってなにも覚えられなくなり、記憶がないままある時間が過ぎ、ふと居間で、あるいは路上で意識が戻る。ムッシューにはそうしたことがいつでも起こりうる。だからなにか手を打ちたくても計画的な行動がとれない。

だが、だとしたら、ルネとテヴィのことはどうしたらいいのか。二人は死んだ。ムッシューは大きな悲しみに押しつぶされそうになっている。

ムッシューのいまの状態では、二人のためになにかしようと思っても大したことはできない。警察に電話してこの数字のことを話すのが二人のために——もう死んでしまっているとしても——いちばんいいのだろう。だがムッシューはやみくもに別の手に出た。眼鏡をかけ、電話帳をめくり、アンドル＝エ＝ロワール県の県庁の番号を見つけ、そこにかけて知事につないでくれと言ったのだ。

「どちらさまでしょう?」

不愛想で横柄な、いかにも県庁らしい応対。

「ド・ラ・オスレだ。以前……」自分の声が震えているのがわかった。

「まあ、ド・ラ・オスレさん! わたしです、ジャニーヌ・マリヴァルです。お懐かしい!」

ムッシューはその名前に覚えがなかったが、うまく応じた。

「おお、元気かい? 声が聞けてうれしいよ」

女性は月並みなことを次々と口にした。あなたの部下でしたが、電話交換台に回されて云々、そして上司の悪口。だがほかにも電話がかかってきていて、早く切り上げなければならないようだ。

「お話しできてうれしかったです、では!」

電話はいきなり知事の内線につながった。

「ド・ラ・オスレさん! これはまたどうした風の吹き回しで?」

ムッシューはまたしても覚えているふりをしなければならず、当たり障りのない話でごまかしたが、相手の知事の名前さえ聞き覚えがないありさまで、心底はらはらした。

「みっともない話なんだが、じつはもらい事故の保険金請求で困ったことになっていてね」

ほんの数分間だったが、ムッシューは昔のようなもったいぶった口調、気の利いた言葉や言い回しを取り戻し、運転していて当て逃げされ、相手のナンバーはわかるがドライバーの身元がわからないこと、もし可能ならば調べてもらいたいことを説明した。知事なら全国の自動車登録番号データベースにアクセスできる……。

だがこのやりとりのこともムッシューはすぐ忘れた。なんとなく、誰かになにかを頼んだ気がするが、いつのことだったろうか？

昨日？　一昨日？

それさえムッシューはもうわからなかった。

そこへ電話がかかってきた。アンドル＝エ＝ロワール県知事の代理からで、「お尋ねの人物の住所がわかりましたので、お知らせします」と言った。

それを訊いてなにやらぴんとくるものがあった。

「メモの用意はよろしいですか？」

「待ってくれ！」

ムッシューはあちこちをひっくり返して紙切れと鉛筆を見つけた。

「どうぞ！」

めちゃくちゃな書きなぐりになったので、ムッシューは電話を終えてからキッチンテーブルに座り、大きな文字で清書した。

車種　　　ルノー25
登録番号　２６３３ＨＨ７７
所有者　　マティルド・ペラン

住所　　セーヌ＝エ＝マルヌ県、トレヴィエール、ムラン通り二二六番地

ここへ来たのはこの女だ。

テヴィとルネを殺したのはこの女だ。

警察に通報しなければ。

だが十五分後にその紙に目を留めたとき、ムッシューにはもうそれがなんなのかわからなかった。

だからごみ箱に捨てた。

＊　＊　＊

バンがどうにもにおうので、マティルドはトゥールーズ郊外でもかなり辺鄙な田舎に駐車せざるをえず、そのせいでこの日はなんとも長く退屈な一日になった。バンを始末するには暗くなるのを待つしかないが、時間をつぶす方法が村のカフェのはしごぐらいしかない。マティルドは一軒ごとに粘って長居をしたが、時計の針は一向に進まず、このまま午後が終わらないのではないかと思った。

だがようやく日が暮れた。

打ってつけの場所はシェイサックという町から二十キロほどのところで見つかった。町外れの川岸だ。そう、もちろん川がなければ話にならない。シェイサックはなんの取柄もない平凡

な町だが、メインストリートがセメントの粉で白っぽくなっている。というのもいまこの町には規模の異なる三つの建設現場があるからで、なかでもマティルドが気に入ったのは二つ目の川岸の現場だ。そこには彼女が必要とするものがすべてそろっている。午後九時を少し過ぎたころ、マティルドはその現場の鉄格子の門の前で車を降りた。するといきなりシェパードが走り寄ってきて、鋭い牙をむき、後ろ足立ちになって格子越しにマティルドにかみつこうとした。マティルドがにこにこしながら近づくと犬はますます暴れたが、長くは続かなかった。マティルドがアルミ箔の包みを広げて肉団子を取り出し、一歩下がって柵越しに放り投げたからだ。この肉団子には工夫が必要だった。犬は殺鼠剤のにおいを嫌うので食べてくれないかもしれない。そこでマティルドはバンのなかを探してみた。ご同業の前所有者はとにかくそつがない人だったようだから、薬品類も充実しているだろうと思ったのだ。案の定、クロロホルムや救急医薬品、包帯、鎮痛剤、抗生物質といった常備医薬品・医療機器以外に、ストリキニーネと南米の猛毒クラーレの錠剤が少し見つかった。

この現場を守っているのは警備会社ではなく（そんな金は出せないのだろう）、地主が飼っている犬、えさを減らされて凶暴になっているシェパードだ。だがしょせんは忠実なるばか犬で、マティルドが投げた死の味がする肉団子に飛びついてむさぼり食い、体を引きつらせ、口から泡を吹いて倒れた。

次は鉄格子の門。マティルドはバンの工具類のなかにあった柄の長いニッパーをテコとして使い、南京錠のチェーンを切った。だが期待に反して、門自体にも鍵がかかっていて開かない。

仕方がないのでバンに戻り、かなりバックしてから思い切りアクセルを踏み込んで突進した。門は派手な音を立てて倒れ、バンは犬の死体をひいてから止まった。ここは建設現場だから、この程度ならすぐ元どおりにできるだろう。

なかには四台の大型車両が置かれていたが、どれも工事用の特殊なもので、マティルドが動かせるようなものではない。だが幸いなことにダンプカーもあった。これなら普通の車のように運転できる。さっそく乗り込もうとしたが、ドアに鍵がかかっていて開かない。そこで現場監督の事務所になっているらしい小窓がついたコンテナに向かった。ドアを調べてから少し下がり、角度の見当をつけてドアの鍵穴を狙って撃った。一発でドアが開いた。マティルドは事務所のなかをゆっくり見回し、使えそうなものを頭にメモした。四台のデスクがあり、満杯のごみ箱がいくつも置かれ、デスクの上には大量の書類、油染みのついた発注書や納品書、販促品のボールペン、ピンナップカレンダーなどが積まれていて、それらに埋もれるようにBULのコンピューターが二台とオリベッティのタイプライターの最新型が二台があった。壁には鍵掛けボードがあり、鍵にはそれぞれ番号がついている。マティルドが窓越しに見ると、ダンプカーの車体に16と大きくペイントされていた。さっそく十六番の鍵を取り、駐車場に取って返す。乗ってみるとハンドルがべたべたしている。このポンコツの運転手はいつも手が汚れているようだ。エンジンは問題なくかかった。マティルドはすぐにエンジンを切って次の作業に移ることにした。万事順調。でもぐずぐずしないこと。わたしがダンプカーを運転する日が来るなんて、アンリ、あなたも信じられないでしょ？　でも心配いらないから！

マティルドは今度はバンを事務所の前まで移動させると、事務所内のタイプライター、コンピューターのキーボードと本体、プリンターなど、重量のあるものを片っ端から運び出してバンに放り込んだ。そして四つ並んだ収納袋に向かって「みんな、ごめん、でも時間がないから」と声をかける。事務所には鍵つきの鉄製の小箱も二つあった。日当とか、協同組合の食堂への拠出金とか、すぐに使う現金を入れているのだろう。マティルドはその二つもバンに放り込むとバックドアを閉め、助手席に置いていた自分のボストンバッグを取って、事務所のドアの近くに移した。

夜の闇のなか、マティルドはバンを栈橋に移動させ、いい位置に停めるために何度か切り返した。川に迫《せ》り出した栈橋で、平底船が横づけして砂やセメントの積み下ろしをする場所だ。上流でかなりの雨が降ったのか、ガロンヌ川は増水して怒り狂ったように荒れている。マティルドがバンを停めたのは栈橋のへりから十五メートルほどのところだ。すべての窓を開け、ハンドブレーキを解除してからバンを降りる。川に小石を投げてみたが、川が荒れていて水深はわからない。

一か八か、ここは賭けるしかない。

さあ、アンリ、助けてよね。助けがあると信じてやってみるしかないもの。うまくいかなかったとしてもやり直しは利かないから。

マティルドはダンプカーの運転席に戻って発進させると、バンのうしろにぴたりとつけ、押しはじめた。エンジンがうなる。バンを押すダンプカーに勢いがつくにつれて緊張で胃が縮む。

マティルドはバンが桟橋のへりに達したと同時に思い切りブレーキを踏んだ。彼女の目の前でバンは前のめりになり、川に落ちた。マティルドは緊張のあまりその場に釘づけになった。

数秒後にはっとして、慌ててダンプカーから降りたマティルドは、まるで猛獣を恐れながらジャングルを行くようにへっぴり腰でそろそろと桟橋のへりに近づいた。バンは沈み切っておらず、川底に突き刺さるようにほぼ垂直に立っていた。砂州に落ちてしまったようだ。起こりうる最悪の事態。バンの後部は一メートル五十センチほども突き出ている。なにか押せるものはないかと見まわしたが、たとえあったとしても、あれだけの重さのものを突き倒す力が自分にないのはわかっている。

川面からバンが突き出ている光景が悔しくて、涙が出そうだ。

途方に暮れたマティルドは桟橋をうろうろしながら腕時計に目をやった。あまり時間がない。あと四十五分。バンにはまだ水が入りつづけているのか、ごぼごぼという音が聞こえていた。するとそのとき、バンが長いため息をつきながら大きな気泡を吐き出したかと思うと、ぐっと沈みはじめたので、マティルドは驚いた。だがあと四十センチほどというところでまた動きが止まった。マティルドは思わず「ほら！　行け」と声を上げた。その声が神に届いたのか、バンはとどめの蹴りを食らったかのように滑り落ち、水面下に消えた。

ああ、ありがとう、アンリ！　わたしたちやっぱり最高のバディよね。マティルドは落ち着きを取り戻し、手早くダンプカーを元の位置に戻し、ドアに鍵をかけ、事務所に鍵を戻し、ボストンバッグを持ち、門に向かい、血を流して横たわる犬をよけて通った。リュド、さよなら！　ゆっくりおやすみ！

三十分ほどでシェイサックの町に戻ると、頼んでおいたタクシーがすでに町役場の前で待っていた。

「お客さん、いったいどこからお戻りで？」

こんな遅い時間に人気のない町役場の前に現れた客に、運転手はびっくりしていた。マティルドは後部座席にどっかり座ると、トゥールーズ市内のホテルの住所を告げた。すべて順調だ。

明日の朝には、あるいは今夜のうちにも、建設現場が荒らされたことに誰かが気づくだろう。犬が殺され、事務所から金目のものが盗まれた。といっても大した被害ではない。憲兵はもったいぶり、深刻そうな顔で調書を作成するだろう。だがその調書は車やカーラジオの盗難事件の調書や、暴行事件の被害届などの山に加えられるだけで、結局のところ捜査は行われず、統計上の一データとして終わるはずだ。

「最近亡くなった友人の家がこの近くで、片づけをしにきたんですよ。部屋も少しきれいにできたし、もうこれで気がすみました」

「なんと、そうでしたか」運転手は車を出した。「わかりますよ。そういうときは体を動かしたほうが、よく眠れるってもんです」

「ええ、本当に」

九月二十日

どういうこと？　列車でパリに戻るのになぜこんなに時間がかかるの？

普段なら車掌をつかまえてそう訊いていただろう。だがいまは目立たないように、人目につかないようにしなければならない。昨夜のタクシーの運転手との会話を例外にとどめること。慎重を期し、ホテルではジャクリーヌ・フォレスティエで通したが、だから安全というわけではないので、余計な行動は控えなければ。

〝ジャクリーヌ・フォレスティエ〟はこっそり処分せずに取っておいた偽造パスポートに記載されている名前だ。でも肝心のパスポートはどこ？　急いでバッグのなかを探るとちゃんと入っていた。写真は古いが、まだ有効だ。それとも〈調達〉が無効にしただろうか？　もしこれで出国しようとしたら捕まるだろうか？

でもここまでずっと運が味方してくれたし、この先急に運がなくなるという理由が見当たらない。

国を出てしまえばなんの心配もいらない。彼女の頭のなかでは近々国を出るという考えがはっきりしたものになりつつあった。確かにアンリはこちらの誘いに乗ってこなかった。でもまだあきらめる必要はない。二人で暮らす場所を具体的に手紙に書いて送ったら、彼も考え直すかもしれないし。

マティルドはこの新しい思いつきが大いに気に入り、想像を膨らませた。どこに行くかは決めていないが、とにかく〈ラ・クステル〉を売って、スイスの隠し口座から金を下ろせば十分な金額になる。あとは気ままに遊び暮らせば、というより穏やかに暮らせばいい（わたしにとってば同じことだ）。

静かな片田舎に身を落ちつけたら、あとはそこを快適な家にするためにいろいろなものを買い集めていけばいい。マルキーズ諸島はどうだろうと思ったが、マルキーズ諸島がどこにあるかも知らないと気づいて笑ってしまった。そんなんじゃだめだ。じゃあイタリア？　それともスペイン？

そこでいい考えがひらめき、マティルドは座席の肘掛けを手でたたいた。そう、ポルトガル！

ポルトガルなら仕事で一度行ったことがある。標的が旅先から予定どおりに戻らなかったので、リスボンで待たされたっけ。そのあとポルトガル南端のアルガルヴェまで追いかけていって、ついにラゴスとかラゴアとか、そんな名前の海辺のリゾートで追い詰めた。あのときポルトガルが大好きになった。

そう、わたしが求めているのはそれだ。戦時中あれほど身を賭して戦ったのに、しかも戦後も命がけの仕事をしてきたのに、なんの褒美もないなんて冗談じゃない。太陽が降り注ぐ国で静かに暮らすことくらい認められて当然でしょ！

これで決まり。〈ラ・クステル〉を引き払う。鍵をルポワトヴァンに預ける。地元の不動産屋に連絡する。以上。

そして自分の金で自分のためにすてきなものを買う。マティルドは娘を呼び寄せるという可能性さえ考えた。ばか娘だけど、ありえなくはない。またあとで考えよう。いまや自分の計画が、自分の意のままにできる計画があるのだと思うと、急に幸せな気分になってきた。そうだ、犬も買おう。

そんな想像に夢中になっていたので、残りの乗車時間は夢見心地だった。

ぐずぐずしないこと。怖いものなんてなにもないし、見つかる不安があるわけでもないけれど、自分のために、すべてに片をつけて今度こそ安らぎを得るために、ぐずぐずしないこと。

マティルドはいつの間にか寝息を立てて眠っていた。

それを見て隣の席の、小ぎれいな身なりの若い女性がほほ笑んだ。

おばあちゃんにそっくり。

＊　＊　＊

その日の夕方、家の前でタクシーを降りたときもまだ、新たな旅立ちへの興奮は冷めていなかった。

まっすぐな砂利道をテラスまで歩くあいだも、この家を出ていくんだと思うとうれしくて、興奮が増すばかりだ。そもそもここが本当に自分の家だと思えたことなど一度もない。

「まあ、なんて大きくなったの！」

マティルドはクッキーをつかまえて抱きしめた。

「いい子にしてた？　意地悪なお隣さんにいじめられなかった？」

そう、ここはわたしの家じゃない。この家も、暮らしも、わたしのものじゃない。娘だってわたしのものじゃない。考えてみたら、一度でも自分のものだと思えたのは犬だけだった。だからなにもかも手放したらどんなにさっぱりするだろう。

マティルドは子犬を下に置いてから、ルポワトヴァンをどうしたものかと思い悩んで生け垣のほうをじっと見た。彼と話をつけずに旅立つなんて考えられない。無害な犬にあんなことができる人間をこのまま見逃すというのは、彼女の正義感に反する。だが同時に、あの男はこのままにしておこうと自分で決めていた気もする。なぜそう決めたのかは覚えていないのだが。

まあいい。明日になれば思い出すだろう。

マティルドはボストンバッグを一階に置くと、まずはシャワーを浴びようと思った。そこで二階に上がると、寝室を一歩入ったところのカーペットの染みがすでに黒っぽくなっていた。染みなんかもうどうでもいい。こんなあばら家はたたき売ってしまうから。欲しがるやつにくれてやるから。

そいつがきれいにするだろう。

九月二十一日

あの紙切れが見つからない！　ムッシューはサイドボードに置いたという自信があったが、なぜかそこにない。

テヴィがいなくなって衣食住さえままならなくなった。さすがのムッシューも、白旗を掲げるしかないような気がしている。

食料品が底をついたのでなにも食べずに一日過ごしたら、空腹がやってきた。だがおかしな空腹で、食べたくないのに腹だけ空いているという感覚なのだ。自分は死にたいのだろうかと思ったが、それは違うとわかっている。翌日は通いの家政婦が来る日だった。家政婦のほうから週一日ではなく二日にしましょうかと提案があり、そうしてもらうことにした。かなり年配で、親切な優しい女性だが、どこから通ってきているのかも知らない。老人ホームに入られたほうがいいですよと何度も言われるが、そのたびにわからないふりをしてやりすごしている。ムッシューはその家政婦になにか買ってきてくださいと頼み、キャッシュカードを渡した。暗証番号は大きな字で書いて冷蔵庫に貼ってあった。

家政婦は次の勤務日に食料品を買ってきた。そしてムッシューにレシートを渡し、キャッシュカードを元の場所に戻してから掃除に取りかかった。彼女が買ってきたのは調理なしで食べられるものばかりで、あまり体にいいとは言えないかもしれないが、とにかくムッシューがなにもしなくていいように、つまりお湯を沸かさなくていいし、ガスさえつけなくていいように配慮したものばかりだった。さもないとなにが起こるかわからないからだ。

「施設のほうが安心して暮らせますよ。ぜひそうなさってください」

ムッシューはまたわからないふりをしたが、家政婦のほうもだまされませんよという顔をする。

ムッシューは時折、朝が来たとか、夜になったと気づくのだが、この数時間自分がなにをしていたかがわからない。ふと気づくと室内の様子が変わっていたり、物が移動していたりするが、自分が動かしたことは覚えていない。家政婦の名前も覚えられない。だが家政婦はなにも言わず、移動した物を元あった場所に戻してくれる。そういえば家政婦がルネの葬儀とテヴィの葬儀の話をしていた。ムッシューはなぜ葬儀が別々なのか理解できなかった。二人は一緒に死んだのだし、一緒に埋葬されるべきなのに。家政婦はいついつですと日付も言っていた。だが誰もムッシューを迎えに来なかった。いや、来たのだろうか？　だがもし墓地に行ったのなら、さすがに覚えているはずではないだろうか？

このマンションから連れ出される日は遠くなさそうだ。包囲網が徐々に狭まりつつあるのがわかる。いずれ誰かが決断を下すだろうし、だったらいますぐ受け入れてしまったほうがいいとは思うのだが、ムッシューにはそれができない。なぜできないのかもわからない。ただ時々、かつてレジスタンスに参加したときの気概を思い出す。もっともそれさえ続かず、頭に浮かんだと同時に消えていくのだけれど。

と、その瞬間に思い出した。紙切れだ！　あれを見つけないかぎりここを出ることはできない。そうだ、それが理由だ。あの紙切れがあれば警察はルネとテヴィを殺しにきた女を見つけられる。自分は窓からあの女を見て、車のナンバーを書き留めた。そして県庁に電話して、女の名前と住所を教えてもらった。なのにその大事な紙切れをなくした。

名前と住所。

ムッシューはその日の午後ずっと紙切れを探しつづけた。家政婦にも訊いてみたが、答えはこうだった。

「もう二回、同じことを訊かれましたよ。残念ですけど、わたしは見ていないんです」

そこでムッシューは勇気を出し、とにかく通報してみることにした。

だがやはり難しかった。あの女性警官は不在で、別の女性警官に回された。

「ド・ラ・オスレだ。ヌイイの事件のことなんだが」

「ヴァシリエフ警部の件ですね？」

その名前を聞いたら涙が出てきた。ムッシューは声もなく泣きはじめた。

「もしもし？　聞こえますか？」

「あ……ああ……」

「それでご用件は？」

相手の女性はいら立っているようだった。

「二人を殺したのは女で、車で来た。メモがあったんだが、なくしてしまって」

返ってきたのは沈黙だった。少ししてから、

「そちらのお電話番号は？」

と訊かれ、それならわかっているはずなのに、ど忘れして出てこない。

「待ってくれ、探すから」

ムッシューは受話器を置いた。

電話帳を必死でめくったが、「Ｈ」のページにＨｏｓｓｅｒａｙ《オスレ》が見つからない。あ、あった、これだ、最初のページにあった。

「もしもし？」

相手は別の誰かと小声でムッシューのことを話している。

「あ、はい、番号はわかりましたか？」

「わたしの番号はわかった。だが犯人の番号が見つからない。つまり車のナンバーだよ、電話じゃなくて」

話が少々混乱しているのは自分でもわかった。でもこれが精いっぱいだ。

「あの、のちほど同僚からお電話差し上げますので、お名前をどうぞ」

いつかかってくるかわからないその電話を、ムッシューは電話台のそばに座って待つことに

した。離れるわけにはいかなかった。離れたら電話に出損なうかもしれない。トイレに行きたくなったときは、電話線をできるかぎり遠くまで引っ張っていって急いで用を足した。時々受話器を外して発信音が聞こえるかどうか確かめた。

ようやくあの女性警官からかかってきたときには夜になっていた。

「お変わりありませんか？」

その問いかけへの答えや近況報告に少しは時間を割くべきだったのだろうが、できなかった。ムッシューは電話を待つあいだずっと頭のなかで言うべきことを復唱していたので、それがいきなり飛び出した。

「車で来てあの二人を殺した女のことだ。メモをなくしてしまったが、わたしは窓から見たんだよ。年寄りで、かなり太っていて、車は明るい色で、でもメモをなくして、それであちこち探したがどこに行ったのかわからない、たぶん家政婦だ」

「年寄りの女性がですか？」

「ああ、年寄りだ」

「その女性がやって来た……」

「彼女はしょっちゅう来る。毎日じゃないが、よく来る」

「その女性がヴァシリエフ警部を殺しにきたんですか？」

「いや、そうじゃない」

ムッシューはふと疑問を抱いた。

「いや、そうは思わない。彼女ならそうとわかったはずだ。その女はもっと太っていた。だから……」

「そうですか。ところで、ド・ラ・オスレさん、いまどなたかとご一緒ですか?」

ムッシューは受話器を握ったまま固まった。しくじったのがわかったので電話を切りたかったが、もしここで切ったら、いよいよ迎えが来て連れ出されるだろう。

「あ、ああ」

「どなたでしょう?」

「いとこが」

「でしたら、その方に替わっていただけますか?」

「いや、いま買い物に出ている。戻ってきたら電話させようか?」

「そうしていただけると助かります。お願いできますか?」

「わかった」

ムッシューは自分のしくじりに愕然としていた。言うべきことはすべて頭に入っているのに、正しい順序で出てこないので話があちこちへ飛んでしまう。情けない……。

そこから立ち上がるのがまたひと苦労だった。硬い椅子にずっと座っていたので、背中をやられた。

ムッシューはよろよろ歩いていって肘掛け椅子に倒れ込み、そのときになってようやく、折りたたまれた紙切れがごみ箱の底にあるのを見つけた。すぐにかがんで拾い上げた。

車種　ルノー25
登録番号　２６３３ＨＨ７７
所有者　マティルド・ペラン
住所　セーヌ＝エ＝マルヌ県、トレヴィエール、ムラン通り二二六番地

これだ、これを知らせなければ、もう一度電話しなければ……。だが彼は動かなかった。どうせ信じてもらえない。頭がおかしいと思われるだけだ。明日の朝には社会福祉センターから迎えが来てしまう。

通報しても意味がない。老人のたわごとなど誰も理解しようとしないし、信じてくれない。ムッシューは紙切れをくしゃくしゃに丸め、それを握った手で涙をぬぐった。泣き声も出ないのに、ただ涙が大量にあふれてきて重いしずくとなって落ちていく。

長く生きてきたが、ムッシューはこのときほど悲しい思いをしたことはなかった。

＊　＊　＊

翌早朝、マティルドはテラスでコーヒーを飲みながら、すぐにでも動こうという気になっていた。「出発したほうがいい。それも今日のうちに」というひらめきとともに目覚めたからだ。われながらあまりにも無茶な思いつきに興奮が止まらず、込み上げる笑いを抑えられない。

コーヒーを飲みおえるとさっそく紙とペンを取り、今晩にでもムランを発つためにしなければならないことを書き出したが、できないことなど一つもないと思える。さっそく身支度をし、ルガー、パスポート、現金を持って旅行代理店に急ぎ、開店と同時に店内に飛び込んだ。

カウンターの店員を見て、マティルドは漠然と、前に家政婦紹介所で応対に出てきたフィリポンとかいう所長のことを思い出した。あの所長、掃除ができる若い女性を送るとか言ったくせに送ってこなかった。だから……とただ似ていることだけを理由に、マティルドは盛大に笑顔を振りまくこの女も信用しないと決めた。

「ポルトガルへ？　まあ、なんてすてきなお考え！」

「どうして？」

「え？」

「すてきな考えというのはどうして？　ジュネーブや、ミラノや、ウラジオストックと比べてなにがいいの？」

店員は少々たじろいだが、それなりに経験を積んでいて、機嫌の悪い客に当たったことも何度かあるので、くじけたりはしなかった。

「でしたら」と彼女はカタログを取り出した。「ポルトガルを見てみましょう。どの地方をお考えですか？」

「南」とマティルドは答えた。地名が思い出せなかった。「いちばん南」

不愉快だった。ささいな物忘れをつつかれたような気がしたし、店員の笑い方もこちらをばかにしたようで腹が立ったので、マティルドはバッグに手を突っ込んだ。

「アルガルヴェですね？」

ルガーをつかんだ瞬間にその名を聞いて、ああ、それだと思った。

「そう、そこよ！　で、今日出発したいの」

「今日ですか？」

「なにか問題でも？」

「えっと、その、急ですね……」

「どこが問題なの？」

「予約がとれるかどうかです。飛行機と……もちろんホテルもご希望ですよね？」

「もちろん」

店員はその横柄な客がバッグに手を突っ込んだままなので、催涙ガスのスプレーでも取り出すのではないかと思って腰が浮きかけた。だがとにかく探さなければと必死でカタログをめくった。

「お客様、うまくいくかもしれません」

「それはなにより」

「少々お待ちください」

店員は取引先に電話をかけ、空き情報を確認しはじめたが、バッグに突っ込んだままの客の手からは目を離さなかった。

奇跡的に空きがあった。今夜九時オルリー空港発の飛行機、到着時の送迎車、そして、「これをご覧ください」と店員は豪華なホテルの写真を見せた。これがいまならローシーズンの価格でお泊りいただけます！」

木の中庭、広々としたテラス。これがいまならローシーズンの価格でお泊りいただけます！」

マティルドはパスポートを取り出した。

「犬を連れていくわ。支払いは現金で」

「それは……別料金になりますが」

「心配ご無用よ」とマティルドは言い、またバッグに手を入れた。

取り出したのは分厚い札束だった。店員はほっとした。なんだ、バッグに手を入れていたのはこのためだったのね。そこで改めてきびきびと、にこやかに応対した。

「レンタカーも手配して」

「かしこまりました！」

マティルドは午前中の残りを買い物に費やした。クッキーのための蓋付きバスケット、サングラス、夏の靴。あのあたりは日差しが強いことを思い出したので、日よけの帽子も。

ホテルは二週間予約した。そのあいだに近くを見て回って家を探そう。借家でも売家でもいい。家が決まったらその写真をアンリに送る。彼が数日でも時間をとって家を見にきてくれたら、もうちょっといいじゃないと説得して滞在を延ばしてもらって、そんなこんなでそのままってことに……。

家に戻り、持っていく服をかき集めて大きなスーツケースに詰め込んだ。ジュネーブの口座からポルトガルへ送金するのに必要な書類も忘れずに。それともローザンヌだった？　どっちでもいい。タクシーは午後七時に来てもらうように手配したから八時にはオルリーに着く。飛行機は九時発。完璧。

マティルドはバンのことを思い出して笑ってしまった。ガロンヌ川の底に沈んだバンのなかで四人が仲良く並んでいるなんて。え、四人って誰だっけ？　アンリが送ってきた殺し屋が一人。違う、二人だ！　そしてアンリ自身。それで三人。四人目が誰だか忘れてしまったけど、まあ、そのうち思い出すだろう。

相変わらず警察はなんの手掛かりもつかんでいないようだ。少なくとも当分は心配ない。いずれなにかつかんだとしても、そのころには、こちらはとっくにホテルのテラスでくつろいでいる。あるいはもうお気に入りの家を見つけているかもしれない。

マティルドは三十年も法の網をかいくぐってきた。だから引退するときも、レーダーから忽然と消えてみせるのが筋というものだろう。

＊　＊　＊

「まだか？」とまたオッキピンティが訊いた。

一同、予審判事から令状が届くのを待っている。

若い女性警官は首を横に振った。同僚数人がこぶしで机をたたき、オッキピンティはピスタチオをひとつかみ口に放り込む。

オッキピンティのデスクの上にはマティルド・ペランの特徴を記した容疑者カードが置かれている。六十三歳、未亡人、亡夫は医師、レジスタンス記念章受章者、つまりレジスタンスのヒロイン……。予想を裏切る人物像だが、これしか手持ちの材料がない！

一昨日の元知事の老人からの通報は奇妙で意外なものだった。

「支離滅裂？」女性警官から話を聞いたとき、オッキピンティは思わずこう訊き返した。

確かに、控えめに言っても支離滅裂だ。女というのが誰のことなのかわからない。家政婦なのか、別人なのかもはっきりしない。元知事が混同しているようにも思える。

「太った女がヴァシリエフ警部を殺しにきた？ あの爺さん、事件の日もそうだったが、だいぶ耄碌《もうろく》しているようだな」

失礼な言い方だと女性警官は思ったが、実際そうであることは否定できない。だが頼りない内容だとはいえ、これが唯一の手掛かりだ。タン兄弟とムサウイ一味がせっせと殺し合いを繰り広げるなか、捜査班はヴァシリエフの過去の担当事件を何度も洗い直したが、これ以外に手掛かりらしきものはなにも見つかっていなかった。

そこで今日、女性警官はド・ラ・オスレ氏の家まで行ってみたが、彼はまたなにもわからなくなっていた。警察に通報したことも覚えておらず、ルネ・ヴァシリエフという名前さえわからないようだった。精いっぱい覚えているふりを装ってはいたが、無駄な努力だ。

さすがにこれ以上は放っておけないと、女性警官はもはや本人の同意を求めずに、家を出てからすぐ社会福祉センターに電話した。センター側はできれば今夜、遅くとも明朝には迎えに行くとのことだった。

一昨日ド・ラ・オスレ氏と電話で話したときにはまだ少しは記憶がはっきりしていたようだと思うと、女性警官は胸が痛んだ。少なくとも部分的にはしっかりしていて、自信があったように思えた。

「それこそが老年性認知症の症状だ」とオッキピンティが言う。「彼らが言うことは、彼らが正しいと信じていることなんだ。むしろそういう絶対の自信が、おかしいと周囲に気づかせるきっかけになったりする。義母がそうだったからわかるよ。毎晩のように三十年前に死んだ姉が会いに来たと言っていたし、俺のことも、二十年も自分の浮気の相手だった薬剤師と取り違えたし」

そのオッキピンティがはっとしたのは、ド・ラ・オスレ氏の犯人描写が、彼自身がムランまで聞き込みにいった女性と似ていなくもないと気づいたときだった。

「高齢で太った女性なんて」女性警官が言った。「そこら中にいますよね」

「待て、ちょっと待て」

年寄りで、かなり太っていて、車は明るい色……。一連の事件の関係者でこれに該当するのはたった一人。およそ殺人犯に似つかわしくない人物だとしても、この一致は気がかりだ。

「そういえば、義母もたまにまともなことを口にしたが、それ以外があまりにもめちゃくちゃだから誰も信じなかった」

そこでオッキピンティは判事に電話をしたが、つかまらなかったので、伝言で裁判事務委託書の発行を要求した。

「同時に捜索令状もお願いできればありがたいです」と彼はつけ足しておいた。

ムランに行くからには令状があったほうがいい。

秘書官が判事をつかまえるのに時間がかかったようだが、ようやく午後六時半ごろ、判事本人から「わかった、令状を届けさせる」と電話があった。

バイク便で令状が届いたのが六時四十五分。オッキピンティは二人の部下を連れてムランに急行することにした。

「八時前には着けるな、いいぞ」

出発前に、女性警官はもう一度話を聞こうとド・ラ・オスレ氏に電話した。ひょっとして記憶が戻っていて、問題の〝年寄りの太った女〟が家に来た経緯についてなにか聞けるかもしれないと思ったのだ。だが電話には誰も出なかった。

そこで社会福祉センターに電話した。

「ああ、その件でしたら迎えに行きましたよ」

＊　＊　＊

オッキピンティがマティルド・ペラン逮捕の幸運を手にすることはない。

手遅れだ。

家宅捜索でぞろぞろ拳銃が出てきたところまでで彼の幸運は尽きることになる。

なぜならオッキピンティと部下が司法警察を出発したとき、ちょうどタクシーが〈ラ・クステル〉の前に到着したからだ。運転手は遠くから叫んだ。

「ペランさんですか?」

マティルドはコートを着て、大きなスーツケースと柳細工の蓋付きバスケットを脇に置いてテラスに立っていた。子犬はバスケットのなかでしばらく不安げに鳴いていたが、もう静かになっていた。運転手は手旗信号みたいに腕を大きく振っている。

ばかじゃないの? とマティルドは思った。たんすみたいに大きいスーツケースと並んで立ってるのに、ペランさんですかって訊くわけ? 彼女はバスケットのほうに身をかがめた。聞いてよ、クッキー、このあたりで最悪のタクシーに当たっちゃったみたい……。そして立ち上がると、仕方なく手招きした。さあさあ、さっさと入ってよ。

運転手はにっこり笑ってから門を大きく開け、車に戻り、砂利道をゆっくり進んできた。そしてテラスの階段の前で車の向きを変え、エンジンを切って降りてきた。

「ここでいいのかなと、考えちゃいましてね」

陽気でおしゃべり好きな男のようだ。

「それで?」

運転手はマティルドとスーツケース、バスケットを見た。

「いやもう、間違いありませんね。ここですよ。ははははは!」

運転手は階段の下まで来た。

「十五分早かったですね！」

自慢げだ。運転手は階段を上がってスーツケースを持ち上げ、車まで運びながら訊いた。

「何時の飛行機ですか？」

「九時よ」

「そりゃ余裕ですよ！　この時間帯、オルリーまでならすいすい行けますから」

その言葉を聞いてマティルドの心は決まった。夕方からずっと、ルポワトヴァンと話をつけていないことが引っかかっていた。隣人のことを思い出してけりをつけようと思うたびに、ほかに急ぎの用があって後回しになり、そのあとすぐに忘れるというのを繰り返してきた。でもいま十五分の余裕があるのなら、今度こそ話をつけるチャンスだ。

「ちょっと待ってて」とマティルドは言った。

運転手は犬のバスケットを後部座席に置こうとしていた。

「お客さん、これなんていう犬ですか？」

「ダルメシアン！」マティルドはキッチンに戻ってスミス&ウェッソンを取り出しながら叫んだ。

運転手はバスケットの横の小さな穴からなかをのぞいてみた。

「ダルメシアンって、こんなだったたか？」

運転手がリアドアを閉めたとき、マティルドがショルダーバッグを下げてテラスに戻ってきた。マティルドはガラス窓付きの扉に鍵をかけると、階段を下りながら言った。

「お隣さんに鍵を預けてくるから。すぐ戻るわ」

「わたしが行ってきましょうか?」

「いえけっこう」

また腹が立ってきた。あの隣人にはずいぶん前から不愉快な思いをさせられてきたから、片をつけたらさぞかしすっきりするだろう。こう言ってやる。「リュドの代わりに来たわ。あの子のこと覚えてる?」そして眉間に一発。キッチンでサイレンサーを装着しておいたから運転手には聞こえない。で、そのあと拳銃は生け垣のなかに捨てる。といっても、どうでもいいんだけど。わたしは見つかりっこないから。

警察がようやく〝マティルド・ペラン〟を追いかけはじめたとしても、奇跡でも起こらないかぎり〝ジャクリーヌ・フォレスティエ〟にはたどり着けない。

何年もかかってたどり着いたときには、わたしはとっくに死んでるだろうし……。そう思うとうれしくなり、マティルドは軽快な足取りで門に向かった。

運転手がうしろから声をかけた。

「あまりのんびりしないでくださいよ!」

マティルドが砂利道を半ばまで来たとき、行く手に突然車が現れた。ボディが凸凹のアミ6だ。

ぼろぼろのシトロエンはエンジン音を響かせ、減速もせずにセカンドのまま門のなかに飛び込んだ。リアフェンダーを柵に引っ掛けて車体が横を向きかけたが、どうにか砂利道に舞い戻る。加速して、サード。

　ムッシューは二時間近くかけてここまでやって来た。四速をうまく使い分けることができず、特にトップには全然入れられなかった。パリを出るところで右のフロントフェンダーを失った。うっかり高速道路に入りそうになって慌ててハンドルを切ったからだ。とにかく一般道を行く。そのことばかり自分に言い聞かせていた。一般道を行け。まっすぐ行け。警察は信じてくれないから自分で行くしかない。

　まずはトレヴィエール、それからムラン通りを見つけるのは容易なことではなかった。人に道を尋ねるわけにはいかない。それどころか車を停めただけでも誰かに危険運転だと制止され、それ以上進めなくなると思ったので、じつは一度も止まらなかった。赤信号でも止まらない。一時停止の標識も無視。クラクションやののしり声が何度も聞こえた！　それでもムッシューはハンドルにかじりつき、フロントガラスから四十センチのところで前をにらみ、頭のなかではただ一つのことだけを考えていた。ムラン通りへの道を見つけること。

　そしてとうとう二二六番地という数字が見えたので、ムッシューはいきなりハンドルを切り、柵にぶつかったが立て直し、まっすぐな砂利道に入ったのだ。

　すると目の前にあの女が！　女はエンジン音を響かせて突っ込んできた車に驚いて、立ち尽くしている。

　間違いなくこの女だ。この女が車に乗り込むところを確かに見た。ルネとテヴィを殺しにきた女。

このときマティルドは三歩でアミ6をよけられたし、それだけの時間はあった。なにしろアミ6のドライバーにはよけたマティルドを追うほどの反射神経がなかったのだから。

だがマティルドは動けなかった。ムッシューの顔を見たからだ。

マティルドはその顔をはっきり覚えていた。ヌイイのマンションの三階の窓から顔を出した、あの取り乱した様子の老人！　その一瞬の驚きが命取りになった。

アミ6は時速五十キロで真正面からぶつかった。

マティルドの体は撥ね飛ばされたのではなく、ボンネットに乗り上げ、車は彼女をのせたまま直進してテラスに激突した。

マティルドの体はそこで投げ出されて両開きの扉にぶつかったが、扉は頑丈で開かず、すべての衝撃がマティルドにかかった。すでに両脚が折れ、胸も大きく窪《くぼ》んでいたところへ、頭からガラス窓に激突し、マティルドはそのまま崩れ落ちた。

ムッシューはドアを開けてよろよろと車から出ると、ゆっくりゆっくり背中を伸ばして立った。そして血まみれの顔のまま、よろめきながら砂利道を歩いて戻りはじめた。タクシーの運転手はその姿を目で追いながらも茫然と立ち尽くしていた。声をかけようと思ったが、なにをどうしたらいいのかわからない。扉のところで血だまりのなかに倒れているお客さんを助けるべきなのか、いまにも倒れそうな足取りで立ち去ろうとしている骨と皮の老人をつかまえるべきなのか、それとも警察に通報するべきなのか。そして結局、どれもできなかった。あまりにも唐突に目の前で惨劇が繰り広げられたので衝撃から立ち直れず、フロントシートに腰を落として両手に顔を埋《うず》め、わけもわからず泣きはじめた。

＊　＊　＊

社会福祉センターの職員はもちろんムッシューを迎えに行ったのだ。だがマンションはもぬけの殻だった。そのときムッシューはすでにエンジンをうならせ、運命に向かってひた走っていた。

その後ムッシューは、血まみれで、顔が腫れ上がった状態で、トレヴィエールの町を徘徊《はいかい》しているところを発見された。

ムッシューが引き起こした騒動の審理には多少時間がかかり、彼をどこに収容するかは三か月以上経ってからようやく決まった。

いまムッシューは、パリの北郊外のシャンティイ近くの介護付き老人ホームで暮らしている。その前を通りかかったら、夜以外ならいつでも、窓辺にたたずむムッシューの姿が見えるだろう。ムッシューは日がな一日公園の木々を見ているから。

けがもすっかり治ったムッシューの顔には、いまではうっすらとほほ笑みさえ浮かんでいる。そんな穏やかな表情ができるのは、死を恐れていない人間だけだ。

（了）

フランソワ・ダウストの大いなる助けに心より感謝する。

解説　ピエール・ルメートルというミステリー作家

本書はフランス作家ピエール・ルメートルの長編小説 *Le serpent majuscule*（Albin Michel, 2021）の全訳である。ルメートルの著書としては十二作目にあたり、著者みずからが序文に記しているとおり、その〈最後の犯罪小説〉となる。

ルメートルは二〇〇六年に『悲しみのイレーヌ』でミステリー作家としてのデビューを飾った。同作はパリ警視庁の警部カミーユ・ヴェルーヴェンを主人公とした作品で、のちに『その女アレックス』『傷だらけのカミーユ』の二長編と、中編『わが母なるロージー』が書かれた。このうち『その女アレックス』は日本で約七十万部のベストセラーとなり、イギリスでも英国推理作家協会（CWA）が翻訳作品に贈るインターナショナル・ダガー賞を受賞したほか、国際的な成功を収めた。

そのほか、日本デビュー作となった『死のドレスを花婿に』、ネットフリックスで映像化された『監禁面接』といったミステリー作品を上梓したルメートルは、二〇一三年、歴史小説『天国でまた会おう』でフランス最大の文学賞ゴンクール賞を受賞するという栄誉に浴する。『天国でまた会おう』が、『その女アレックス』と同様にCWAインターナショナル・ダガー賞を受賞していることからわかるように、この作品にもミステリー的な要素はあったが、しかし、新たな試みが批評的にも成功したことに手ごたえを感じたか、ルメートルは二〇一六年の心理サスペンス『僕が死んだあの森』以降、創作の軸足を歴史小説へと移す。

二〇一八年に『天国でまた会おう』に続く「災厄の子供たち」三部作の第二作『炎の色』、二〇二〇年に完結編『われらが痛みの鏡』を刊行。二〇二二年からは、「栄光の歳月（Les Années glorieuses）」と名づけられた歴史小説シリーズがスタートしている。第一次世界大戦から第二次世界大戦までを描いた「災厄の子供たち」に続く格好で、第二次世界大戦後のフランス版高度成長期というべき「栄光の三十年間」を描くものである。現時点で第一作 *Le grand monde*、第二作 *Le silence et la colère* までが刊行されている。

そんななかで、「災厄の子供たち」三部作を完成させたルメートルが、「栄光の歳月」に先だって発表したのが、二〇二一年の本作、『邪悪なる大蛇』である。本書発表に至る気持ちの変遷などについては序文でルメートル自身がつまびらかにしているので、そちらをご覧いただきたいが、ともかくもピエール・ルメートルは、本書をもってミステリーというジャンルへの訣別を宣言したことになる。

それでは、稀代の鬼才ルメートルの最後のミステリーとなった『邪悪なる大蛇』とは、どのような作品なのか。

主人公はマティルド。医師だった夫をとうに亡くし、リュドという名のダルメシアン犬と暮らす六十三歳の女性である。体重こそかつての倍になってしまったが、往時の美貌の名残はまだあり、服にも髪にもお金をかけているし、とくに手のケアは完璧を心がけている。冒頭で渋滞に苛立つ彼女は、どうにか約束の時間に遅れずに目的地に到着して、目当ての紳士が道をやってくるのを見て取ると、車を降りて――

手にした巨大な自動拳銃で、男の股間にマグナム弾をぶちこむのである。さらに首に一発撃ちこんで、ついでに男の連れていたダックスフントを弾丸で消し飛ばす。わずか一分足らずの早業である。そう、マティルドは凄腕の殺し屋なのだった。戦中は美貌と冷酷で知られるレジスタンスの闘士だった彼女は、戦後、かつての「司令官」であったアンリの指示を受けるかたちで殺し屋稼業を続けていた。当時ふたりはお互いを憎からず思っていたが、どちらもそれを相手に告げぬまま、マティルドは結婚したのだった。

以降、プロフェッショナルに殺しを続けてきたふたりだったが、マティルドに今、ある変調が迫りつつあった――認知症である。徐々に彼女の記憶や認知に影響が及びはじめ、アンリも不審をおぼえはじめる。だがそれと知らぬマティルドの心のなかでは、若き日に抱いていたアンリへの恋心もまた、抑制を失って膨れ上がりつつあった。

こうして冷酷さと殺しの技術を兼ね備えた（見かけはかわいらしい）六十三歳の女性の暴走がはじまる。それをどうにかコントロールしようとするアンリ、そして謎の連続殺人を追う刑事ヴァシリエフと、彼の養父である富豪の老人ド・ラ・オスレ氏も巻き込んで、「最悪の事態」がエスカレートしながら破滅へと突き進んでゆく――

これまでのルメートル作品で近いものを探せば、『監禁面接』と『死のドレスを花婿に』あたりになるだろうか。ルメートルは序文で「わたしは登場人物に対して容赦がなさすぎるといわれているが、その指摘は初めて書いたこの作品にも当てはまる」と書いているが、まさにそのとおり。『監禁面接』で失業した中年男性を追い込むプロットや、『死のドレスを花婿に』の第一部と第二部で主人公の女性を雪ダルマ式に不幸に陥れるプロセスと同質のものを、本書『邪悪なる大蛇』のあちこちに見ることができる。

こうした意地悪でブラックなルメートル式の諧謔《かいぎゃく》は、出世作『その女アレックス』ほかのカミーユ・ヴェルーヴェン警部シリーズにも仕込まれている。このシリーズは、アレックスやイレーヌやカミーユという悲しみを背負った人物たち（日本語版の題名に「イレーヌ」「アレックス」「カミーユ」という人名を入れてほしいというのはルメートルからの要請だった）の運命を描いているがゆえに、沈痛な悲劇として仕上がってはいる。しかし、そこにも諧謔や黒い微笑が見える気がするのは筆者だけだろうか？

例えば『悲しみのイレーヌ』の、あのミステリー的な仕掛け。あれはいかなる惨劇や残虐行為をも、客観視し相対化しようとする冷徹なまなざしがあってこそ成立するものだ。そしてまた、ラストのあの光景に、酸鼻と美のほかに「身も蓋もなさ」が交錯することも見逃すべきではないだろう。アレックスという女性の死闘を描く『その女アレックス』は、おそらくもっとも喜劇性の低いルメートル作品で、ここに笑いを見出すことはむずかしいが、あの多重ドンデン返しを「読者を手玉にとる」という意地悪さの発露と見ることはできそうだ。そして痛々しさではシリーズ随一の『傷だらけのカミーユ』も、カミーユ警部のあまりの不幸さに乾いた笑いをあげそうになる瞬間がいくつもあった。同じことは抑えたトーンで書かれた『僕が死んだあの森』にも言えることで、あの作品は突きつめれば、「何もかもすべてムダだった」という恐るべき脱力感に到達するまでを描く残酷な喜劇だった。

意地悪で、ブラックで、酷薄で、残酷な、喜劇。

ピエール・ルメートルのミステリーというのは、たぶんそれだ。彼がドンデン返しを得意とするのは、そこまで丹念に紡いできた登場人物たちの人生という物語を、容赦なく引っくり返せる胆力があるからだろう。ミステリー評論家の千街晶之氏は、バッドエンドの小説ばかりを集めたアンソロジー『厭な物語』の解説で、そうした厭な物語は「人間の前に立ちはだかる運命というものへの考察を促す効用があるのではないだろうか」と指摘している。この考え方は、まるで誂《あつら》えたようにルメートルのミステリーに適用できそうだ。ルメートル作品で登場人物たちに非情に降りかかる不幸は、運命的なるものの象徴ではなかったか。ルメートルも序文で言う――

「現実の人生はどうだろうか。恋人が突然心筋梗塞で命を落としたり、友人が脳卒中で倒れたり、近親者が交通事故に遭ったりと、理不尽なことが次々起こる。なぜ小説家は現実の人生よりも手加減しなければならないのだろうか」

そう、運命には情けも容赦もハナっからないのだ。

ルメートルの最後のミステリーである本書も例外ではない。むしろ運命の意地悪なスパイラルは以降の作品よりも情け容赦なく、身も蓋もなく、登場人物を翻弄し、ときには殺してしまう。本書を編集しながら、「あーっ」と頭を抱える場面に出くわしたことは一度や二度ではなかった。そうした意地悪な運命に導かれたラストは、電撃的であり、喜劇的であり、もちろん衝撃的で、そして宿命的に「これしかない」と思わせるものである。らせんを描いて墜落してゆくようなスピード感に身をまかせて、鬼才の最後の犯罪サスペンスをご堪能いただきたい。

最後に邦題について。本書の原題は*Le serpent majuscule*といい、「serpent」は蛇、「majuscule」は「大文字の／大きい」という意味で、二〇二四年九月に発売予定の英語版は*The Great Snake*と題されていた（のちに*Going to the Dogs*とあらためられている）。奇妙な題名だが、本書中では、エピグラフのジェラール・オベールからの引用と、「九月十二日」の章の二か所で、「頭の中のヘビ」について言及されている。いずれも頭を惑わす気がかりや不安や狂気のようなものを暗示しているようである。日本語版では、「大蛇」だけでは題名になりづらいため、百四十ページでヴァシリエフ刑事が思う「大きなヘビ」の不吉さや禍々しさをとって、「邪悪なる大蛇」とした。

（編集部）

■ピエール・ルメートル作品リスト

1 *Travail soigné* (2006)『悲しみのイレーヌ』＊
2 *Robe de marié* (2009)『死のドレスを花婿に』
3 *Cadres noirs* (2010)『監禁面接』
4 *Alex* (2011)『その女アレックス』＊
5 *Les grands moyens (Rosy & John)* (2012)『わが母なるロージー』＊
6 *Sacrifices* (2012)『傷だらけのカミーユ』＊
7 *Au revoir là-haut* (2013)『天国でまた会おう』※　ゴンクール賞受賞
8 *Trois jours et une vie* (2016)『僕が死んだあの森』
9 *Couleurs de l'incendie* (2018)『炎の色』※
10 *Dictionnaire amoureux du polar* (2020)　評論
11 *Miroir de nos peines* (2020)『われらが痛みの鏡』※
12 *Le serpent majuscule* (2021) **本書『邪悪なる大蛇』**
13 *Le grand monde* (2022) ★
14 *Le silence et la colère* (2023) ★

＊カミーユ・ヴェルーヴェン警部シリーズ　※「災厄の子供たち」三部作
★「栄光の歳月」シリーズ

PRINTED IN JAPAN

邪悪《じゃあく》なる大蛇《だいじゃ》

二〇二四年七月三十日　第一刷

著　者　ピエール・ルメートル
訳　者　橘明美《たちばなあけみ》　荷見明子《はすみあきこ》
発行者　大沼貴之
発行所　株式会社文藝春秋
〒102-8008　東京都千代田区紀尾井町三-二三
電話　〇三-三二六五-一二一一
印刷所　TOPPANクロレ
製本所　加藤製本

万一、落丁乱丁があれば送料当社負担でお取替えいたします。小社製作部宛お送りください。
定価はカバーに表示してあります。

ISBN 978-4-16-391880-8